secession

Najem Wali

# Stadt der Klingen

NAJEM WALI

# Stadt der Klingen

ROMAN

Der Roman wurde mit dem Arbeitsstipendium für deutsche Literatur der Senatsverwaltung für Kultur und Europa 2023 Berlin ausgezeichnet.

Erste Auflage


Lektorat: Christian Ruzicska
Korrektorat: Peter Natter
www.secession-verlag.com

Gestaltung und Satz: Eva Mutter, Barcelona
Herstellung: Daniel Klotz, Berlin
Druck und buchbinderische Verarbeitung: Friedrich Pustet, Regensburg
Papier Innenteil: 90 g/m² Werkdruck holzfrei
Papier Vor- und Nachsatz: 115 g/m² Surbalin glatt
Papier Überzug: 130 g/m² Imitlin Metal
Gesetzt aus Cormorant Garamond

Printed in Germany
ISBN 978-3-96639-090-3

Für René S.
mit der Frage nach der wahren Geschichte

Was aus Liebe getan wird,
geschieht immer jenseits von Gut und Böse.

Friedrich Nietzsche
aus: *Jenseits von Gut und Böse*

Es ist nichts so fein gesponnen,
's kommt doch alles an die Sonnen.

Theodor Fontane
aus: *Unterm Birnbaum*

–Name?

– Dalal Firas.

– Alter?

– Fünfunddreißig.

– Woher kommen Sie?

– Aus dem Libanon.

– Sie haben Zypern als Ihre erste Fluchtstation angegeben. Stimmt das?

– Ja, stimmt.

– Und Italien als zweite Station. Stimmt das?

– Ja, stimmt.

– Dann kamen Sie also aus Mailand nach Deutschland. Stimmt das?

– Ja, stimmt.

– Mit welchem Verkehrsmittel sind Sie aus Mailand nach Solingen gekommen?

– In einem kleinen Bus.

– Und wie sind Sie aus Zypern nach Italien gekommen?

– In einem Lastwagen.

Bis zu dieser Antwort hatte ich alles wortwörtlich und ohne Zögern übersetzt, und alles hätte genauso ruhig und sachlich weiterlaufen können, wie es angefangen hatte: Ein Beauftragter des Bundesamts für Migration und Flüchtlinge befragte eine Frau namens Dalal Firas, und ich, Nuri Mohsen, der vereidigte Dolmetscher, übersetzte.

Aber nein. Bei Dalal Firas' letzter Antwort begann die Sache schiefzulaufen, da wusste ich, dass ich überlegen musste, bevor ich etwas sagte. Wenn ich jetzt wörtlich übersetzte, würde der Beauftragte sagen, sie könne aber nicht in einem Lastwagen aus Zypern gekommen sein. Er würde sie der Lüge beschuldigen. Sie würde verunsichert reagieren, aber auf ihrer Aussage beharren, weil sie doch der Wahrheit entsprach. Und alles würde sich gegen sie wenden.

– Herr Mohsen? Was hat Frau Firas geantwortet?

Anstatt ihm die tatsächliche Antwort, sie sei in einem Lastwagen gekommen, zu liefern, sagte ich, nach einer kleinen Pause, in einem Ton, der vielleicht für mich überzeugend klang, anscheinend aber nicht für den Beauftragten:

– Sie meint, auf einem Schiff.

Sofort begann ich mich zu ärgern, ich verfluchte meinen Job, den Beauftragten und die Welt. Es gibt Dinge, die ihre eigene Logik haben, je nachdem, aus welchem Winkel man sie betrachtet. Für den Beauftragten, der einfache arabische Worte wie ›Lastwagen‹ natürlich verstand, war klar: Ich hatte die Regeln verletzt, hatte gelogen, egal, was ich im Nachhinein noch erklären würde. In seinen Augen war ich kein vertrauenswürdiger Dolmetscher mehr.

Und so wurde ich arbeitslos. Denn unter gar keinen Umständen darf ein Dolmetscher in dieser Position Mitgefühl mit der Person zeigen, deren Aussage er übersetzt, indem er aus ihren Worten herausfiltert oder korrigiert, was er für die Entscheidung im Asylverfahren für schädlich erachtet. Ich hatte das schon einmal in Hamburg erlebt, als ich dem dortigen Interviewer eine falsche Antwort lieferte. Er fragte mich damals, ob ich ihm sagen könnte, aus welchem arabischen Land der Asylbewerber, der mit uns im Büro saß, stammte. Ich antwortete, ohne zu zögern: »Aus Syrien«, obwohl ich dem Akzent nach wusste, dass der junge Mann Tunesier war. Tunesien aber stand nicht auf der Liste jener Länder, deren Flüchtlingen so einfach Asyl gewährt wurde. Der junge Mann war schwul, seine Homosexualität aber kein Grund für automatisches Asyl. Ich musste versuchen, ihm zu helfen. Ich konnte nicht anders.

Solidarität mit Geflüchteten erzeugt Fehlverhalten bei der Übersetzung, das muss ich zugeben, selbst wenn es im Fall von Dalal Firas nicht sehr ausgeprägt war. Denn der Lastwagen, in dem sie sich versteckt hielt, war auf einem Schiff transportiert worden.

Was ist falsch, was richtig? Beim Übersetzen, im Leben und überhaupt? Fakt ist: Ich verlor meinen Job als Dolmetscher in Solingen und wurde zu einem Arbeitslosen, der vom Jobcenter lebte und auf ein Wunder hoffte, das ihm wieder auf die Beine half.

Das Wunder ereignete sich einige Monate später in Form eines geheimnisvollen Mannes.

ERSTER TEIL

# Alles anders als am Anfang

## 1

Wir nannten ihn Armin Highway. Vermutlich wegen seiner Behauptung, er wohne gleich neben der Autobahn, was nur eine der vielen Lügen war, die wir ihm gerne abnahmen. Man erzählte sich, dass Armin in Wahrheit an einem Ort wohnte, den niemand kannte, wirklich niemand, ebensowenig wie seinen wahren Namen. Auf dem Flohmarkt konnte man Armin unter allen anderen Verkäufern leicht erkennen. Im Sommer trug er einen schlichten grauen Anzug, dazu ein weißes Hemd, in der Brusttasche seines Sakkos steckte stets ein grünes Einstecktuch. Seine Schuhe, egal bei welchem Wetter, glänzten, als habe er sie eben erst mit billiger Lederpflege gewichst. Im Herbst trug er denselben Anzug mit einem Regenmantel darüber. Ganz abgesehen davon aber war er unter den Leuten leicht auszumachen, da er mit seinen etwa ein Meter neunzig ohnehin über beinahe alle Köpfe hinausragte und ganzjährig eine weiße Mütze trug. Er behauptete, diese Mütze aus Sarajevo mitgebracht zu haben. Trotz seiner vielen Lügen, die er charmant *einmalige Phantasien* nannte, muss ich sagen, dass er mir vom ersten Moment an vertraut vorkam.

Ich hatte Armin in einer merkwürdigen Phase meines Lebens kennengelernt, als ich schon ein paar Monate in Solingen gewohnt und er gerade fünfzig Jahre alt geworden war. Zu jenem Zeitpunkt hatte ich schon zwanzig Jahre in Deutschland gelebt, die meisten davon in Hamburg. Armin verhielt sich stets elegant und sehr höflich, und im Gegensatz zu vielen anderen mir bekannten Händlern verströmte er nie den Geruch von Schweiß oder Nikotin. Ein sympathischer Optimismus und eine positive Einstellung zum Leben zeichnen ihn aus. Ganz anders verhält es sich da mit der *Chinesischen Backe* und *Hans dem Roten*, zwei Händlern, die von Zeit zu Zeit in meine Wohnung kamen, um dort Waren einzulagern. Sie sprachen schlecht über die Menschen und schlecht über die Welt. Es war mir bis zu jenem Zeitpunkt auch nie zu Ohren gekommen, dass Armin auf dem Flohmarkt in einen Streit verwickelt worden wäre oder dass er gejammert hätte, wie so viele andere. Wenn er mich besuchte, was nur selten vorkam, brachte er mir stets eine kleine Aufmerksamkeit mit.

»Nimm das«, sagte er, »als Erinnerung an Onkel Armin.« Dann lächelte er, als mache er sich über seinen eigenen Namen lustig.

Ich habe ihn nie nach seinem bürgerlichen Namen gefragt. Armin benahm sich mir gegenüber tatsächlich wie ein lieber alter Onkel, obgleich er, wenn überhaupt, nur zehn Jahre älter war als ich. Einmal äußerte ich ihm gegenüber mit sehr ernster Stimme, dass ich ihn nicht mehr in meine Wohnung einlassen würde, sollte er mir weiterhin Geschenke mitbringen. Er grinste daraufhin bloß und hielt sich nicht daran.

Doch es war für mich ein besonderes Glück, mit jemandem wie Armin reden zu können, vor allem in jener wohl schwierigsten Zeit, die ich seit meines Aufenthalts in Deutschland durchlief.

Etwas mehr als ein Jahr war vergangen, seit ich nach Solingen gezogen war, der Stadt, die mir ein Unglück nach dem anderen bescheren sollte. Ich hatte im Übrigen nicht von Anfang an in jener feuchten, kleinen Wohnung dieses heruntergekommenen Gebäudes auf dieser schäbigen Straße gewohnt, die trotzdem recht hübsch wirkte, ja, die sogar von Menschen, die nicht dort wohnen mussten, als romantisch wahrgenommen werden mochte. Ganz in der Nähe dieser Wohnung gibt es einen Marktplatz, auf dem Bauern der Umgebung dienstags und freitags ihre Waren feilbieten, während andere Händler Stoffe und Kunsthandwerk verkaufen, und samstags und sonntags wird auf diesem Platz ein Flohmarkt abgehalten. Ich hatte also immerhin drei Tage pro Woche Ruhe von Lärm, Abfällen und anderem Elend.

Die Nähe zum Fluss verleiht der Straße eine besondere Atmosphäre. Nachts vergnügen sich an seinen Ufern junge Leute. Wer denkt beim Feiern schon an die Feuchtigkeit, die an den Mauern der anliegenden Häuser hochkriecht, um faulige Spuren an ihnen zu hinterlassen? Das Jobcenter gönnte mir dreihundertfünfundsiebzig Euro sowie die Monatsmiete für diese miese Wohnung, in die manchmal über Tage hinweg kein einziger Sonnenstrahl fiel. Im Sommer verdecken die Äste eines riesigen Baumes die Fenster, ein Baum, wie man ihn häufig in deutschen Städten sieht. Im Winter fährt eisiger Wind durch die klapprigen Fenster, die sich nicht ordentlich schließen lassen. Die Heizung funktioniert, wenn überhaupt, sporadisch. Schwarzgrüner Schimmel schlitzte die Tapeten an den Wänden auf, so dass Teile davon herunterhingen, als ob ich sie aus Wut aufgerissen hätte. Die Feuchtigkeit ist zudem der perfekte Nährboden für zahlreiche Insekten. Die Mücken beginnen schon im April anzugreifen, und seltsam schwarze Käfer treten gern in sichtbare Konkurrenz zu jenen Ratten, die mit der allwöchentlichen Öffnung des Obst- und Gemüsemarktes eine andere Bleibe suchen müssen, während die Milben ihr angestammtes Zuhause auf dem Stoffmarkt pflegen. Ich nehme an, das ist auch heute noch so.

Mein einziger Trost war, dass die Wohnung zwei Räume besaß, auch wenn sie beide höchstens um ihre Grade an Dunkelheit miteinander konkurrieren. Eines der beiden Zimmer liegt in der Tiefe der Wohnung mit einem defekten Fenster, das auf den Hinterhof des Gebäudes geht, wo eben der erwähnte Baum steht, der jegliches Licht absorbiert. Dieses Zimmer mied ich, so gut es ging, und verwandelte es bald in eine Abstellkammer für jene Waren, die die Händler des Flohmarkts für ein geringes Entgelt bei mir einlagerten.

Die Wohnung allein hätte mich also mitnichten dazu bewegt, länger in Solingen zu bleiben. Aber was konnte und sollte ich tun? Ich brauchte diesen schäbigen Unterschlupf, wie einer, der aus dem Paradies vertrieben worden war, nachdem mich meine damalige Freundin Kathi völlig unerwartet aus ihrer Wohnung und aus ihrem Leben geworfen hatte.

Meine ersten drei Monate in Solingen hatte ich mit dieser Frau in ihrem schönen, gräumigen Appartement gelebt, ungefähr 150 Quadratmeter groß; ein solches Appartement reicht, so empfinde ich es zumindest, für mehr als zwei Personen aus. Ich genoss jene Zeit bis zu dem Augenblick, da sie eines Nachts mit einem Unbekannten nach Hause kam. Ich konnte damals nicht wissen, ob der Typ ein neuer Kerl war oder ihr Ex, den sie, wie sie behauptete, meinetwegen verlassen hatte.

»Du musst hier morgen früh verschwunden sein«, teilte sie mir spät in jener Nacht in einem Tonfall mit, in den sie nicht einmal einen wirklich überzeugenden Ausdruck des Bedauerns zu legen versuchte.

Seit bald einem Jahr wohnte ich also inzwischen in dieser kleinen, feuchten Wohnung am Fluss, die ich mit Armins Hilfe gefunden hatte. Wie während der langen Winter im Norden üblich, hatte ich die Fensterspalten mit Zeitungspapier und Fetzen von alten Decken ausgefüllt, als es plötzlich, ich saß gerade auf der Heizung, die ab und zu etwas Wärme ausstrahlte – was für eine verdammte Kälte, die uns in diesem Winter so hart traf! –, an der Tür klingelte. Mein erster Gedanke war …

»Idiot«, sagte ich laut zu mir selbst. Ich wusste doch genau, dass Kathi nie mehr bei mir klingeln würde. Es konnte unmöglich sie sein.

»Mach dir keine Hoffnung«, hatte sie zu mir während ihres einzigen Besuchs in dieser schäbigen Wohnung gesagt. »Es ist und bleibt vorbei!« Sie wollte mich eigentlich nicht mehr besuchen, hatte sie mir damals voller Inbrunst erklärt, aber sie müsse mir das, was ich ihrer Ansicht nach heimtückisch in ihrer Wohnung zurückgelassen hätte, unbedingt zurückgeben. Mit kaltem Blick legte sie die alte Uhr, die ich als Erinnerung an meinen Großvater aus dem Irak mitgebracht hatte, auf den Tisch vor uns. »Du hast diese Uhr mit Absicht bei mir liegenlassen. Damit ich sie irgendwann finde und dir zurückbringe.«

Ich hatte die Uhr an jenem schrecklichen Morgen, an dem ich mich sehr früh aus ihrem Appartement geschlichen hatte, tatsächlich vergessen und ich musste jetzt grinsen, als ich zu meiner Kommode ging und aus ihr ein schwarzes Spitzenhöschen herauszog.

»Und wer hat mir das in den Rucksack gesteckt?«

Ich hatte das kleine Souvenir ein paar Tage nach meinem Rausschmiss in der Seitentasche meines Rucksacks gefunden.

Sie wurde wütend. »Ich rate dir, geh weg aus Solingen. Weit weg. Für immer!«

Das ließ mich nun endgültig auflachen! Wohin sollte ich denn gehen? Ich begriff auch nicht, warum sie plötzlich wütend war. Als ob ich sie verlassen hätte und nicht sie mich. Als ob ich mir ihren Slip in den Rucksack gestopft hätte, und nicht sie. Sie hatte mir diese beißende Erinnerung mitgegeben, damit ich sie nicht vergessen sollte. Kathi Nagel. Ihretwegen war ich vor einem Jahr nach Solingen gekommen.

Ich hatte sie, die eigentlich Katharina hieß, in einer verrückten

Oktobernacht in Hamburg in einem portugiesischen Restaurant an den Landungsbrücken, dem *Benfica*, kennengelernt. Das *Benfica* war bekannt für seine langen Bänke, auf denen einsame Menschen immer einen Platz fanden und bei Wein und reichhaltigem Essen schnell zueinander Kontakt fanden. Sie mache gerade einen dreiwöchigen Urlaub im Norden Deutschlands, erzählte sie mir, zwei Wochen hatte sie an der See verbracht und die letzten Tage, bevor sie nach Hamburg gekommen war, in Glückstadt. Die kleinen Kanäle und Obstgärten, die Glückstadt durchziehen, hätten ihr auf diversen Bildern so gut gefallen, dass sie sie mit eigenen Augen habe sehen wollen. Glückstadt erinnere sie an Venedig, erklärte sie mir begeistert. »Aber weißt du«, fügte sie mit traurigem Blick hinzu, »Venedig kann ich nicht mehr aushalten.« Die Invasion der asiatischen Touristen hätte ihr Venedig vermiest, wenn ich ihre sprudelnde Erklärung richtig verstanden hatte. Anstatt wie geplant weiter nach Bremen zu fahren, beschloss sie damals spontan, bei mir in Hamburg zu bleiben, und verbrachte dann die übrige Woche und, krankgeschrieben, noch drei weitere Tage in meiner Wohnung in der Eimsbütteler Straße. Die meiste Zeit davon genossen wir zusammen im Bett.

Damals hatte Kathi darauf bestanden, dass ich zu ihr nach Solingen ziehe. Sie hatte dort eine große Wohnung und außerdem sei diese Stadt wie Gottes Paradies auf Erden. »Kannst du dir das vorstellen? Wasserfälle! In Deutschland gibt es eine Stadt mit Wasserfällen!«

Sie hatte mir nicht erzählt, dass Solingen ein Zentrum der Messer- und Klingenherstellung in Deutschland war. Das war für sie nicht wichtig. Viel wichtiger war es Kathi, über ihr Unglück und das Ende ihrer Ehe zu reden. Sie war, so erzählte sie mir, Mitte dreißig und fast schon zehn Jahre verheiratet, als ihr damiliger Mann eines Tages eine junge, angeblich unterstützenswerte Untermieterin in die gemeinsame Wohnung gebracht hatte. Es habe erstaunlich lange gedauert, so erklärte sie mir, bis sie begriff, dass er mit dieser Frau ins Bett ging. Sie habe ein paar der Sachen ihres Mannes in einen großen Koffer gepackt und die beiden vor die Tür gesetzt.

»Jetzt bin ich allein in der schönen Wohnung«, sagte sie mir mit einem Lächeln. »Du bist doch geprüfter Behördendolmetscher. Kannst du nicht auch in Solingen arbeiten? Komm mit nach Solingen! Du kannst bei mir wohnen.«

Und ich glaubte, was sie mir erzählte. Völlig überwältigt von dem Vorschlag und ahnungslos, dass ich in eine Katastrophe hineinstolperte, die mein Leben auf den Kopf oder, je nachdem, wie man das sehen möchte, auf die Füße stellen sollte.

Die Zeit unserer Beziehung war so stürmisch gewesen wie ihr Ende überraschend. Aber zumindest sprang Kathi mit mir nicht ganz so schlimm um, wie sie mit ihrem Ex umgesprungen war. Mich ließ sie zumindest meinen Rucksack selbst packen, und erlaubte mir sogar, bis zum nächsten Morgen in ihrer Wohnung zu bleiben.

Ich überlegte damals, nach Hamburg zurückzukehren, obwohl ich wusste, dass dort niemand auf mich wartete. Während ich noch am Bahnhof saß und über meine Zukunft nachgrübelte, fragte mich wie aus heiterem Himmel ein junger Iraker, ob ich einer der neu angekommenen Flüchtlinge sei. Ich blickte zu ihm hoch und schüttelte nur den Kopf. Ich weiß nicht, ob es mein allgemeiner Zustand war oder nur der unglückliche Ausdruck in meinen Augen, aber ich musste wohl wie jene Gestrandeten gewirkt haben, die damals, ich rede vom Jahr 2015, von Migrationsorganisationen und NGOs in den Bahnhöfen betreut wurden. Wer diesen Menschen begegnete, spürte ihre Müdigkeit und Verzweiflung auf Anhieb. Und genauso fühlte ich mich: müde, verzweifelt und orientierungslos. Kathi wusste, dass ich Solingen nicht so einfach verlassen konnte. Hätte es in meiner Macht gelegen, ich hätte es getan, aber für einen Arbeitslosen war es schwierig, in eine andere Stadt zu ziehen. Darüber entschied das Jobcenter. Ich nahm mir vor, so bald wie möglich den Papierkram anzugehen, ansonsten, so meine damalige Angst, wäre ich bald schon ein Obdachloser ohne Arbeit. Ich hatte weder die Wahl noch die Kraft, diese unglückverheißende Stadt zu verlassen. Kathi Nagel hatte mich in Solingen festgenagelt.

Der junge Iraker setzte sich neben mich und lächelte schlau: »Kennst du Armin Highway?«

Es war das erste Mal, dass ich diesen Namen hörte.

»Dieser Mann tut viel für Flüchtlinge. Vielleicht verschafft er dir sogar eine günstige Unterkunft.«

*Wer an einem Ort zerstört wird, kann nicht woanders gerettet werden* – das hatte ich irgendwo gelesen. Letztendlich braucht ein chaotischer Mann wie ich einer bin einen äußeren Anstoß, wenn er am elenden Boden der Tatsachen angelangt ist, um seine Energie wiederzufinden und weiterziehen zu können. Vielleicht brauchte ich damals ein neues Abenteuer, nicht unbedingt eine neue Liebesbeziehung, sondern ein Abenteuer, das mir helfen konnte, zu vergessen, was mit mir und Kathi passiert war.

Ich blickte, nachdem es geklingelt hatte, auf die Uhr, es war inzwischen kurz nach sieben, und es war sinnlos zu hoffen, dass Kathi an meiner Tür klingelte. Der Flohmarkt schloss um diese Zeit. Es konnte also nur einer der Händler sein, der seine unverkauften Waren jetzt bei mir einlagern wollte. Ich öffnete die Tür.

»Du hast gehofft, es sei Kathi!« Armin schüttelte teilnahmsvoll den Kopf. »Du musst aufhören, an sie zu denken!«

Konnte dieser Mann Gedanken lesen oder mir direkt ins Herz schauen? Auf jeden Fall konnte er davon ausgehen, dass ich um diese Uhrzeit nicht mit seinem Besuch gerechnet hatte. Normalerweise besuchte er mich nachmittags, selten am frühen Abend und niemals nachts oder in der Früh. Er wusste auch, dass ich Langschläfer war und nicht vor zwei Uhr aufstand. Was sollte einer, den seine

Freundin rausgeworfen hatte, denn auch sonst tun? Ich ging spät zu Bett und blieb lange drin liegen. Die meiste Zeit verbrachte ich unter der Decke und guckte irgendwas, das mir der Fernseher bot. Am liebsten schaute ich Dokumentarfilme über historische Personen und sonnige Länder. Manchmal saß ich auch auf der warmen Heizung, bis sie wieder mal ausfiel.

Ich trug täglich einen Konflikt zwischen Schlaflosigkeit, Kälte und Sorge einerseits und der Hoffnung auf Vergessen andererseits in mir aus, was mir immer wieder deutlich machte, dass ich mit dem Trinken aufhören musste. Doch meistens konnte ich nicht widerstehen. Irgendwann gab ich nach und genehmigte mir ein Glas von dem Cognac, den mir die Chinesische Backe besorgt hatte, einen billigen ungarischen Cognac, den Hans der Rote *Orban-Cognac* getauft hatte. Ich wusste, dass dieser Cognac gepanscht war, aber genau deshalb war er stark genug, um mich ins Reich des Schlafs zu befördern. Wenn ich trotz des *Orban* nicht schlafen konnte, ging ich spät nachts in den nahegelegenen Imbiss von Dörte Fuß und Kalle Gurke und aß dort die letzte übriggebliebene Currywurst, während Dörte und Kalle mit dem Putzen beschäftigt waren.

Als Armin an jenem Abend so unerwartet vor mir stand, den Mantel bis zum Hals geschlossen, holte er, noch bevor er mich begrüßte, eine Flasche Cognac aus der Tasche. *Endlich ein echter Cognac*, dachte ich sofort. Armin kannte meine Vorliebe für dieses Getränk.

Normalerweise blieb er nie bis zum Abend auf dem Markt, denn er verkaufte seine Waren schneller als alle anderen Händler, was diese wiederum neidisch machte. Außerdem wussten sie, dass sein richtiger Name nicht Armin Highway lauten konnte und seine Waren nur selten Originale waren. Aber er besaß eine Überzeugungskraft, von der andere nur träumen konnten. Solange Armin seinen Kunden alles zu günstigen Preisen anbot, konnte er verkaufen, was er wollte. Armin verkaufte Schmuck, Kleidung, Uhren, Bestecke in verschiedenen Größen und diverse Modelle von Solinger Messern.

Manchmal auch Fahrräder. Er trieb Marken und Modelle auf, die nicht mehr produziert wurden oder offiziell aus den Listen der Hersteller verschwunden waren. Niemand wusste, wie und woher genau er an seine Waren kam. Wir wussten allerdings, dass er öfters mit seinem alten VW-Bus nach Italien fuhr. Wenn jemand Armin fragte, wo er besonders seltene Stücke aufgetrieben hatte, erklärte er, die Quelle seiner Waren bleibe sein Geheimnis, sonst könne der Kunde ja gleich dorthin gehen, um sie selbst zu kaufen.

Normalerweise verkaufte er alles wie geplant und ging dann direkt ins *Scarriff*, einen Irish Pub, wie man ihn aus vielen europäischen Städten kennt. Eigentlich hießen solche Pubs immer *Finnegans Wake* oder so, aber *Scarriff*? Ein seltsamer Name, vor allem in einer Stadt wie Solingen.

Das *Scarriff* lag nicht in der Nähe des Flohmarkts, sondern in der Altstadt, doch es hatte für Armin eine besondere Anziehungskraft. Vermutlich wegen seiner Vorliebe für dunkles Guinness, oder weil er eine tiefe Sympathie gegenüber den Iren empfand, wie er mir einmal erklärte, da sie einen Hauch von Nomadenleben in sich trügen. Außerdem traf er dort gelegentlich eine ältere Dame, Elizabeth, eine Verwandte, um deren Gesundheit er sich sorgte.

»Wow, ein Napoleon!«, sagte ich erfreut, auf die Flasche bezogen. »Wollen wir heute Abend die Welt erobern?«

Armin schüttelte den Kopf und warf einen kurzen Blick in den dunklen Flur hinter sich, als fühlte er sich beobachtet. Er müsse gleich wieder fort, sagte er, um jemanden im Krankenhaus zu besuchen. Er sei nur hier, weil er mich um einen Gefallen bitten wolle. »Du hast mir doch mal erzählt, dass du eine Schwester hast, die du nach Deutschland bringen möchtest?«, fügte er wie nebenbei hinzu.

Ich war irritiert. Wie kam er jetzt auf diese Geschichte? Tatsächlich hatte ich ihm einmal von einer meiner fünf Schwestern erzählt, von Maram, der jüngsten, die mich unmittelbar nach ihrer Ankunft in Istanbul, eine Woche auf den Tag genau nach meiner Vertreibung aus Kathis Paradies, angerufen und um Geld für ihren Weitertransport gebeten hatte. Dass ich sie enttäuschen musste, hatte mich damals traurig gestimmt. Für sie war es schwer zu verstehen, dass ihr Bruder nach all den Jahren, die er in Deutschland lebte, nicht genügend Geld – im Raum stand die Summe von zehntausend Dollar – zur Verfügung hatte, um einen Schlepper zu bezahlen, damit sie bequem per Flugzeug nach Frankfurt transportiert werden konnte. *Speedy Transport*, nannte sie es am Telefon, auf Englisch, und dann wiederholte sie es auf Arabisch.

»Mach dir keine Sorgen, Bruder«, erklärte sie mir. »Abu Tirah ist ein sehr guter, ein sehr verlässlicher Schlepper. Kannst du das Geld schicken?«

Ich war überrumpelt und überfordert. Vielleicht rutschte mir deswegen ein Satz heraus, den ich nach dem Telefonat sehr bedauerte. »Abu Taube oder Abu Krähe, dein Bruder ist bankrott!«

Natürlich hätte ich sie trösten sollen, anstatt ihr auf diese undiplomatische Weise jegliche Hoffnung auf ihren *Speedy Transport* zu nehmen. Und noch dazu im Tonfall völliger Ungeduld. Ich hatte sie nicht einmal nach ihrer Situation in Istanbul gefragt. Was tat sie dort überhaupt? Wovon und wie lebte sie? Auch nach unserer Familie und deren Situation im Irak hatte ich nicht gefragt. Maram war sauer und rief mich nicht wieder an. Zunächst hatte mir das wehgetan, aber mit der Zeit hatte ich es vergessen. Sie hatte bestimmt gedacht, ich sei nicht wirklich arm, sondern habe nur aus Geiz heraus ihr den *Speedy Transport* verweigert.

Ich hätte Armin diese Geschichte auch gar nicht erzählt, wenn wir nicht einen dieser besonderen, gemeinsamen Momente erlebt hätten, die nur im Rausch entstehen. Es war eines der wenigen Male, dass ich auf seine Einladung hin mit ins *Scarriff* gegangen war. An jenem Abend gestand ich ihm, wie sehr ich innerlich zerstört war. »Vor Kurzem erst hat mich Kathi rausgeschmissen, und heute habe ich meine kleine Schwester schwer enttäuscht«, jammerte ich.

Ich wusste nicht mehr, wie viele Gläser irischen Cognacs oder Whiskeys ich schon getrunken hatte. In dieser Nacht wollte ich nur noch lamentieren und trinken. Da mischte sich ein alter Mann, der neben uns an der Bar saß und den Armin offenbar gut kannte, in unser Gespräch ein:

»Ist eh besser, Junge«, sagte er, »No woman, no cry.« Er hob sein Glas und prostete uns zu.

Das sei der Geschichtenerzähler des Pubs, klärte Armin mich auf. »Wir nennen ihn Nathan den Weisen, dabei heißt er Hermann. Für seine Geschichten bekommt er vom Chef hier sogar was bezahlt. Stimmt's, weiser Nathan?«

Wieso erinnerte mich Armin jetzt wieder an diese traurige Geschichte über den missglückten Transport meiner Schwester, die ich für immer vergessen wollte, da Maram, wie ich glaubte, inzwischen wieder in Bagdad lebte oder, wenn sie es doch über die türkische Grenze geschafft haben sollte, nun bestenfalls in Athen festsaß.

Armin blieb bei seinem Thema. »Maram wird hergebracht, genau wie sie es wollte«, sagte er und fügte hintersinnig lächelnd hinzu: »Mit *Speedy Transport!*«

Ich verstand gar nichts mehr. Seit wann hatte Armin mit Schleppern zu tun? War er deshalb so großzügig zu mir? Das war alles sehr seltsam, und noch seltsamer war, wie schnell ich ihm gegenüber misstrauisch wurde. Ich wusste nicht, was ich sagen sollte, als ich merkte, wie meine Hand ganz automatisch die Flasche *Napoleon* öffnete und zu meinem Mund führte. Armin beobachtete mich und blickte dann zu seinem kleinen, eleganten dunkelbraunen Lederkoffer hinunter, der neben ihm auf dem Boden stand und mir bislang nicht aufgefallen war.

»Wie gesagt, ich möchte, dass du mir einen Gefallen tust«, wiederholte er und schob den Koffer mit dem Fuß in die Wohnung.

Der Flur hinter ihm war dunkel, das Licht flackerte.

»Den behältst du bei dir und passt gut auf ihn auf, ja?«, sagte er. »Ist bloß Ware, wie üblich.«

Es war das erste Mal, dass ich so etwas wie Unsicherheit auf seinem Gesicht aufflackern sah. Sein Fuß zitterte, als er den Koffer berührte, und er blickte erneut in den Flur hinter ihm, als würde ihn jemand vom Ende der Treppe her verfolgen. Ich weiß nicht, warum ich plötzlich fürchtete, der Koffer könne etwas Illegales enthalten. Eigentlich hatte ich mich nie dafür interessiert, was Armin bei mir unterstellte, ob es gestohlene Waren oder Fälschungen waren. Aber an diesem Koffer war etwas anders. Oder war es Armin, der jetzt anders auf mich wirkte?

Armin legte seine Hand auf meine Schulter. »Keine Sorge. Keine Drogen, keine Waffen. Es sind nur Fotos und Papiere. Möchtest du sie sehen?«

»Nicht unbedingt«, erwiderte ich und hob den Koffer auf – er war unerwartet leicht – und trug ihn in den hinteren Teil meiner Wohnung.

»Danke«, sagte er, als ich zurückkam, und setzte, als würde es ihm gerade erst einfallen, nach: »Ach ja, da ist noch etwas.« Er warf wieder einen Blick ins Treppenhaus, zog die Tür hinter sich bis auf einen Spalt zu, jedoch ohne sie ganz zu schließen.

Er trat nahe an mich heran. »Mir ist zugetragen worden, dass jemand von den neuangekommen Flüchtlingen ein altes Messer, oder besser gesagt, einen antiken Dolch bei sich hat«, sagte er mit gepresster Stimme. »Es könnte sich dabei um einen Dolch handeln, der meiner Familie gehört.«

Das klang ebenso seltsam und absonderlich, wie die völlig absurde Art und Weise, mit der Armin mir diese Information mitteilte.

»Ja, und?«, fragte ich, weil mir nichts anderes einfiel.

»Ich möchte, dass du dich bei den Leuten umhörst. Mit ihnen redest. Finde heraus, ob an der Geschichte was dran ist!«

Natürlich könne er selbst nachforschen, aber er wolle kein Aufsehen erregen. Denn sollte es sich bei dieser Waffe tatsächlich um den sogenannten *Dolch der Liebe* handeln, ein Stück Solinger Meisterhandwerk aus dem 16. Jahrhundert, wäre das eine Sensation, die sofort Sammler und andere Profitgeier auf den Plan rufen würde. Das wolle er nicht riskieren.

Es war dies das erste Mal, dass Armin mich gezielt anlog und mir die wahren Gründe seiner Suche nach dem *Dolch der Liebe* verschwieg. Nur merkte ich das damals nicht.

»Warum fragst du gerade mich?«, brachte ich vorsichtig heraus, da ich ihn darüber hinwegtäuschen wollte, dass ich schlicht und einfach zu feige beziehungsweise zu faul war, ihm diesen Gefallen zu tun.

»Du bist der Einzige, dem ich in dieser Angelegenheit vertrauen kann.« Außerdem sei ich für eine unauffällige Suche geeigneter als er. »Du sprichst ihre Sprache und weißt besser als ich, wo sich eure Leute treffen. Im *Café Wanted*, zum Beispiel.«

Ich wusste nicht, was ich antworten sollte. Natürlich kannte ich besagtes Café.

»Du kennst es doch, oder?«, setzte er einen Moment später nach. »Es liegt nur einen Steinwurf von Kathis Büro entfernt.«

»Was hat denn Kathi damit zu tun?«, erwiderte ich unbeabsichtigt schroff. Gerade, wo ich sie endlich mal für zehn Minuten vergessen hatte, brachte er sie wieder ins Spiel.

»Nichts.«

Ich empfand mich immer noch als einen Fremden in Solingen. Klar, ich kam manchmal am *Wanted* vorbei, betrat es, verließ es wieder und vergaß anschließend, dass ich dort gewesen war. Ich wollte die Namen der Cafés oder Restaurants, die Kathi und ich zusammen besucht hatten, nach unserer Trennung aus meinem Gedächtnis verbannen. Armin wusste das.

Das *Wanted* lag nicht weit von Kathis Büro, da hatte Armin recht, aber ich ahnte damals nicht, welche Beziehung Kathi zu diesem Café unterhielt. Sie arbeitete in einer Firma für Gartengestaltung, hatte sie mir am Abend unseres Kennenlernens in Hamburg erzählt, nachdem wir zum ersten Mal miteinander geschlafen hatten.

»Wenn du nach Solingen ziehst«, sagte sie, während sie rauchte und sich an mich kuschelte, »wirst du all die kleinen Gärten sehen, die ich mit meinen eigenen Händen angelegt habe.«

Das himmlische Paradies ist von Allah geschaffen, das irdische in Solingen von Kathi Nagel. Ganz Solingen ist Kathi Nagel, oder alles, was in Solingen grünt und blüht, ist Kathi Nagel. Ich hatte von Anfang an Angst, dass sich dieses Paradies in eine Hölle verwandeln könnte, sobald ich es betreten würde. Und so fragte ich sie auch, ob sie nicht lieber zu mir nach Hamburg ziehen wolle. Sie erklärte mir kurzerhand, dass sie bei ihrer Firma neu angestellt sei und erst nach fünf Jahren umziehen könne. Ob das eine Lüge war oder bloß ein Vorwand, kann ich bis heute nicht mit Gewissheit sagen.

Ich war ziemlich verstört. Wusste Armin, dass ich es wochenlang vermieden hatte, die Wohnung zu verlassen? Wer kennt den Schmerz der Liebe besser als eine verlassene Person?

Ich öffnete erneut den Verschluss der Cognacflasche und nahm einen kräftigeren Schluck, und ohne noch ein Wort zu sagen, traf ich die Entscheidung, tatsächlich nach dem *Dolch der Liebe* zu forschen.

»Alles okay?«, fragte Armin besorgt.

Ich nahm einen weiteren Schluck. »Erinnerst du dich an Moses? Den Propheten Moses?«

Er sah mich verwundert an. »Was hat das mit meiner Bitte zu tun?«

»Als Allah Moses aufforderte, zum Pharao und seinem Volk zu gehen, um es auf den richtigen Weg zu führen, bat Moses ihn, entweder statt seiner seinen Bruder Aaron zu schicken oder ihm diesen zumindest an die Seite zu stellen, da Aaron besser reden konnte.

Moses sagte: ›Mein Herr, ich fürchte, dass sie mich der Lüge zeihen werden, und meine Brust wird beengt sein. Schicke meinen Bruder Aaron mit mir, weil meine Zunge schwer ist.‹ Wer wird mein Aaron sein, Armin?«

»Ich bin nicht Allah«, erwiderte er, »und ich schicke dich nicht zum Volk des Pharao. Außerdem sind deine Liebesqualen nicht die einzigen Leiden dieser Welt.« Und dann sagte er leicht dramatisch: »Auch dem Besitzer besagten Dolches ist Schlimmes widerfahren.«

Ob er den einstigen Besitzer des Dolches meinte oder denjenigen, der ihn jetzt besaß, war mir nicht klar. Es spielte im Moment für mich auch keine Rolle. Ich spürte den Cognac, der mein Blut wie Ameisen durch meinen Körper trieb.

»Frag als erstes im *Wanted*«, sagte Armin und fasste in seine Manteltasche. Er zog zweihundert Euro aus ihr hervor und reichte sie mir, als wollte er mich dafür bezahlen, dass ich mein Schweigen zu dieser seltsamen Geschichte wahrte. Ich starrte auf seine Hand und wollte gerade schon sagen, dass er mich nicht beleidigen sollte, doch er kam mir zuvor: »Das ist die Miete für die Aufbewahrung des Koffers.« Er zwinkerte, weil er wusste, wie sehr mir diese Summe zu hoch erschien. Es war in der Tat ein hoher Betrag, unverhältnismäßig höher, als all jene, die er mir sonst gewährte, um seine Waren bei mir einlagern zu können. »Ich werde eine Zeitlang weg sein. Aber sobald ich wieder auftauche, wird deine Schwester bei dir sein.«

Ich wollte ihm gegenüber äußern, dass er das Thema meiner Schwester vergessen solle, da ich keine weitere Belastung verkraften würde. Tatsächlich musste ich mich zunächst um meine eigenen Angelegenheiten kümmern, mein Leben endlich wieder in den Griff bekommen und einen sinnvollen Job finden, bevor ich für meine Schwester, meine geliebte, lang schon vermisste Maram, Verantwortung übernehmen konnte.

Stattdessen aber sagte ich: »Und was, wenn ich die Person, die diesen *Dolch der Liebe* hat, nicht finde?«

Vermutlich war es der ungewöhnliche Verlauf unseres Gesprächs oder die nicht geringe Menge erstklassigen Cognacs, die meine Worte so weit von meinen Gedanken entfernten. Vielleicht wollte ich aber auch nur endlich allein sein und den Rest der Flasche leeren.

Armin stopfte mir das Geld in die Brusttasche meines Hemdes. »Du findest ihn.« Damit drehte er sich um und öffnete die angelehnte Tür.

Am Fuß der Flurtreppe erkannte ich im Halbdunkel eine Gestalt. Wie ich vermutet hatte, war da jemand. Wartete er auf Armin, oder wurde dieser wirklich verfolgt? Die Gestalt wirkte ein wenig bullig, der Mann war kleiner als Armin, er trug eine lange Jacke, seine Gesichtszüge konnte ich nicht erkennen, aber ich hörte die beiden ein paar Worte miteinander flüstern. Bevor sie zur Haustür hinauseilten, fiel mir ein, dass ich Armin nicht gefragt hatte, wer ihm die Geschichte mit diesem Dolch erzählt hatte, und was genau zu tun war, sollte ich tatsächlich auf jemanden stoßen, der diesen Dolch in seinem Besitz hatte. Ich wollte Armin noch nachrufen, aber da krachte die Haustür bereits in ihr Schloss.

Allein mit meinem *Napoleon*, zog ich mich zurück unter die warme Bettdecke. Ich wollte trinken und schlafen. Doch nach wenigen Momenten setzte ich mich wieder auf. Etwas war anders als in den letzten Monaten meines Lebens. Etwas hatte sich verändert und das lag nicht allein am teuren Cognac. Ich hatte am nächsten Morgen was zu erledigen.

## 2

Der darauffolgende Tag verlief dann tatsächlich ungewöhnlich. Ich hatte schlecht geschlafen, wie immer, wenn ich aufgeregt bin. Das ist bei mir schon lange so, wenn ich etwas vorhabe – nicht unbedingt etwas Großartiges oder Wichtiges, aber so oder so habe ich Angst vor allem, bei dem ich nicht weiß, was es mit sich bringen wird, und dann schlafe ich unruhig. Nicht, dass ich keine Überraschungen mögen würde, oder ein übermäßig neugieriger Mensch wäre, nein, es ist schlicht und einfach so, dass ich mich auf Kommendes vorbereiten möchte. Wobei ich wirklich nicht mehr weiß, ob das schon immer so bei mir war, also auch schon vor meiner Flucht, oder ob ich mir diesen Wunsch nach Voraussicht erst in Deutschland angeeignet habe.

*Wer mit Menschen vierzig Tage gelebt hat, wird wie sie*, besagt ein Sprichwort, das ich seit meiner Kindheit kenne. Ich lebe nun schon lange in diesem Land, und mein Verhalten, mein Benehmen, meine Gewohnheiten und was weiß ich noch alles änderten sich im Laufe der Zeit wie von allein. Ohne dass ich es gemerkt hätte, nahmen sie eine neue Gestalt an, als ich aus meinem Land, nennen wir es mal das Land der Dichter und Henker, in dieses Land der Dichter und Denker kam. Ich bin heute weder Dichter noch Denker, eher ein Verlierer, der einst stolz darauf war, die Dinge klar erfassen zu können.

»Du betrachtest die Dinge erst ganz genau von allen Seiten, bevor du eine Entscheidung triffst«, konstatierte mal eine meiner ersten deutschen Freundinnen. »Glaub mir, so wirst du genau so ein *Loser* wie der Protagonist der *Schachnovelle.*«

Damals hatte ich noch kein Buch von Stefan Zweig gelesen und erst sehr viel später ihre Bemerkung verstanden, die ich klar als Vorwarnung begreifen musste. Stefan Zweig ließ seinen Helden die Schachpartie verlieren, weil er sich nicht auf das aktuell geführte Spiel konzentrieren konnte, sondern sich bereits mit dem nächsten beschäftigte. Erst nach der Lektüre der Schachnovelle war mir klar, was meine Freundin gemeint hatte. Doch verhielt ich mich nicht anders? So einem *Loser* wäre es doch völlig gleichgültig, was als Nächstes passiert. *Wessen Haut gegerbt, der hat vor nichts Angst*, lautet ein weiteres Sprichwort aus meiner Kindheit. Und genau das sagte ich mir an jenem Morgen nach Armins Besuch. Warum sollte ich über den übernächsten Schritt nachdenken? Ich beschloss, mich von der Welle des Schicksals mitreißen zu lassen und machte mich auf ins *Café Wanted.*

Ich war während der ersten Tage meines Aufenthalts in Solingen gemeinsam mit Kathi ein paar Mal im *Wanted* gewesen und erinnere noch gut, mit welchen Worten sie mich zum ersten Mal in dieses Café schleppte. Wir waren gerade auf dem Weg ins Einwohnermeldeamt, es regnete, und wir suchten Unterschlupf. Komm, hatte sie gesagt, lass uns hier schnell einen Cappuccino trinken, es ist zwar nicht der ideale Ort, um dir ein angemessenes Bild der Schönheit dieser Stadt zu vermitteln, aber wir sind früh dran, und nass werden wollen wir auch nicht. Wir verließen das Café wieder, sobald es aufgehört hatte zu regnen. Ich solle dieses Café nicht allein aufsuchen, sagte sie, als wir wieder auf der Straße waren.

Auf meine Frage, wieso nicht, wo doch der Cappuccino so wunderbar schmeckte, antwortete sie flüchtig, dieses Café böte Unterschlupf für zwielichtige Getalten, was grundsätzlich völlig in Ordnung sei, nur dass dieses Café auch ein Treffpunkt von gefährlichen Verbrechern sei.

Das *Wanted* war tatsächlich ein merkwürdiges Café. Allein der Name wirkte seltsam auf mich, als wäre er ein dunkler Hinweis auf eine verborgene Skurilität, die, wir mir schien, so manch anderem Ort in dieser Stadt ebenfalls zu eigen war. Bis heute ist mir verschlossen geblieben, ob dieser Name die seltsamen Gäste des Cafés anlockte oder ob das Café wegen seiner Besucher diesen merkwürdigen Namen trug. Natürlich hatte Kathi übertrieben, als sie von gefährlichen Verbrechern sprach – lediglich kleinere Fische, harmlose Ganoven, Lügner und andere *Loser* trafen sich dort. Diese Leute erkundigten sich hier gern, ob die Polizei jemanden, den man kannte, verhaftet hätte, oder es suchte irgendwer wen, der geschickter beim Einbrechen war als er selbst und einen heißen Tipp geben könnte. Und weil keiner von all diesen kleineren Halunken zugeben wollte, dass er ein Versager oder Amateur war, versuchte jeder auf seine Art, ein manierliches Bild von sich abzugeben. Am liebsten saßen sie allein da, lasen Zeitung oder beschäftigten sich mit Kreuzworträtseln, wobei sie bewusst versuchten, ihren Bekannten den Rücken zuzukehren, um nicht mit ihnen reden zu müssen. Kaum aber spürten sie einen Fremden auf, der zum ersten Mal das Café betrat, dauerte es nicht lange, und einer der Stammgäste trat auf ihn zu, sprach ihn an und verwickelte ihn laut redend in irgendeine Geschichte, eine erlogene zumeist. Genauso gut konnte es aber auch geschehen, dass so ein Stammgast irgendein wissenschaftliches Thema aufbrachte, zu dem er sich bei seinem letzten Besuch in der nahegelegenen Stadtbibliothek etwas angelesen hatte und bei dem er nun hoffte, Eindruck schinden und Sachkenntnis und Kultur vermitteln zu können. Abgesehen von allen Klatsch- und Truggeschichten, die hier kursierten, beäugte man jeden Neuankömmling mit offen zur Schau getragener Skepsis. Vielleicht war der Neue ein professioneller Dieb? Oder war er jemand, der Informationen besaß? Informationen, die man anderswo verwenden konnte? Diese Art nicht nur gespielter Vorsicht war notwendig, da es schon des Öfteren vorgekommen war, dass einer, der hier auftauchte, für die Polizei arbeitete oder ein Bulle in Zivil war.

An jenem Tag nun, da ich das *Wanted* gut ein Jahr nach meinem letzten gemeinsamen Besuch mit Kathi nun wieder betrat, um mich für Armin nach dem *Dolch der Liebe* umzuhören, fand ich den Ort unverändert vor. Dieselbe Atmosphäre, dieselben eigenartigen Gäste, ihre auf mich gerichteten Blicke. Ich weiß nicht, ob sich jemand an mich erinnerte oder ob man mich für einen Neuankömmling hielt, ich erinnere mich nur, dass es ein nasskalter Tag war, schlimmer als die meisten dieser Wintertage im Norden. Trotzdem war ich froh, meine Wohnung verlassen zu haben.

An solch tristen Tagen war es nur natürlich, dass das Café voll war. Ich erspähte ganz hinten an einer Seite des Tresens den letzten freien Hocker an der Wand und beeilte mich, ihn für mich zu ergattern. Zwei Frauen bedienten. Eine war klein und blondhaarig, mit grünen Augen. Die andere, eine große Rothaarige mit großen Brüsten, die mich an Kellnerinnen beim Münchner Oktoberfest erinnerte, kam auf mich zu. Sie hatte Stift und Zettel in der Hand. Ich bestellte einen Cappuccino und ein Glas Wasser, »aus dem Wasserhahn, bitte«, sagte ich bestimmt, um jedes Missverständnis auszuschließen. Von meinem Platz aus konnte ich das Café gut überblicken. Nur, wie sollte ich hier etwas über den Dolch und seinen Besitzer in Erfahrung bringen, von dem ich nicht einmal wusste, aus welchem Land er stammte, und ob ich es mit einem Mann oder einer Frau zu tun haben würde.

Ich sah mich um, vorsichtig, denn mir fiel plötzlich ein, dass Kathi hier irgendwo verborgen hinter einer Zeitung sitzen konnte. Wie sollte ich ihr meine Anwesenheit erklären, wenn wir uns jetzt zufällig begegneten? Ich war mir sicher, sie würde mir nicht glauben, würde ich ihr gegenüber äußern, dass ich hergekommen war, um für Armin eine Mission zu erfüllen.

Abgesehen davon glaubte ich zu jenem Zeitpunkt noch, dass sie ihn nicht mochte. Bei ihrem damaligen einzigen Besuch in meiner schäbigen Wohnung war sie ihm zufällig begegnet, als sie die Treppe hochgestiegen kam. Er hatte sich gerade von mir verabschiedet, nachdem er wie üblich bei mir Ware eingelagert hatte. »Du und Armin Highway?«, hatte sie mich damals süffisant gefragt.

»Du kennst Armin?«

Als ich sie fragte, warum ihr unsere Bekanntschaft merkwürdig vorkäme, entgegnete sie schroff, dass ich mich, wollte ich ein anständiges Leben führen und mir in dieser schönen Stadt eine Zukunft aufbauen, unbedingt von diesem Mann fernhalten sollte. Ich war überrascht von ihrem harten Urteil und fragte sie, nicht ohne Ironie, ob Armin denn auch ein so »gefährlicher Verbrecher» sei wie die Leute im *Wanted.* Sie wollte nicht ins Detail gehen. Der Tag würde kommen, an dem ich mich an ihre Warnung erinnern sollte. Mehr sagte sie nicht. »Dieser Tag wird nie kommen!«, hatte ich ihr daraufhin an den Kopf geworfen.

Offenbar hatte ich diesen Satz jetzt so laut wiederholt, dass der Mann, der auf dem Hocker neben mir saß, sich mir grinsend zuwandte. Es war Saman. Ich war so in Gedanken, dass ich gar nicht bemerkt hatte, wie der Gast neben mir gegangen war und Saman neben mir Platz genommen hatte.

Saman der Amerikaner, wie wir ihn nannten, der nun zufällig im *Wanted* neben mir saß – oder war er extra wegen mir dorthin gekommen? –, war kein Amateur oder Dieb. Saman war alles andere als ein Dieb. Die Flüchtlinge nannten ihn Ali Schiech, was auf Deutsch *Truthahn* heißt, vermutlich wegen seines Aussehens. Saman war von großer Statur, rothaarig, weißhäutig, sehr beharrt und er trug eine dicke Brille. Er hatte sich in meinem Beisein über das *Wanted* lustig gemacht, als wir an einem regnerischen Tag an diesem Café vorbeikamen und ich ihm vorschlug, doch hineinzugehen. Meinen Vorschlag hatte er entschieden abgelehnt: »Lieber in die benachbarte Moschee als da hinein«, hatte er nicht ohne Ironie gesagt, da er, wie ich genau wusste, ein irakischer Christ war. »In dieses Café geht nur, wer einen Fuß in die Hölle setzen will«, hatte er noch nachgesetzt und beteuert, dass ich mit ihm in jede andere Kneipe dieser Stadt gehen könne, aber nicht ins *Wanted.*

Und jetzt hockte er da neben mir!

Vermutlich sprach er mich auch genau aus diesem Grund sofort an, ohne dass wir uns begrüßt hätten: »Was glotzt du so blöd? Darf ich etwa nicht hier sein?« Er sei in einer Art Mission hier, die das Amt angeordnet habe, man hätte ihm sozusagen einen Auftrag erteilt: »Du kennst doch Frau Buchmann. Die vom Ausländerbüro.«

In ihrem Auftrag sollte er Details bestimmter Aussagen von bestimmten Leuten überprüfen. »Du weißt doch«, erklärte er weiter, »viele unserer Leute lügen bei ihren Asylanträgen.«

»Zuerst einmal guten Tag, Saman«, sagte ich und streckte ihm die Hand entgegen. Ich freute mich tatsächlich, ihn wieder zu treffen.

Er erwiderte meinen Gruß mit einem naiven, fast kindlichen Lächeln, das typisch für ihn war. Unser letztes Treffen lag ein Jahr zurück. Damals war Saman sehr verärgert über einen seiner Freunde, den er Brutus nannte. Laut Saman war dieser Brutus sein bester Freund, der aber, sobald Saman sich von seiner Frau getrennt hatte, bei dieser ein- und ausging. »Besser, er hätte mir den Dolch zwischen die Rippen gerammt, als mich mit meiner Frau zu betrügen«, hatte Saman damals geklagt.

Ich erinnerte mich an seine Worte und vor allem daran, wie gebrochen er damals gewirkt hatte, und wie er mit mir, da es mir aus seiner Sicht nicht gerade schlecht ging, unbedingt über diese Sache hatte reden wollen.

»Es tut mir leid für dich«, sagte ich nun zu Saman, weil ich an unser altes Gespräch anküpfen wollte. Er blickte mich verwundert an und fragte, was mir denn leid tue. »Na, die Geschichte von damals, mit deiner Frau und diesem Brutus«, erklärte ich.

»Ach so«, sagte er beiläufig. »Alles gut. Ich bin wieder mit ihr zusammen. Und? Bist du mit Kathi wieder zusammen?«

Ich wäre fast vom Hocker gefallen. Woher wusste er von unserer Trennung? Um Saman von der alten Geschichte abzulenken, fragte ich ihn, seit wann sich denn jemand in der Behörde dafür interessiere, ob die Geschichten der Geflüchteten wahr wären oder nicht. Meiner Erfahrung nach interessierte das dort kaum jemanden. Je perfekter einer lügt, desto größer sind seine Aussichten auf einen positiven Bescheid im Asylverfahren. Wer hingegen die Wahrheit sagt, hat kaum Chance auf Erfolg. Egal, wie tragisch seine Geschichte ist, man glaubt ihm nicht. Denn wahre Geschichten klingen im Gegensatz zu perfekten Lügen ungereimt oder unglaubwürdig.

Warum ausgerechtet Frau Buchmann sich jetzt um die Überprüfung von Aussagen kümmern wollte, darüber konnte Saman nur spekulieren. Sie wolle wohl, so vermutete er, weil sie kurz vor ihrer Pensionierung stand, ihr Amt ihrem Nachfolger ordentlich hinterlassen, zumal seit Kurzem ein paar Gerüchte bezüglich der Behörde kursierten. »Unangenehme Dinge über Frauen«, sagte er und musste mir meine Überraschung angesehen haben: »Hast du denn nichts davon gehört?«

Er erzählte mir dann, es sei durchgesickert, dass viele Frauen in einem geheim gehaltenen Bordell arbeiteten, die als Flüchtlinge registriert waren und deren Sozialhilfeleistung an den Bordellbesitzer gingen. Keiner in der Behörde würde aber davon wissen wollen oder zugeben, wie es zu diesen Registrierungen habe kommen können. Natürlich habe auch Frau Buchmann nichts davon mitbekommen wollen. Und dann stünde auch noch eine merkwürdige Geschichte über gefälschte Solinger Messer und Klingen im Raum. Man habe, so erzählte er, eine große Anzahl dieser Messer in einem Flüchtlingslager gefunden. Syrer, Libyer, Iraker und Geflüchtete aus Ländern, in denen bis vor Kurzem Diktatoren geherrscht haben, besäßen diese Fälschungen, die angeblich vor Jahrzehnten an einem geheimen Ort in der Umgebung von Solingen als echte Solinger Ware ausgezeichnet und an Diktatoren in aller Welt verkauft worden seien. Die Flüchtlinge hätten auf gutes Geld beim Verkauf dieser historischen Messer und Klingen in Deutschland gehofft. Außerdem gäbe es glaubhafte Gerüchte, erzählte er weiter, dass hinter beiden Skandalen ein- und dieselbe Person steckte, jemand aus der Solinger Gesellschaft, dessen Namen er aber nicht zu wissen vorgab.

Was die Geschichte mit den gefälschten Messern und dem Handel mit Diktatoren betraf, so erinnerte ich mich an einen Bericht, den ich als junger Mann in Bagdad im Fernsehen gesehen hatte. Dort hatte der irakische Diktator in einer prachtvollen Zeremonie Schwerter, Dolche und andere besondere Messer aus Deutschland, darunter das legendäre Okapi-Messer, als Geschenke an loyale Unterstützer und Militärs überreicht. Ob die Waffen tatsächlich aus »deutschem Stahl» waren, wie in dem Bericht behauptet wurde, konnte ich natürlich nicht wissen. Wie auch immer.

Es war mir nicht wichtig, ob Saman mich anlog oder wirklich nicht wusste, wer hinter beiden Fällen stecken sollte. Darum fragte ich ihn: »Wen genau suchst du jetzt hier?«

Mein Ziel war es, ihn so weiter in ein Gespräch zu verwickeln und etwas über diesen *Dolch der Liebe* herauszufinden.

»Einen Flüchtling«, sagte er mit einem seltsamen Lächeln. »Einen Flüchtling, der unbedingt nach Solingen geschickt werden wollte.«

»Und warum?«, wollte ich wissen. Darauf erklärte Saman, er erfülle nur eine Pflicht, einen Auftrag.

Wir schwiegen eine Weile, bis mir einfiel, dass ich ihn nach Details zur Geschichte mit den gefälschten Messern und Klingen fragen könnte.

»Warum interessiert dich das denn jezt?«, fragte er plötzlich ungehalten. Für einen Moment hüpfte sein Adamsapfel rauf und runter, und ich bemerkte, wie sein Blick zur Tür des Cafés wanderte. Ein Mann war eingetreten, und mir schien, dessen Präsenz ließ Saman unruhig werden.

»Das ist einer der drei Eigentümer dieses Cafés«, flüsterte er stockend. »Er macht Geschäfte. Geschäfte mit Frauen, er besorgt dir gefälschte Dokumente und handelt mit allem, außer mit Drogen.«

Dieser Mann steuerte direkt auf einen Tisch an der anderen Seite der Bar zu, an dem eine junge Frau saß. Er wirkte unangenehm, und ich hegte keinen Zweifel mehr, dass er der Grund für

Samans plötzliche Nervosität war. Jetzt erkannte ich auch die junge Frau, die dort am Tisch saß: Dalal Firas. Sie trug ein buntgemustertes Kleid, das eher für sommerliche Abende als für diese Jahreszeit geeignet war. Über dieses Kleid hatte sie eine braune Lederjacke angezogen, die ihr zu groß war und vermutlich einem Mann gehörte, sie aber vor der nassen Kälte schützte. Dalal wirkte gleichgültig, selbst als dieser Mann direkt vor ihr stand. Sie ignorierte ihn.

Vermutlich war ihr Asylantrag abgelehnt worden und sie konnte nur mit einer Duldung in Deutschland bleiben. Behörden geben Asylsuchenden Duldung, wenn es unmöglich ist, sie in irgendein Land abzuschieben. Was hat man als geduldete Person zu verlieren? Nichts. Man wartet auf den Tag, an dem man doch noch abgeschoben wird, und mit der Zeit errichtet man eine Mauer um sich, die einen vor den schlimmsten Überraschungen schützen soll.

Zwischen Dalals Fingern verglomm eine Zigarette. Ich sah den langen Bogen aus weißer Asche und wusste, dass er demnächst fallen würde. Dalal bemerkte es nicht oder es war ihr egal. Dennoch beunruhigte mich etwas in ihrem Gesicht, und als die Asche fiel, wusste ich, ich sollte raus aus diesem verdammten Café. Ich musste raus hier!

Ich weiß nicht, warum ich das so brennend dachte. Ahnte ich, was gleich auf mich zukommen würde? Erkennt man in einem Geschehen sein Schicksal? Und wenn ich es hatte kommen sehen, warum entschied ich mich, dennoch zu bleiben? Tat ich es wegen Dalal Firas?

»Dieses Arschloch«, zischte Saman und mir war klar, wen er meinte. Er biss sich auf die Lippen. »Das ist alles, was dieser miese Hund kann: Frauen schikanieren. Und diese Frau muss für ihn arbeiten.«

Saman kochte innerlich, aber er hatte Angst, deutlich spürbare Angst vor diesem Mann. Er stand auf und entschuldigte sich, er müsse gehen. Er sprach hastig, wie jemand, der versehentlich ein

Geheimnis ausgeplaudert hatte, es nun bereute und die Konsequenzen seiner Indiskretion fürchtete.

Ich schaute wieder hinüber zu Dalal. Sie wirkte alles andere als eingeschüchtert, im Gegenteil, sie schien selbstbewusster und eleganter, als ich sie vom Dolmetschen her in Erinnerung hatte. Jetzt sah sie sogar genervt aus, als sie die abgefallene Asche von ihrem Kleid wischte.

Der Mann, vor dem Saman eindeutig Angst hatte, mochte vielleicht einer der schlimmsten Typen in Dalals Leben sein, der andere aber, der sich jetzt wie von Geisterhand vor ihrem Tisch aufbaute, wirkte wie einer dieser dunklen Kerle, die vor Diskotheken stehen und Leute aussortieren, deren Nase oder Kleidung ihnen aus unerfindlichen Gründen nicht passen. Dieser Türsteher-Typ, wohl das kraftstrotzende Schlepptau des angsteinflößenden Mannes, beugte sich zu Dalal herab, flüsterte etwas und wies mit der Hand zur Ausgangstür. Sie reagierte nicht. Nur ihre Lippen zuckten ärgerlich. Sprach er Arabisch? Ich konnte es nicht hören, spürte aber den imperativen Ton seiner Rede.

Dalal schob den Typen mit einer lässigen Geste von sich, stand langsam auf und wandte sich direkt an den angsteinflößenden Mann. »Dreckskerl!«, sagte sie mit einem Lächeln, aber so scharf, als wäre ihre Zunge eine Peitsche.

Sie sagte *Dreckskerl* auf Deutsch, nicht auf Arabisch, und so laut, dass das halbe Café es hören konnte. Dann ging sie zur Bar und winkte einer Kellnerin. Sie gab ihr einen Zehn-Euro-Schein, und während sie das Wechselgeld entgegennahm und in ihre Handtasche stopfte, blickte sie mich kurz an. Dann verließ sie das Café.

Ich wusste nicht mit Sicherheit, ob sie mich aufgefordert hatte, ihr zu folgen. Ich tat es einfach, weil es keine Alternative gab. Ich musste das Café verlassen. Etwas lag in der Luft, das mir nicht gefiel.

# 3

Alles war falsch. Alles war gelogen. Aber das hatte ich damals nicht ahnen können. Ich hatte das *Wanted* in der Absicht verlassen, Dalal Firas auf der Straße noch zu erwischen und sie zu fragen, was aus ihrem Asylverfahren geworden sei. Schließlich war ich mir sicher, dass ich für sie kein Fremder war – auch wenn sie mich nur einmal gesehen und inzwischen vergessen haben mochte. Für einen Moment glaubte ich, dass Dalal mir an der Straßenkreuzung kurz ihren Kopf zudrehte und mich anblickte, bevor sie schließlich verschwand. Vielleicht war es tatsächlich eine Aufforderung gewesen, ihr zu folgen. Egal. Bis zur Kreuzung musste ich ohnehin und dort entweder links oder rechts abbiegen. Ich wusste zu diesem Zeitpunkt allerdings nicht, dass ich unter Beobachtung stand, seit ich das *Wanted* verlassen hatte. Ich bog nach links ein, wo ich Dalal vermutete. Es war eine Sackgasse. Und plötzlich – ich hatte keine Zeit, umzukehren – traf mich ein Schlag ins Gesicht. Den Mann, dessen Faust mich erwischte, hatte ich noch nicht einmal gesehen, und schon schlug er erneut zu. Und noch einmal und noch einmal. Er schlug sehr hart, ich verlor mein Gleichgewicht und stürzte zu Boden. Nichts rettete mich. Ich lag wehrlos auf dem Rücken, krümmte mich und bekam Prügel und Tritte von allen Seiten. Ich hätte nie gedacht, dass ich so viele Schläge verkraften könnte. Ich dachte, ich würde sterben. Keine Ahnung, wie lange das alles gedauert hatte. Aber ich kann im Nachhinein sagen, dass ich bereits im Irak Prügel hatte einstecken müssen, in den Folterzellen des Regimes, in die man mich gesteckt hatte, weil ich gegen den Krieg aufbegehrte. Diese Prügel waren Teil der Wirklichkeit, mit der man rechnen musste. Aber dass ich eines Tages in Europa, in Deutschland, ja, in Solingen, zusammengeschlagen werden würde, wäre mir nicht im Traum eingefallen, aber es war bittere Realtiät.

Hatte ich geschlafen? Geträumt? Ich versuchte, die Augen zu öffnen: Eine Wolke feuchter Hitze verschleierte meinen Blick. Wo war ich? Was war passiert? Wer waren die Männer, die auf mich losgegangen waren? Es war mir unmöglich, mich zu bewegen, mein ganzer Körper schmerzte. Ich lag gefangen auf dem Asphalt dieser Sackgasse, hilflos diesen Typen ausgeliefert, dachte ich, und wäre mit diesem Gedanken für immer liegengeblieben, hätte ich nicht unvermittelt einen einzigartigen Geruch wahrgenommen. Einen bezaubernden Duft, der stark genug war, mich ins Leben zurückzuholen. Ich wusste nicht, wie lange ich dort schon gelegen hatte, als mich eine zarte Hand an der Stirn berührte, während eine sanfte Stimme an mein Ohr drang: »Wach auf«, sagte sie sanft. »Wach auf.«

Ich öffnete mühsam die Augen. Weder die Farbe ihres Haars noch die ihres Kleides konnte ich bestimmen, ich hörte nur diese Stimme, sanft, wie aus einem Traum, und sog den Duft ein, den die junge Frau verströmte, als sie sich über mich beugte und mir half, aufzustehen.

Als ich wieder auf den Beinen war, spürte ich den Geschmack von Blut in meinem Mund. Die junge Frau wischte mir mit einem Taschentuch mein Gesicht sauber. Ich fühlte dabei die unwiderstehliche Versuchung, mich wieder niederzusetzen und ein paar Minuten auszuruhen. Vielleicht wäre ich dann in der Lage gewesen, meine Gedanken zu ordnen. Erst in diesem Moment sah ich meine Retterin deutlicher vor mir. Sie war schlank, mit geraden Schultern, einer eleganten Taille und vollen Hüften. Ihr Hals war ein wenig zu lang, und die Harmonie ihrer Gesichtszüge drückte Eigensinn und Empfindsamkeit aus. Ich nahm an, dass sie etwas älter als fünfundzwanzig, aber bestimmt jünger als dreißig war.

Meine Mutter pflegte immer zu sagen, dass die Engel auf meiner Seite stünden und mich aus jeder Klemme befreien würden. Und wie es aussah, erlebte ich nun genau das an einem der schlimmsten Tage meines Lebens.

Die Frau mit dem bezaubernden Duft wirkte ein wenig verwirrt. Sie fragte besorgt: »Wollen Sie zur Polizei gehen? Soll ich Sie begleiten?« Sie sprach mit einem leichten Akzent, den ich anfangs keinem Land zuordnen konnte.

Ich schüttelte den Kopf, nein, keine Polizei. Als sie das hörte, schien sie erleichtert.

Wir gingen los. Ich hatte Mühe, das Gleichgewicht zu halten. Sie wollte mich zu meiner Wohnung begleiten, um sicherzugehen, dass mir nichts weiter passieren würde. Ich wollte sie fragen, ob sie die Angreifer gesehen hatte, verzichtete aber darauf und bedankte mich stattdessen bei ihr für ihre Hilfe und Freundlichkeit. Hätte ich die Kraft besessen, ich hätte sie gern nach ihrem Namen gefragt, auch woher sie kam, und vor allem, was sie in der Sackgasse gemacht hatte. War sie zufällig dort gewesen oder aus einem bestimmten Grund? Hatte sie mich dort *nur* liegen sehen?

Hätte ich sie das alles gefragt, wäre uns vieles von dem, was folgte, erspart geblieben. Aber wie hätte ich das damals wissen können? Ich hakte nicht nach, weil ich mich in ihrer Gegenwart sicher und aufgehoben, ja sogar geborgen fühlte.

Erst später fiel mir auf, dass sie mich führte, als hätte sie gewusst, wo ich wohnte. Ich erinnere mich nicht, ihr meine Adresse genannt zu haben, aber ich musste es wohl getan haben. Sie begleitete mich die Treppe hoch bis zu meiner Wohnung, vielleicht sogar bis zu meinem Bett, keine Ahnung. Ich weiß es nicht mehr. Sicherlich hatte ich ihr die Schlüssel zu meiner Wohnung gegeben. Wie sollten wir sonst hineingekommen sein? Ich erinnere mich nur noch, dass ich, kaum hatte ich mein Bett gesehen, auf die Matratze gefallen war und wie ein Toter einschlief. Was danach geschah, kann ich nicht sagen, sie war einfach weg, hatte nur ihren zarten Duft an meiner Kleidung hinterlassen. Eben wie die Engel. Sie erscheinen und verschwinden, bevor man sie festhalten kann.

Ein heftiges Fieber hatte mich ergriffen. Wie viele Tage seit meinem Besuch im *Wanted* vergangen waren, kann ich nicht mehr bestimmen. Ich schlief, wachte ab und an auf, brühte mir Fertigsuppen auf. Ich war so erledigt und vom Fieber niedergedrückt, dass ich die ganze Zeit über nicht sah, was mein vermeintlicher Engel in meiner Wohnung zurückgelassen hatte, bis mich irgendwann dann ein lautes Klingeln an meiner Tür aufschrecken ließ. Ich hatte nicht einmal ein Gefühl dafür, wie spät es gewesen sein mochte. Natürlich hoffte ich, die junge Frau mit ihrem zarten Duft würde zurückkommen, um nach mir zu schauen. Die Wünsche eines Einsamen, ich weiß.

Wer aber stand statt meines Engels vor meiner Tür? Weder Kathi noch Armin noch Hans der Rote: Es war die Chinesische Backe.

»Ach, du Scheiße«, murmelte sie und ließ ihre kleine rote Reisetasche zu Boden fallen.

Sie war erschüttert, als sie mich mit verletztem Gesicht, zerzaustem Haar und ungepflegtem Bart in der Tür stehen sah.

»Was sind das für Schweine, die einen hilflosen Menschen am helllichten Tag überfallen?! Du brauchst wirklich einen Cognac, nein, mehr Cognac, mein Lieber«, als ob sie gewusst hätte, dass mir der *Napoleon*, den Armin vorbeigebracht hatte, ausgegangen war.

Sie zog wieder ab, und es dauerte keine fünfzehn Minuten, bis sie wieder vor mir stand, ganz so, als hätte der Getränkeverkäufer des billigen, gepanschten *Orban* vor dem Haus auf sie gewartet.

Auf den ersten Blick war die Chinesische Backe eine unauffällige Erscheinung: rundlich, vielleicht Ende vierzig, mit hellbrauner Haut, die an getoastetes Brot erinnerte, und lockigem schwarzgrauem Haar. Nachdem ich ihr zum ersten Mal begegnet war und sie anschließend über ein paar Wochen genauer kennenlernen konnte, entdeckte ich etwas Bemerkenswertes: Ihr Gesicht, in dem sich asiatische und afrikanische Züge mischen, erinnert mich an Marguerite

Duras, wie ich sie einmal in einer Dokumentation im Fernsehen gesehen hane. Seit damals kann ich mir diese Ähnlichkeit nicht mehr wegdenken: Sobald ich die Chinesische Backe sehe, sehe ich die Züge der Duras in ihrem Gesicht, wenn auch ein wenig dunkler und ohne eine Spur der jugendlichen Schönheit der Französin. Und weil sie mich mit mehr Neuigkeiten und Klatsch versorgte als alle anderen vom Flohmarkt, von Armin und Hans dem Roten einmal abgesehen, akzeptierte ich sie auch immer gern in meiner Wohnung. Wer weiß, vielleicht erhoffte ich mir ja auch, von ihr etwas über Kathi zu erfahren, ich will das nicht leugnen. Allemal aber war klar, dass sie, nach meiner Trennung von Kathi, mein einziger Kontakt, sozusagen meine menschliche Verbindung zu all dem war, was sich in Solingen an Freude und Schande in seinen schönsten und grässlichsten Formen abspielte.

Von dem Zwischenfall in der Sackgasse unweit des *Wanted* habe sie gehört, erklärte sie mir, und mir war klar, dass sie wie üblich Informationen dazu gesammelt hatte. Das tat sie immer. Sie konnte nicht anders. Geschah etwas in der Stadt, war sie es, die hinging, umherstreifte und Fragen stellte. Sie ist eine exzellente Zuhörerin, sie füllt nach und nach die Lücken im Rätsel und behält bestimmte Details für sich. Sie ist nicht nur eine Expertin im Sammeln von Informationen, sondern auch im Begreifen menschlichen Verhaltens. So etwa hatte sie eines Tages bemerkt, wie miserabel es mir ging. Sie lächelte und sagte, sie kenne eine tolle Cognacmarke, *gut und günstig*, lachte über diesen Markennamen und sagte, dass sie ihn mir besorgen werde. Und dann tauchte sie mit diesem beschissenen *Orban-Cognac* wieder bei mir auf. Seitdem durfte sie immer länger bei mir bleiben. Ihre Anwesenheit war mir angenehm, sie befreite mich von meiner Einsamkeit und half mir, die Wohnung zu ertragen.

»Du hast wieder gedacht, Kathi stehe vor deiner Tür, was?«, beschwerte sie sich grinsend. »Wann kapierst du Romantiker endlich, dass Kathi passé ist?«

Ich war gekränkt. Warum nur mussten mich alle immerzu an Kathi erinnern? Verstand denn niemand, dass ich das nicht wollte? Eine Ausnahme bildete da Hans der Rote, der von Zeit zu Zeit bei mir vorbeikam und nur ein einziges Gesprächsthema kannte: Georges Simenons Kriminalromane. Seiner Meinung nach sollte ich die 75 Romane von Simenon lesen, um in die Rolle des Maigret hineinzuschlüpfen. Im Zusammenhang mit diesen Büchern sprach er ab und an auch über irgendwelche Verbrechen, die in Solingen und Umgebung stattgefunden hatten. Ansonsten ist er schweigsam. Das genaue Gegenteil dazu ist die Chinesische Backe. Sie spart nie mit Worten. Eigentlich eine Eigenschaft, die mich schon damals hätte stören müssen, hätte ich denn ein normales Leben geführt. Aber eben, ich führte alles andere als ein normales Leben. Alles, was ich damals tat, war irgendwie auf den Kopf gestellt. Ich hätte die Stadt verlassen, mich in eine andere Frau verlieben oder mich wenigstens mit irgendeiner Arbeit beschäftigen müssen. Aber nein. Ich entschied: a) in Solingen zu bleiben, obwohl ich hier von einer Katastrophe in die nächste schlitterte; b) nach keiner anderen Frau Ausschau zu halten, ja, diesen Entschluss trieb ich sogar so weit, dass ich alle Versuche seitens der Chinesischen Backe, mich zu verkuppeln, harsch zurückwies; c) ich hatte keine Lust zu arbeiten, wobei es für mich sehr wohl möglich gewesen wäre, eine Tätigkeit in einer Import-Export-Firma anzunehmen. Aber anstatt irgendetwas zu tun, unternahm ich gar nichts. Ich gab mich meiner Einsamkeit hin und ab und zu dem Cognac.

Ich glaube auch heute noch, dass es mehr war als meine Einsamkeit und dieser billige Cognac, die mich damals veranlassten, der Chinesischen Backe zu erlauben, sich mehr und mehr in mein Leben einzumischen. Sie wurde in dieser Zeit zu meiner wichtigsten Informationsquelle.

Sie wusste mehr oder weniger Bescheid über alle Vorkommnisse in Solingen, und so wusste sie natürlich auch Bescheid über die Vorkommnisse im und vor dem *Wanted*. Sie bestätigte mir somit die Gerüchte, die Saman der Amerikaner mit zugeraunt hatte.

Nur über Armin wusste die Chinesische Backe nichts, besser gesagt, nicht mehr als wir anderen auch. Armin war die einzige Person in ihrem Bekanntenkreis, deren Geheimnis sie bis jetzt nicht hatte lüften können. Aber jemand wie sie würde nicht aufgeben, meinte sie listig. Sie wusste immerhin, dass er eine Großtante hatte, eine ältere Dame, die Elizabeth hieß, Elizabeth Schleiff, und diese Dame wohnte in der Nähe der alten Kotten, wo Armin sie öfters besuchte. Eines Tages werde sie diesem mysteriösen Mann auf die Spur zu kommen, beteuerte die Chinesische Backe. Sie war da sehr zuversichtlich. Denn niemand könne ewig ein zwiespälitges Bild von sich geben, ohne sich zu verraten. Ich sei davon nicht ausgenommen, natürlich. Das bedeutete, dass sie kein Mitleid mit mir fühlte, weil ich mein Leben wegen einer deutschen Frau auf den Kopf gestellt hatte. Die Chinesische Backe hasste deutsche Frauen wie die Pest.

Das fand ich zwar etwas übertrieben, doch gut, in einer Sache hatte sie völlig recht: Dass keiner der Menschen, die ich kannte, nicht eine doppelte Rolle gespielt hätte, einschließlich ihrer selbst.

Damals sah ich jedoch keinen Grund, das Verhalten der Chinesischen Backe in Frage zu stellen. Ich dachte, sie wollte mir, nach dem Angriff auf mich, ein vollständiges Bild der ›Lage der Nation‹ liefern. Ich wäre gar nicht auf die Idee gekommen, dass sie mit ihrem Besuch ein bestimmtes Ziel verfolgte. Ich hieß sie willkommen, so wie ich auch Armin oder Hans den Roten willkommen geheißen hatte. Naiv wie ich war, glaubte ich, die drei wären stets zu mir gekommen, um ihre Waren bei mir zu deponieren und nur deswegen. Sie hätten mir damit, so die Illusion, der ich erlag, einen Gefallen tun oder ein wenig Geld zukommen lassen wollen – und im Gegenzug erleichterte ich ihnen ja auch ein wenig das Leben. Ich mochte die drei. Nicht mehr und nicht weniger.

Auf jeden Fall waren sie mir ein Trost in dieser kühlen Stadt.

Und wenn sie mich in der Klemme sahen, ausgebrannt, ohne Geld für Miete, Strom und Wasser, waren sie großzügig. Selbst Hans der Rote. Warum also sollte ich am Verhalten der Chinesischen Backe zweifeln? Mir war damals alles völlig normal erschienen.

Aber gut, die Chinesische Backe kam rasch zurück und brachte sogar mit den zwei Flaschen *Orban* Kuchen. Flink wie sie war, setzte sie Wasser auf und deckte den Tisch. Ich folgte ihr in die Küche.

»Mit wilden Kirschen«, sagte sie, während sie mir auf einem kleinen Teller ein großes Stück Kuchen reichte. »Die magst du doch so gern«, strahlte sie mich an und schenkte mir dann von ihrem eben erst gekochten Grog ein.

Warum war ich nicht wie sie in der Lage, die Welt mit Optimismus zu betrachten? Damals wusste ich noch nicht, dass dies nur Menschen gelang, die einen Plan und ein Ziel verfolgen. Ich kam mir vor wie eine Figur in einer mexikanischen Telenovela und genoss es, an meinem Küchentisch zu sitzen und zu erleben, wie die Chinesische Backe mich über Dalal Firas, den Mann, der Saman Angst eingejagt hatte, den Türsteher-Typen, die Tracht Prügel, die ich hatte einstecken müssen, und die wundersame Frau mit dem zarten Duft in Kenntnis setzte.

»Die ganze Stadt hat mitgekriegt, was dir passiert ist«, sagte sie. »Man wundert sich, wieso du nicht zur Polizei gehst.«

Dafür hatte ich selbst keine Erklärung. Vielleicht hatte es mit meinem früheren Leben zu tun. Eine alte Gewohnheit, eine generelle Abneigung gegenüber der Polizei. Wenn jemand aus einem Polizeistaat geflüchtet ist, kann er seine Angst vor der Polizei und seine Abneigung gegen sie nicht so einfach abbauen. Außerdem, was sollte ich der Polizei sagen? Gegen wen sollte ich Anzeige erstatten? In letzter Zeit hatte es viele Angriffe auf Asylheime, Flüchtlingslager und Überfälle oder Pöbeleien gegen Fremde gegeben. Und solche Überfälle waren nicht neu hier. Schon am 29. Mai 1993, einem Pfingstsonntag, hatten vier junge Männer mit Verbindungen in die rechtsextreme Szene einen Brandanschlag auf das Wohnhaus einer türkischen Familie in der Unteren Wernerstraße verübt, bei dem fünf Frauen und Mädchen ums Leben gekommen waren. Man nannte das »Fremdenfeindlichkeit« oder »Hass gegen Ausländer«, als ob diese Angriffe nicht schlicht und einfach übler Rassismus gewesen wären.

Ich führte also die Tasse Grog zum Mund, gebraut nach dem Rezept der Chinesischen Backe mit einer Mischung aus Cognac und Tee, dazu viel Ingwer und Zitrone, und behielt den ersten heißen Schluck im Mund. Das Getränk brannte mir auf dem Zahnfleisch. Ich fühlte mich zufrieden und war bereit, mir weitere Details der Geschichte, die mir zugestoßen war, anzuhören. Nachdem die Chinesische Backe ihre Tasse ausgetrunken hatte, öffnete sie ihre Handtasche und holte ein silbernes Zigarettenetui heraus. Dieser Gegenstand verwirrte mich ein wenig. Sie legte das silberne Etui zwischen uns auf den Tisch.

»Schau es dir an!«, forderte sie mich auf. »Ich weiß, du kannst damit nichts anfangen, schließlich trage ich das Ding nicht jeden Tag mit mir rum.«

Sie hatte recht. Das *Ding*, um bei ihrer Bezeichnung zu bleiben, passte nicht zu ihr. Die Chinesische Backe frönte einem lässigen, unkonventionellen Stil. So etwas Schmuckes passte nicht zu ihr. Wie ich bei näherer Betrachtung feststellte, handelte es sich bei dem Etui um das Erzeugnis einer Solinger Firma.

»Ja und?«, fragte ich unsicher.

»Dieses wertvolle Stück ist nur eines von vielen interessanten Objekten, die sich in dieser roten Tasche dort befinden«, sagte sie und deutete ins andere Zimmer. »Diese Tasche habe ich vorgestern von Dalal Firas zu einem lächerlich niedrigen Preis angeboten bekommen. Ich gab ihr natürlich mehr Geld, als sie verlangt hatte. Sie kam zwei Tage hintereinander ins *Wanted*, um Armin zu treffen.

Sie war verzweifelt. Sie behauptete, Armin hätte sie übers Ohr gehauen, weil er ihr versprochen habe, noch weitere Stücke zu kaufen. Aber dann sei er verschwunden. Mehr hat sie nicht gesagt. Sie hat mich bloß gefragt, ob ich ihr die Tasche mit dem kompletten Inhalt abkaufen würde.«

Ich dachte über ihre Worte nach, vor allem über ihren Satz: *Ich gab ihr natürlich mehr Geld.* Es war typisch für die Chinesische Backe, dass sie jemandem in Not half. Dalal Firas war jetzt offenbar noch verzweifelter als damals, als sie in der Behörde neben mir und vor dem Beauftragten des BAMF gesessen hatte. Hätte das Bundesamt ihren Antrag auf Asyl zurückgewiesen, hätte sie Deutschland unmittelbar danach verlassen müssen. Im besten Fall hätte man ihr fünfhundert Euro als Taschengeld gegeben, bevor sie abgeschoben worden wäre.

»Dalal hätte Deutschland übrigens vor einem Monat verlassen müssen. Was sie aber einer Freundin zuliebe, der es noch dreckiger geht als ihr, nicht tat.« Und genau wegen dieser Freundin sei Dalal ins *Wanted* gegangen, um ihrem Boss die Erlaubnis abzuringen, ihr Zimmer mit dieser Freundin teilen zu dürfen. »Und das, obwohl sie dort Hausverbot hatte. Stell dir nur vor! Ihr Boss ist übrigens Wolf der Blonde. Er hat sie einfach rausschmeißen lassen und sie beschuldigt, ihm wertvolle Messer und Silberwaren geklaut zu haben. Naja«, setzte die Chinesische Backe nach, »vielleicht ist sogar was dran. Woher sonst hatte sie wohl diese wertvollen Stücke?«

An jenem Nachmittag in meiner Küche spürte ich, wie mir die Hitze in den Kopf stieg. Mit jedem warmen Tropfen Grog geriet ich tiefer in eine Geschichte hinein, die mit Armin begonnen hatte. Ich fragte mich, woher er Dalal kannte. Wieso suchte sie gerade ihn? Warum im *Café Wanted*? Andererseits: Wer in Solingen kannte Armin nicht? Sogar der junge Iraker am Hauptbahnhof hatte mich zu ihm geschickt. Warum sollte es bei Dalal also anders sein? Vielleicht war sie nach der Ablehnung ihres Asylantrags am Hauptbahnhof gestrandet, genau wie ich nach meiner Vertreibung aus Kathis Paradies.

»Eine eigenartige Frau«, sagte ich und kratzte mich an den juckenden Wunden über meinem Ellbogen.

Die Chinesische Backe spitzte die Lippen. »Dalal hat viel gewagt«, sagte sie und griff nach einem Stück Kuchen. »Dieser Wolf ist gefährlich. Das weiß man. Und sie hat sich mit ihm angelegt.«

»Wolf der Blonde?«, fragte ich nach. »Heißt der wirklich so?«

»Auf jeden Fall nennt man ihn so«, erwiderte sie und schwieg einen Moment, um sich erneut ihrem Grog zuzuwenden. »Wieso fragst du? Kennst du ihn nicht? Alle hier kennen ihn.«

Ich schüttelte den Kopf. »Ich nicht, offensichtlich.«

»Das Leben ist immer wieder erstaunlich«, antwortete sie mir, »eigentlich muss man leben wie du. Sich heraushalten, aus allem. Nicht schnüffeln. Tja.« Sie seufzte kurz. »Verrückte Welt«, murmelte sie dann, »mal schauen, wie es weitergeht ...» – Ein typischer Satz, wenn sie das Thema wechseln wollte.

Sie nahm ihre Handtasche und zog zwei Hunderteuroscheine heraus.

»Nimm«, sagte sie und lächelte. »Ich weiß, du wirst sagen, es ist zu viel, aber sieh's mal so, es ist Schmerzensgeld, außerdem deponiere ich bei dir eine sehr wertvolle Tasche. Einverstanden?«

Ich sah sie schweigend an, nickte dann langsam, gleichwohl ich mich fragte, ob es reiner Zufall war, dass auch sie mir nun, wie Armin, zweihundert Euro zuspielte, obwohl dies ein viel zu überhöhter Preis für meine Gegenleistung war. Die Chinesische Backe stand auf. »Du überraschst mich heute sehr«, sagte sie und kniff die Augen zusammen wie eine Katze. »Soll ich dir wirklich glauben, dass du Wolf den Blonden nicht kennst?«

Ich nickte naiv.

»Unfassbar«, sagte sie. »Er ist Kathis Ehemann. Seltsam, dass du das nicht weißt.« Und bevor ich noch irgendetwas sagen konnte, legte sie los: »Kathi hasst ihren Mann. Er ist ein Erpresser und ein Betrüger und inzwischen kreisen die übelsten Gerüchte über ihn. Kathi versucht seit Ewigkeiten, die Scheidung von ihm zu bekommen. Aber der Arsch will nicht. Die zwei sind meines Erachtens in so viele Finanzsachen verstrickt, dass eine Trennung riesige Folgen für ihn hätte.«

Ich starrte sie an, vollkommen unfähig, etwas zu erwidern, weil ich jetzt selbst Stück für Stück die Lücken im Puzzle schließen konnte und nicht mehr länger spekulieren musste. Deshalb, so dachte ich mir nun, hat mich dieser seltsame Kerl, der Saman Angst eingejagt hatte, so seltsam gemustert, als ich beim Verlassen des *Wanted* an ihm vorbeigegangen war. Er hatte mich erkannt, *weil* er mich schon einmal gesehen hatte! Ich hingegen hatte ihn in jener Nacht, als Kathi zu später Stunde mit einem Typen nachhause gekommen war und mich anschließend rausgeschmissen hatte, nicht gesehen. Nur sein Schatten hatte sich im dunklen Flur bewegt. Er musste also wissen, wer ich war.

»Manche nennen ihn auch heimlich Wolf den Bösen«, fügte die Chinesische Backe bewusst hinzu. »Und er wird sehr böse, wenn jemand ihn offen so nennt. Ich dachte, du hättest ihn neulich im *Wanted* so genannt, weswegen er dir seine Schläger auf den Hals gehetzt hat.«

Über diese Vermutung musste ich lachen, obwohl mich beim Lachen die Rippen schmerzten. Ich hatte damals doch keine Ahnung, wer dieser Mann war.

Die Chinesische Backe nahm das Zigarettenetui und steckte es zurück in ihre Handtasche. An der Tür blieb sie für einen Moment stehen und blickte mich ernst an. Dann sagte sie leise, aber bestimmt: »Es ist nur eine Frage der Zeit, bis du kapierst, was hier läuft und wer zu wem gehört.« Und ein wenig nachdenklich, ein wenig philosophisch setzte sie hinterher: »Wirklich. Es ist nur eine Frage der Zeit, bis du erfährst, wer in diesem Kaff deine wahren Freunde sind.«

Das war eine interessante Aussage. Ich hätte gern gewusst, was sie damit meinte, doch sie ließ mir keine Gelegenheit, nachzuhaken. »So, jetzt muss ich aber los«, sagte sie lachend und war mit einem kurzen Gruß ebenso rasch aus der Tür wie sie gekommen war.

Ich fragte mich, was sie wohl noch alles über Kathis Mann wissen mochte. Sie wusste, wer mit wem in Solingen eine Affäre eingegangen war, sie wusste, wer von seinem Bruder Geld geklaut hatte, ja, sie wusste sogar, wer von wem wegen Depressionen behandelt wurde. Ich konnte also davon ausgehen, dass sie über Wolf bestimmte Informationen besaß, die sie mir offenbar nicht anvertrauen wollte. »Man soll nicht seine ganze Munition verschießen«, hatte sie mir gegenüber einmal erwähnt. »Man muss immer die letzte Patrone behalten.«

Und ich? Wie sah meine Munition aus? Ich hatte nicht einmal genügend Geld, um Pläne für die Zukunft zu schmieden, und damit meine ich die nahe Zukunft. Für große Gedanken war ich zu müde. Ich fühlte mich verloren und gelangweilt und glitt in diese Einsamkeit, gegen die weder ein Schluck Cognac noch Schlaf helfen können. Ich hob also die rote Tasche hoch und schleppte sie ins hintere Zimmer. Als ich das Licht andrehte, sah ich es. Genauer, ich sah, dass etwas fehlte. Der Koffer. Armins Koffer. Er war nicht mehr da. Ich war mir ganz sicher, ihn hier abgestellt zu haben, und ebenso sicher war ich mir, dass ich ihn seitdem nicht mehr angefasst hatte. Ich war nicht einmal mehr hier im Zimmer gewesen. Wozu auch? Weder Neugier noch irgendein anderer Grund hätten mich dazu gebracht, den Koffer zu öffnen. Nicht wegen meiner grundsätzlichen Diskretion, wenn Sie das jetzt vielleicht glauben, oder wegen des Vertrauens, das Armin mir schenkte. Nein, sondern aus einem einfachen Grund: Falls irgendwas Illegales in dem Koffer gewesen sein sollte, hätte ich, auf seinen Inhalt hin befragt, lieber nichts davon gewusst. Sagen wir, auch das ist eine alte Gewohnheit, die man als Erbe aus einer Diktatur in eine neue Heimat mitschleppt. Den Koffer hatte ich in die hintere Ecke des Zimmers gestellt, weil Armin mir zu verstehen gegeben hatte, dass er für eine längere Weile abwesend sein würde. Hatte ich einen Anfall von Fieber? War es ein schlechter Traum? War es wirklich möglich, dass der Koffer verschwunden war? Ich trat näher an die nun leere Stelle und sah auf dem Boden einen Zettel liegen: *Ich danke Dir, bis das Schicksal uns wieder zusammenbringt, mit herzlichen Grüßen, Frau Phantasma.* Das stand da wirklich. Die Frau mit dem zarten Duft bedankte sich bei mir. Wofür? Jetzt war ich richtig erledigt. Wann war das passiert? Hatte die geheimnisvolle Frau tatsächlich den Koffer entwendet? Wenn ja, dann hatte sie von Anfang an einen Plan gehabt. Aber warum? Und seit wann? Außer der Chinesischen Backe war niemand vom Flohmarkt hier gewesen. Auch Hans der Rote nicht. Und selbst, wenn die beiden hier gewesen wären, ich konnte mir beim besten Willen nicht vorstellen, dass einer von ihnen den Diebstahl begangen hätte. Ich musste also annehmen, dass die Frau mit dem zarten Duft den Koffer an sich genommen und diesen Zettel hier hinterlassen hatte. Aber woher hatte sie von Armins Koffer gewusst? Vielleicht, dachte ich, war es ihr eigentliches Ziel, an Geld zu kommen? Ich wollte mir nicht vorstellen, dass sie gemeinsame Sache mit den Schlägern machte und vor dem Café auf mich gewartet hatte.

Diese Gedanken untergruben mein gerade erst wiedergewonnenes Selbstvertrauen und ich musste mir eingestehen, dass die Situation auf mir unverständliche Weise außer Kontrolle geriet. Meine mir rätselhafte Welt wurde noch rätselhafter, und bald schon schien mir nur mehr Eines sinnvoll: So schnell wie möglich aus dieser Stadt zu verschwinden.

# 4

Als es mir besser ging und meine Wunden fast verheilt waren, beschloss ich, mich auf die Suche nach der Frau mit dem zarten Duft zu begeben. Das war etwa zehn Tage nach dem Besuch der Chinesischen Backe. Eine alte Weisheit besagt, man müsse, um etwas Verlorenes wiederzufinden, mit der Suche dort beginnen, wo man glaubt, es verloren zu haben. Und so machte ich es.

Ich stand nun täglich früher auf und verließ kurz vor Mittag die Wohnung, um in umgekehrter Richtung jenen Weg abzugehen, auf dem mich *Frau Phantasma* nach Hause geführt hatte. Ich ging die Wupperstraße hinauf, über den Kirchenplatz, dann die Kirchenstraße entlang zum Graf Wilhelm-Platz, ließ diesen hinter mir und bog in eine Nebenstraße ein, die Mommsstraße, voller Hoffnung, der Frau mit dem zarten Duft zu begegnen. Vergeblich. *Frau Phantasma* war von der Bildfläche verschwunden.

Unterwegs formulierte ich in meinem Kopf irgendwelche Sätze, mit denen ich sie wegen des verschwundenen Koffers gern konfrontiert hätte, und übte meine Stimme in der Artikulation dessen, was ich mir eher als Rüge denn als echten Vorwurf ausgemalt hatte. Nach zwei Wochen wurde mir klar, wie absurd mein Unternehmen war. Was ich da tat, war nichts anderes als pure Zeitverschwendung, wenn nicht sogar die perfekte Ablenkung von meinem ursprünglichen Auftrag, den Besitzer des *Dolchs der Liebe* ausfindig zu machen. Doch einmal noch wollte ich es probieren. Und es sollte der letzte Tag meiner Suche werden.

Ich stand wie gewöhnlich an meiner Beobachtungsstelle gegenüber dem *Wanted*, und erkannte ihn sofort.

Wolf der Blonde war in Begleitung einer älteren Frau. Sie wirkte zierlich auf mich, ihr Haar war vollkommen weiß, aber sie machte nicht den Eindruck, gebrechlich zu sein. Die beiden waren in ein Gespräch vertieft, genauer, sie redete eindringlich auf ihn ein. Sein

Gesichtsaudruck wirkte finster, ich konnte sehen, wie ungeduldig er auf ihre Worte reagierte. Er blickte genervt um sich, wedelte mit der Hand und versuchte, das Gespräch zu beenden. Hätte die alte Frau ihn nicht ab und zu am Ärmel gezupft, ihn ein bisschen festgehalten und zu sich herangezogen, wäre er vermutlich einfach davongeeilt. Als die beiden den Eingang des Cafés beinahe erreicht hatten, trafen sich unsere Blicke, und er machte abrupt Halt. Er starrte mich an, als ob ich ein Geschenk des Himmels wäre. Einen Moment später löste er sich von der alten Frau. Es blieb mir nichts anderes übrig: Ich rannte los.

»Halt!«, schrie er, »Halt! Bleib stehen!«, und heftete sich mir an die Fersen.

Ich lief schnell und schneller, bis ich ein Einkaufzentrum sah, in das ich hineinrannte. Dort mischte ich mich unter die Menschenmenge und verließ das Gebäude wenig später durch einen hinteren Ausgang.

Warum tat ich das? Warum lief ich vor Kathis Ehemann davon? Vielleicht wollte er nur mit mir reden? Und selbst wenn er mich hätte bedrohen oder auffordern wollen, die Stadt zu verlassen, hätte ich doch die Gelegenheit nützen können, ihm zu sagen, dass ich genau das vorhatte. Oder ich hätte zu ihm sagen können: »Du hör mal, du blonder, böser Wolf, warum hast du mir deine Schläger auf den Hals gehetzt? Ich bin doch nicht mal mehr mit deiner Frau zusammen!«

Erst als ich nach Hause kam und die Wohnungstür hinter mir schloss, merkte ich, in was für eine Panik ich geraten war.

Ich nahm einen Schluck Cognac, den letzten aus der letzten Flasche aus der Sechserkiste des scheußlichen *Orban*, die mir die Chinesische Backe gebracht hatte.

»Na, du Verlorener, was machst du jetzt?«, fragte ich mich laut.

Wozu, warum, wieso und überhaupt blieb ich hier? Nach dem, was mir vor dem *Wanted* passiert war, und mit allem, was mir die

Chinesische Backe von Wolf und seinen Schlägern erzählt hatte, hätte ich wirklich meine Sachen packen und sofort die Stadt verlassen sollen!

Hätte ich mehr als die vier Hunderter von Armin und der Chinesischen Backe gehabt, hätte ich die Stadt vielleicht wirklich verlassen. Vielleicht waren es aber auch die bei mir deponierten Waren vom Flohmarkt, für die ich die Verantwortung trug, die mich von allem, was ich hätte tun sollen, abhielten. Und außerdem, wie hätte ich abhauen können, bevor ich Armins gestohlenen Koffer nicht wiedergefunden hatte?

Ich möchte Ihnen an dieser Stelle etwas ganz anderes mitteilen.

Manchmal haben wir einen Bekannten, mit dem wir keine gemeinsamen Interessen oder besonderen Erfahrungen teilen, mit dessen Meinungen und Benehmen wir nicht unbedingt einverstanden sind und den wir nur selten und zufällig sehen – und doch ist diese Person für uns von großer Bedeutung. In Solingen ist die Statue eines sitzenden Mannes für mich ein Bekannter dieser Art. Er sitzt auf einer Glasbank und hält eine kleine Broschüre in der linken Hand, die wie ein Notizbuch aussieht. Dabei schaut er nach oben, als würde er über gerade Notiertes nachdenken oder nach neuen Worten suchen. Die Glasbank bildet den Rand eines Brunnens, auf dessen Wasserspeier links neben der Figur ein kleiner Vogel sitzt. Der Brunnen ist nicht mehr in Betrieb, sondern dient als bepflanztes Beet. Mir gefiel die schlichte Gestaltung des Mannes. Er ist schlank und wirkt durch seinen ruhigen Blick einfühlsam und sensibel. Die Jacke, die er trägt, umarmt seinen Körper wie eine Haut.

Solingen ist voller Denkmäler. Sie hatten mich nie besonders interessiert, außer eben dieses eine. Ich entdeckte es, nachdem Armin mich gefragt hatte, ob ich die Figur des nachdenklichen Mannes am Alten Markt schon gesehen hätte. Sie war dem Solinger Dichter Peter Witte gewidmet, der von 1876 bis 1949 hier gelebt hat. Was ich mit diesem Mann zu tun hätte?, wollte ich von Armin wissen. Ich solle hingehen und selbst nach der Antwort suchen, hatte er mir zugeraunt. Tatsächlich fand ich auf meine Frage nie eine Antwort, egal wie oft ich diese elegante Skulptur besuchte. Besonders an sonnigen Tagen ging ich gern zu meinem stummen Freund, setzte mich links neben ihn, während der Vogel zwischen uns wachte. Nur sitzen, sonst nichts. Am Ende eines jeden Besuchs stand ich eine Weile vor ihm, um über den Charakter dieses Mannes und das in seinen Händen liegende Notizbuch nachzudenken. Und wie das so ist, mit dem Nachdenken kommt man, wenn man ehrlich sein will, nicht umhin, sich einzugestehen, dass man im Grunde über sich selbst nachdenkt. So war es auch an jenem Tag nach meiner Flucht vor Wolf dem Blonden. Das sonnige Wetter hatte sich auf meine Seite geschlagen, ich setzte mich neben meinen Freund und überlegte, wie ich mich aus allem hier zurückziehen konnte. Der Auftrag, den ich für Armin erledigen wollte, war mir zu merkwürdig, um nicht zu sagen, zu gefährlich geworden. Mein Eifer für die Suche nach *Frau Phantasma* war verflogen. Als wäre ich plötzlich erwachsen und klug geworden, sah ich meine eigene Unreife und den Infantilismus, der hinter allen meinen Entschlüssen im Leben stand. Das war mir in diesem Moment bewusster denn je. Ich hatte mich in diese Sache mit dem *Dolch der Liebe* hineinziehen lassen, weil ich Armin nichts abschlagen konnte. Für die Erfüllung einer solchen Mission reichte das natürlich nicht. Ich war ein Amateur, mehr nicht.

Ich ging nachhause und packte die wenigen Sachen, die ich mitnehmen wollte, in eine Tasche. Ein paar Hemden, zwei, drei Pullover, ein wenig Unterwäsche, Socken und die Bücher, die mich schon bei meiner Flucht vor mehr als zwanzig Jahren begleitet hatten.

Als ich mich für Peter Wittes Denkmal zu interessieren begann, hatte ich gelesen, dass nach den Luftangriffen auf Solingen am 4. und 5. November 1944 nur Trümmer von den Immobilien der Gebrüder Witte übriggeblieben waren. Die Betriebsstätten der Scherenfabrik, das Wohnhaus selbst, schlicht alles war zerstört worden. Peter Witte selbst berichtete später, sein ganzer noch geretteter Besitz habe in einen Schuhkarton gepasst. Immerhin zählte mein Besitz damals mehr, als in einen kleinen Karton passte.

Ich schrieb einen kurzen Brief an Armin. Darin entschuldigte ich mich für den Verlust seines Koffers, ohne die näheren Umstände zu erklären. Besser ihm die Schilderung des Geschehenen ersparen, dachte ich, und versicherte ihm, die volle Verantwortung übernehmen zu wollen. Ich versprach, ihn für den Verlust zu entschädigen, sofort, nachdem ich einen Job gefunden hätte, egal, wie hoch die Kosten auch waren. Und schließlich bedankte ich mich für die wunderbaren Momente, die er mir mit seinen jeweiligen Besuchen bereitet hatte. Und natürlich ließ ich nicht aus, den Wunsch auf ein Wiedersehen hinzuzufügen.

Das Briefkuvert klebte ich zu und schrieb Armins Namen darauf. Ich wollte ihn entweder der Chinesischen Backe oder Hans dem Roten übergeben, mit der Bitte, ihn an Armin weiterzuleiten, sobald der zurückgekommen wäre.

Als ich schließlich die Wohnung verlassen hatte und auf der Straße stand, fiel mir plötzlich ein, dass der Flohmarkt an diesem Tag gar nicht aufgebaut war und ich also niemandem den Brief mit der Bitte einer Weitergabe hätte in die Hand drücken können. Mir blieb nichts anderes übrig, als den einzigen Ort aufzusuchen, wo man Armin zumindest kannte und wo irgendwer meinen Brief an ihn würde übermitteln können: das *Scarriff*.

## 5

Ich wusste, wo das *Scarriff* lag. Am Täppken, im Stadtteil Gräfrath, unweit meiner Wohnung und in Fußnähe zum Flohmarkt, genau dort, wo die Wuppertaler Straße endet und sich Täppken und Am Graben treffen. Dort beginnt eigentlich die Altstadt von Solingen.

Die Liste der Baudenkmäler in Solingen-Gräfrath ist lang, allein im Täppken sind es über 15 Häuser, darunter auch das Fachwerkhaus, in dem sich das *Scarriff* befindet. Das war mir die beiden Male nur vage bewusst, als ich mit Armin dort gewesen bin.

Jeden Tag gehen wir durch viele Orte, laufen Straßen entlang und überqueren Plätze und betreten Cafés oder Restaurants, deren Namen uns nichts sagen. Ein Neuankömmling aus einer ganz anderen Kultur als der des Nordens, wie ich einer bin, braucht viel Zeit, um zu lernen, wie wichtig es ist, Namen, insbesondere Straßennamen, zu erinnern. Die meisten von uns neu Hergekommenen sind nicht daran gewöhnt, sich Straßennamen zu merken, nicht einmal jene, die in Großstädten lebten. Mit Ausnahme der großen, zentralen Verkehrswege sind Straßen bei uns namenlos. Ich wüsste nur allzu gern, ob dies dort, von wo ich komme, aus Tradition und Gewohnheit geschieht, oder ob dieser Umstand der Struktur der Städte geschuldet ist. Sie entstanden zufällig an den Ufern eines Flusses, besiedelt meist von Bauern, die zuvor auf offenen, namenlosen Feldern gewohnt hatten, und ihre neuen Siedlungen waren so offen wie einst der Steppenhorizont.

In meinem Fall verdoppelte sich das Unvermögen, mir Straßennamen einzuprägen, weil ich sie schlichtweg unwichtig fand. Wozu auch? Außer ein paar Plätzen kannte ich nichts in Solingen. Ich speichere Namen nur mit Mühe ab, oder aus Not. Und an jenem Tag im Täppken geschah es aus purer Not.

Ich traf gegen vier oder fünf Uhr nachmittags im *Scarriff* ein. Außer Nathan dem Weisen, der wie immer wie ein Wasserfall redete, waren vielleicht noch eine Handvoll anderer Gäste dort. Unter ihnen eine weißhaarige Frau, die mit gesenktem Kopf an einem Tisch in der Ecke saß und den Anschein machte, eingenickt zu sein.

Nathan der Weise, der eigentlich Hermann hieß, dürfte etwa achtzig Jahre alt gewesen sein, vielleicht ein paar Jahre jünger, vielleicht ein paar Jahre älter, aber er war sehr gut in Form. Wie er wohl ausgesehen hatte, als er noch jung war? Sicherlich war er früher das gewesen, was man einen gutaussehenden Mann nannte, mit schwarzem, dichtem Haar, vollen Lippen, schmalen Wangen und großen blauen Augen. Ihn zeichnete besonders aus, dass er beim Tanz ein Markenzeichen präsentierte: Zuerst drehte er sich um sich selbst herum und streckte dann, gleich einem Vogel, seine Arme aus, als wolle er davonfliegen. Eigenartig war auch die Art und Weise, wie er sprach. Seine Stimme hüpfte förmlich, als könne sie wegen seiner Freude und Lebendigkeit gar nicht innehalten, ja, er zwitscherte wie eine Nachtigall unter dunklem Frühlingshimmel.

Wenn er so zwitscherte, ein wenig selbstverliebt konnte man meinen, dann über sich selbst, über wen auch sonst?, wobei er gern wild gestikulierte, um seine Reden zu untermalen. Seine großen Augen leuchteten voller Enthusiasmus. Man konnte ihn für einen Italiener halten. Hermann zwitscherte viel von der Liebe. Die Frauen und die Liebe seien seine Zerstörung gewesen, zwitscherte er in den Raum, seine grundlegende Hoffnungslosigkeit, immer schon, auch als er jung war. Die Frauen hätten ihn ruiniert und zerstört.

»Trotzdem habe ich viel gelernt!«, jubilierte er mit großer Geste. Er habe viele Geheimnisse erfahren, bis er die wahre Weisheit gefunden habe und durch die Liebe ein besserer, ein zivilisierterer Mensch geworden sei.

»Man lernt nur durch die Liebe!«, sang er und sah jeden einzelnen Gast der Bar an. »Ihr seht traurig aus. Seid nicht traurig. Glaubt mir: Das Leben ist schön. Prost!«

Er hob sein Glas, nahm einen großen Schluck und räusperte sich, bevor er uns eine weitere Geschichte aus dem Schatz seiner reichen Erfahrungen vorträllerte, eine Geschichte, durch die wir erkennen sollten, was die Liebe sei, welch große Bedeutung sie habe und was es hieße, die wahre Liebe zu empfinden, die nur die zivilisiertesten Menschen kennen. Dann sang er uns einige Strophen vom glücklichsten Tag seines Lebens vor und wie sehr er es bedauerte, nicht mehr in jene Zeit zurückkehren zu können. Er würde das alles gerne nochmals erleben, »aber ja, tja, nun, was soll man tun«, alles gehörte der Vergangenheit an. Geblieben seien einzig die noch immer leicht juckenden Narben der längst verheilten Wunden. Er trällerte das in recht tiefer Tonlage, ballte dabei seine Hand zu einer festen Faust und schlug mit dieser rhythmisch auf sein Herz. Dann verstummte er eine Weile und blickte zum Tisch in der Ecke, zu der weißhaarigen Frau, und mir schien, als überlegte er, ob er zu ihr hinübergehen und sie wecken sollte. Hätte er es getan, ich hätte sie erkannt.

Im hinteren Teil der Bar schepperte leise Musik aus den Boxen. Irgendeine Sängerin intonierte mit hoher und höchst unsensibler Stimme das schon damals aus der Mode gekommene Liedchen *Über die Liebe habe ich früher nur gelacht*. Durch die Musik hindurch verspürte ich jäh die überraschende Nähe eines Körpers neben mir. Ich drehte mich um und da saß Nathan der Weise plötzlich auf dem bis dahin leeren Hocker neben mir.

Er sah mich an. Mir schien, als hätte er mich erkannt. Ich wirkte sicherlich traurig an jenem Tag, und für diese mir grundeigene Stimmung war ich bekannt.

»Was hat dich denn in diese Gegend verschlagen? So weit weg von deinem Viertel«, flötete er mir zu. »Obwohl *weit weg von deinem Viertel* übertrieben ist, gell?« Er blickte mich gleichmütig an.

»Was denken Sie? Was hat mich wohl hierher verschlagen?«

»Die Liebe natürlich, mein werter Freund«, trällerte er nach einer kleinen Pause.

Ich grinste schwach. »No woman, no cry«, und zuckte mit den Schultern.

Das gefiel ihm. Er begrüßte mich, als wäre ich ein alter Freund und bestellte ein Glas Whiskey für mich. »Teeling Revival, please«, zwitscherte er dem Kellner hinterm Tresen zu und säuselte dann zu mir bedeutungsschwanger: »Zwölf Jahre alt, hat einen wunderbaren Geschmack.«

Ich hatte von dieser nobleren Marke gehört, und es war wirklich großzügig von ihm, mich einzuladen.

»Dafür, dass du mir die Ehre deines Besuches erweist.«

Nathan der Weise wurde melancholisch *und* höflich. Er zündete sich eine Zigarre an und stieß sein Glas gegen meines, kaum dass der Kellner serviert hatte. Ich trank den Whiskey langsam bis zum letzten Tropfen. Er schmeckte köstlich.

Bis heute weiß ich nicht, was mich geritten hat, dass ich ihm meine Geschichte mit Kathi erzählte und dabei nicht darauf verzichtete, auch die Seltsamkeiten der letzten Wochen zu schildern. Ich sprach zum ersten Mal mit jemandem über Dinge, die ich normalerweise niemandem, nicht einmal der Chinesischen Backe, anvertraute.

Nachdem ich meine Erzählung beendet hatte, spürte ich sein Mitleid, auch wenn mir das peinlich war. Nicht nur aufgrund seiner leise gepiepsten, aber aber leeren Worte: »Oh, teurer Freund, das habe ich doch gesagt»; auch nicht, weil er den berühmten Hermann Hesse zitierte: »Die Liebe ist nicht da, um uns glücklich zu machen. Ich glaube, sie ist da, um uns zu zeigen, wie stark wir im Leiden und Tragen sind«, und auch nicht wegen seiner eigenen Weisheiten wie »Halte durch, mein Lieber, du bist noch so jung. Das Leben geht weiter» oder »Das Leben ist kein Rückweg!« oder oder oder. Nein, Nathan der Weise vermittelte mir sein Mitleid, indem er mich tröstete und mir noch ein Glas von diesem teuren, herrlichen Teeling Revival bestellte.

Mit dem nächsten Glas wechselte ich das Thema und ließ dem mir lieb gewordenen Hermann keine Zeit, auf meinen Kummer, meine Trauer, meine Hoffnungslosigkeit und all jene betrüblichen Sachen, die mit dem Trinken an die Oberfläche gespült werden, trällernd zu antworten. Ich wollte von ihm unbedingt wissen, womit sich Armins überraschende Abreise und – davon war ich überzeugt – sein langfristiges Verschwinden erklären ließen. Wie ich vermutet hatte, pflegten die beiden eine traute Freundschaft, und allen Erwartungen entsprechend war nichts von dem, was sich bisher ereignet hatte, dem Zufall geschuldet, wollte ich Hermann und seinem Liedchen Glauben schenken. Doch statt mir zu verraten, wo Armin nun steckte, was ich wiederholt fragte, weil ich es ja wissen wollte, warf er erneut einen Blick hinüber zu der Frau am Tisch in der Ecke, wechselte die Stimme ins ernste Fach und murmelte beinahe unhörbar leise: »Hast du mal von Fritz Grobba gehört? Doktor Fritz Grobba?«

Ich schüttelte den Kopf.

»Tatsächlich nicht?«, kommentierte er skeptisch. »Dabei kommst du doch aus dem Land, wo Grobba früher gewirkt hat.«

Ich verstand nicht, was er meinte, worauf er zwei weitere Teeling Revival bestellte und mir sanft seine Hand auf die Schulter legte: »Dann hör mir jetzt gut zu, werter Freund«, fing er an.

Laut Nathan dem Weisen wäre dieser Doktor Fritz Grobba gerne der deutsche Lawrence von Arabien geworden. Grobba sei das leibhaftige Bindeglied zwischen dem Irak und Deutschland, so Nathan der Weise, er sei von 1932 bis 1939 deutscher Gesandter in Bagdad gewesen und hätte dort arabische Nationalisten unterstützt. Auf seine Initiative hin seien irakische Journalisten zu diversen Weiterbildungen nach Deutschland eingeladen, irakische Redaktionen kostenlos mit deutschen Agenturmeldungen und Fotografien aus dem Reich versorgt worden. Nach Beginn des Kriegs sei er dann auf eigene Faust nach Bagdad zurückgekehrt, um dort im Mai 1941 den Militärputsch von Raschid Ali al-Gailani gegen die Briten zu unterstützen. Als die Briten die Macht bereits nach einigen Tagen zurückerobert hatten, habe besagter Grobba aus dem Irak fliehen müssen. Gegen Ende des Zweiten Weltkrieges sei er in russische Gefangenschaft geraten.

»Fritz Grobba kannte ein paar Solinger Messerschmied-Familien«, flötete mir Nathan nun zu, »aber mit einer, nämlich der

Familie Schleiff, hat ihn mehr als nur eine Freundschaft verbunden.«

Später dann, ab 1959 etwa, so ließ mich Nathan wissen, habe Grobba in der Nähe von Bonn gelebt, sei von dort aus mehrfach in den Irak gereist und habe seine immer noch bestehenden Verbindungen in Bagdad genutzt, um der Familie Schleiff zu neuen Geschäften und wirtschaftlichem Aufschwung zu verhelfen.

»Aha, ich verstehe«, sagte ich selbstbewusst, obwohl ich in Wahrheit nichts verstand, und schon gar nicht, was dieser Grobba mit Armin zu tun haben sollte.

Dabei sei es, laut Nathan, um nichts anderes gegangen als Grobbas Kriegskameradschaft mit Theobald Schleiff, der niemand anderes war als Armins Großvater. Grobba hätte alles getan, um diese Familie, die mit den Nazis kollaboriert habe und so zu Reichtum gekommen sei, nach dem Krieg wieder erfolgreich werden zu lassen. Mit dem Messerschmiede-Betrieb Schleiff sei es nach dem Krieg zunächst bergab gegangen, doch die alten Seilschaften hielten, und mit dem durch Grobba vermittelten Klingenhandel in den Irak sei in den sechziger Jahren tatsächlich der Aufschwung gekommmen.

Wieder verstummmte der weise Nathan für einen Moment, dann legte er mir erneut seine Hand auf die Schulter, lächelte offenherzig und raunte mir zu: »Armin ist einer der letzten Nachkommen dieser Familie Schleiff, aber er hat sich früh von seiner Familie abgewandt. Er war angewidert von der Skrupellosigkeit seines Großvaters als Profiteur der NS-Zeit. Drum hat er auch den Mädchennamen seiner Mutter angenommen.«

Dass Nathan nun direkt über Armin sein Wissen ausbreitete, brachte mich auf die Idee, dass er etwas über die von mir gesuchte Waffe wissen könnte: »Sie reden doch so viel von der Liebe. Haben Sie mal was vom *Dolch der Liebe* gehört?«

Hermann musterte mich und zwitscherte nach einer kunstvollen

Pause, wie es seine Art war: »Der Dolch ist dort zu finden, wo Armin ist.«

Das irritierte mich nun wirklich. Warum hätte mich Armin dann auf die Suche geschickt? Ich konnte mich nicht weiter von Nathan verwirren lassen, also nickte ich nur und blieb beharrlich: »Und wo, denken Sie, kann ich Armin jetzt finden?«

»Armin fährt hin und her seit der Flüchtlingswelle. Nach Italien. Mailand, um genau zu sein.«

»Und warum macht er das?«

»Er bringt illegale Einwanderer nach Deutschland.«

Wieder so eine irritierende Aussage aus dem Schnabel dieses Vogels. Ich beschloss, zu schweigen. Der weise Nathan nahm einen Schluck und schaute erneut zur weißhaarigen Frau hinüber.

»Wie gut, dass Elizabeth uns nicht hört. Oder hört sie uns doch?« Den zweiten Satz hatte er mit ein wenig erhobener Stimme verlauten lassen und anschließend einen Moment gewartet. Von der alten Dame kam keine Reaktion. Erleichtert wandte er sich wieder mir zu: »Nur Elizabeth weiß mehr über die Liebe als ich.«

Ich sah zu ihr hinüber, und als ob sie aus einem Traum erwachte, einem langen, tiefen Traum, der ein halbes Jahrhundert gedauert hatte und aus dem man nur aus einem wichtigen Grund erwachen wollte, hob sie unerwartet den Kopf und sah mir direkt in die Augen: »Ismail.«

Für einen Moment dachte ich, ich wäre betrunken, weil ich nicht an guten Whiskey gewöhnt war, aber wie es schien, war die elegante Dame überzeugt, mich zu kennen.

»Wie schön, dass du wieder da bist, Ismail.« Ihre Stimme zitterte vor Freude und Überraschung und an dem Strahlen ihrer Augen erkannte ich, dass sie tatsächlich mich meinte.

Sie stand auf, ein wenig unsicher, aber schon nach den ersten Schritten hatte sie ihre Kraft wiedererlangt und kam auf uns zu. Schlagartig wusste ich, dass ich sie schon einmal gesehen hatte: an der Seite von Wolf dem bösen Blonden vor dem *Wanted.* Ja, kein Zweifel.

Elizabeth blieb vor uns stehen und hob ihre Hand, als wollte sie mir über die Wange streichen. Stattdessen wandte sie sich an Nathan: »Das ist Ismail«, sagte sie mit fester Stimme. »Ja, das ist Ismail.«

Dann drehte sie sich mir zu und schenkte mir ein Lächeln. »Kommst du gerade aus Bagdad?«

Ich wusste wirklich nicht, was ich antworten sollte. War sie verrückt? Oder war ich verrückt geworden? Und warum sagte Nathan der Weise, der sonst so gesprächig war, die ganze Zeit über nichts?

Für eine Weile musterte Elizabeth mich, dann suchte sie meine Hand und gab mir zu verstehen, dass ich mit ihr an ihren Tisch mitkommen sollte. Ich blickte Hilfe suchend zu Nathan dem Weisen, aber der nickte nur und scheuchte mich mit einer Handbewegung fort. »Du solltest lieber Elizabeth zuhören als mir. Sie kennt die wahre Geschichte vom *Dolch der Liebe.*«

## 6

Elizabeth und dieser Ismail, an den ich sie an jenem Nachmittag erinnerte, lernten einander an einem Frühlingstag Anfang der 1960er Jahren kennen, als der junge Mann zusammen mit einem engen Freund der Familie, Elizabeth nannte ihn *Onkel Grobba*, das Geschäftslokal der Messerschmiede *Horn & Söhne* in der Solinger Innenstadt betrat. Der junge Mann war ein wenig schüchtern, etwa Ende zwanzig und begrüßte die Anwesenden auf Englisch. *Onkel Grobba* klopfte ihm aufmunternd auf die Schulter.

»Das ist Ismail, Ismail Bedran«, sagte er. »Mein verlässlichster Mann im Irak.«

Ismail trug einen Anzug aus hellem Leinen, darunter ein weißes Hemd, und mittelbraune Schuhe. Er hatte sein dichtes Haar sorgfältig gebürstet und eingeölt. Im ersten Moment dachte Elizabeth, dass

*Mister Butler* vor ihr stünde, der amerikanische Schauspieler Clark Gable, den sie in *Vom Winde verweht* im Kino gesehen hatte. Aber das Bezauberndste an diesem fremden Mann waren seine Stimme und die Art und Weise, wie er die Worte aneinanderreihte. Er hatte extra für diesen Besuch einige Worte Deutsch gelernt und bemühte sich, die Worte schön auszusprechen.

Ismails Besuch kam für Elizabeth nicht überraschend, da ihr Vater bereits freudig verkündet hatte, und zwar bevor sie an jenem Morgen mit ihrer Arbeit im Büro des Unternehmens anfing, dass *Onkel Grobba*, der gerade von einer Reise nach Bagdad zurückgekehrt war, ihn angerufen und mitgeteilt hätte, dass er einen jungen Mann aus dem Irak mitbringen würde. Er sei der Sohn einer bekannten irakischen Familie, die Klingen und Werkzeuge aus Stahl in Bagdad herstellte und im ganzen Land verkaufte. Elizabeths Vater verlangte von ihr, dass sie Unterlagen über die Firma *Horn & Söhne* zusammenstellte und Beschreibungen ihrer neuesten Messermodelle vorbereitete. »Alles auf Englisch, bitte. Unser Gast wird die Papiere mit nach Bagdad nehmen.«

Sie hatte von ihrem Vater erfahren, dass Fritz Grobba die Absicht hatte, mit der Familie Bedran einen Sondervertrag für den Vertrieb von Solinger Horn-Messern im Nahen Osten abzuschließen.

Elizabeth war damals Anfang zwanzig und seit eineinhalb Jahren mit Theobald Schleiff verlobt, einem kinderlosen Witwer Anfang vierzig, dessen erste Frau zuvor an Tuberkulose verstorben war. Die Verlobung, der eine Ehe folgen sollte, war ein Arrangement (nicht ohne Mitwirkung von Fritz Grobba), das mehr die wirtschaftlichen Interessen beider Familien als die Gefühle der um viele Jahre jüngeren Frau im Auge hatte. Elizabeth war nicht begeistert, aber als einziges Kind und somit Erbin der legendären Messermanufaktur Horn erkannte sie die Vorteile der Verbindung mit dem erfolgreichen Stahlwarenhersteller Schleiff. Dennoch zögerte sie die Hochzeit immer wieder hinaus. Wie viele ihrer Generation dachte auch sie damals, die Ehe wäre eine unumgängliche Sache für eine Frau. Sie fühlte keine Notwendigkeit, sich den Plänen ihres Vaters zu widersetzen. Zumindest nicht bis zu jenem Morgen, als sie Ismail kennenlernte. Niemals zuvor wäre ihr in den Sinn gekommen, ihre geplante Ehe ernsthaft in Frage zu stellen. Aber genau das geschah, als sie Ismail nun sah. Sie erblickte einen Mann, der sich nicht nur durch den Teint seiner Haut von allen anderen in ihrer Umgebung unterschied, sondern auch durch seine Haltung, die schlichte Eleganz seiner feingliederigen Gestalt und seinen warmherzigen, offenen Blick, der sie schlagartig verzauberte.

Elizabeth spürte, wie ihr Herz schneller schlug, und konnte sich nicht erklären, warum ihr das noch nie zuvor passiert war. War es seinetwegen oder war es das Land, aus dem er kam? Bagdad, Babel, Mesopotamien – Namen, die sie träumen ließen. Sie hatte schon einiges über das ferne Land gehört. Nicht zuletzt von *Onkel Grobba*, der den Orient und seine Geschichte liebte. Viele der Geburtstagsgeschenke, die er ihr gemacht hatte, waren mit dem Orient verbunden, darunter natürlich auch die Bücher von Karl May. Außerdem hatte er ihr eine wunderschöne Ausgabe von *Tausendundeine Nacht* geschenkt, die sie als Kind verschlungen hatte. Das also war es, dachte sie damals, was ihre Verwirrung verursachte. Es war der Orient, sein Geheimnis und sein Charme.

Sie hatte die Ehe als Fundament im Leben betrachtet und akzeptiert, so war sie erzogen worden. Alles andere waren romantische Träume, die sie mit ihren Mitte zwanzig langsam aufgeben sollte. Aber seit Ismail in ihr Leben getreten war, betrachtete sie die Ehe mit anderen Augen, sie hatte entdeckt, dass die Frage, mit wem man den Rest seines Lebens verbringen wollte, weit über die Entscheidung einer Ehe hinausging. Sie brauchte plötzlich keinen Mann mehr, der nur ihr Ehemann sein sollte. Sie wollte einen Partner, mit dem sie gern sprach, den sie gern ansah, dem sie gern etwas erzählte und der ihr das Gefühl gab, ein wertvoller Mensch zu sein. Das vermisste sie bei Theobald. In den eineinhalb Jahren ihrer Verlobung hatte er nicht einmal ›Du bist wunderschön‹ oder ›Ich liebe dich‹ gesagt. Hatte sie die Hochzeit aus diesem Grund immer wieder verschoben? Wenn es nach Theobald gegangen wäre, hätten die beiden schon zwei Monate nach der Verlobung verheiratet sein sollen. Aber Elizabeth sträubte sich, trotz des Drucks ihres Vaters und Theobalds fordernder Beharrlichkeit. Sobald sie allein waren, bedrängte er sie. Nicht nur mit Worten. Es war das noch verborgene Bedürfnis nach einem Mann, das sie seine Leidenschaft nicht gänzlich zurückweisen ließ, aber sie weigerte sich beharrlich, vor der Hochzeit mit ihm zu schlafen.

Bald weitete sich Ismails regelmäßige Anwesenheit in der Manufaktur zu Besuchen auch auf Elizabeths Elternhaus aus. Anfangs noch ein herzlich willkommener und gern gesehener Gast, wurde Ismail, nachdem Elizabeths Mutter auf das feine Band, das sich zwischen dem jungen Mann und ihrer Tochter entwickelt hatte, aufmerksam geworden war, gebeten, diese Besuche doch einzustellen. Elizabeths Vater zog einen Schlussstrich, bevor sein einziges Kind Schande über die Familie bringen konnte, und bestellte das Aufgebot. Zumal ihm zu Ohren gekommen war, dass Ismail erst einmal nicht nach Bagdad zurückkehren wollte, sondern in Solingen eine Wohnung gemietet und seine Aufenthaltserlaubnis verlängert hatte.

Ein Scheitern der geplanten Verbindung beider Familien hätte zudem bedeutet, dass das Projekt misslungen wäre, von dem der Familienfreund Fritz Grobba träumte. Es ging dabei nicht nur um finanzielle Einbußen oder den Verlust der bereits getätigten Investitionen, es ging vor allem darum, die großen Pläne von Fritz Grobba nicht zu durchkreuzen, der entschlossen war, die Position Deutschlands und der deutschen Industrie im Irak auszuweiten. Ihr Vater müsse jetzt entschlossen handeln, hörte Elizabeth Fritz Grobba sagen, weil »die Alarmglocken heulen wie im Krieg«.

Lassen Sie mich hier kurz auf etwas eingehen, das die alte Dame nicht erwähnt hatte. Vielleicht war es einfach nicht von Bedeutung für sie. Glücklicherweise hatte ich in Bagdad, wie bereits erwähnt, am *College of Administration and Economy* studiert, sonst wäre ich nicht in der Lage gewesen, die Hintergründe des von Fritz Grobba geplanten Irak-Deals zu begreifen.

Anfang der Sechzigerjahre hatte Deutschland bereits einen erfolgreichen Nachkriegsweg zurückgelegt, wenn nicht sogar die Spitze des sogenannten Deutschen Wirtschaftswunders erreicht. Diese Bezeichnung benutzte die führende britische Zeitung *The Times* zum ersten Mal in einem ihrer Artikel zehn Jahre vor Ismails erstem Besuch in Solingen.

Zu jener Zeit, als sich das Rad der Wirtschaft auf höchstem Niveau drehte, wollten alle an diesem Aufschwung teilhaben, und die Gesellschaft arbeitete wie ein Bienenstock. Jeder wollte einen Teil vom Kuchen, und den bekam er, indem er die Entwicklung beschleunigte. Jeder? Zumindest auch die finanzmächtigen ehemaligen Nazis, die ungeschoren davongekommen waren und wieder frei wirken konnten. Sie waren im Krieg besiegt worden, aber das war in ihren Augen eine vorübergehende Niederlage, und jetzt bekamen sie eine neue Chance.

Einer dieser Männer, die nie müde wurden, die Bedeutung Deutschlands für die Welt zu betonen, war Fritz Grobba. Er sagte über sich selbst: »Ich bin stolz darauf, dass ich als Deutscher geboren wurde.«

Er war ein erfahrener Diplomat, war von 1932 bis 1939 als deutscher Botschafter in Bagdad eingesetzt und ein glühender Bewunderer der arabischen Welt. Als der Zweite Weltkrieg von den Deutschen begonnen wurde, musste er Bagdad verlassen und ging nach Aleppo. Nach dem Krieg war es sein erklärtes Ziel, das Ansehen Deutschlands in der Welt wiederherzustellen. »Die deutsche Industrie ist unser Botschafter in der Welt, und die Herstellung von

Messern und Schwertern, ja, von jeder Art von Klingen ist eine traditionsreiche deutsche Handwerkskunst, die wir wieder großmachen müssen. Lasst uns weiße Waffen in der Welt verbreiten!«

Er war zuversichtlich, dass es mit den deutschen Waffen genauso sein würde wie mit dem deutschen Bier, das zur Nummer Eins in der Welt geworden war. Schon Kaiser Wilhelm II., so Grobba, hatte die visionäre Berlin-Bagdad-Eisenbahn bauen wollen, aber die Engländer hatten ihm Steine in den Weg geworfen und das Projekt gestohlen, als diese in finanzielle Schieflage geriet. Die Linie Bagdad-Berlin scheiterte, aber deutsches Bier kam in Bagdad an, in Babylon, in Basra. Weihenstephan war die erste deutsche Marke, die den Irak erreichte. Warum also nicht im Irak den ersten Handel mit deutschen Messern, Klingen und Schwertern aufbauen? Schwerter und Dolche waren beliebte Geschenke in der arabischen Gesellschaft. Grobba träumte von Großem, und er ließ seinen Visionen Taten folgen.

Seinen alten Freund und Kampfkameraden Leopold Schleiff hätte er schnell überzeugt, aber der war in Südafrika und konnte oder wollte nicht zurück nach Deutschland. Also kontaktierte Grobba Leopolds Bruder, Theobald, der bereits wieder in Solingen lebte und sofort für den Plan zu haben war. Die Firma Schleiff sollte expandieren, einen neuen Markt erschließen, den bis jetzt noch niemand erobert hatte, mit neuen Marken und neuen Modellen. Das war Theobalds Chance, der alten Marke Schleiff zu neuem Glanz und internationalem Ansehen zu verhelfen. Es wäre doch, so jubilierte Grobba schon vorweg, ganz wunderbar, wenn die ersten Klingen, die Bagdad erreichten, den Namen der Familie seines Freundes trügen: Schleiff-Klingen.

Grobba gab allerdings zu bedenken, dass Theobald das Knowhow in vielen Bereichen fehlte, und regte die Verbindung mit der Familie Horn an. Auf diese Weise gedachte Grobba, gleich zwei Solinger Familien einen besonderen Dienst zu erweisen. Der Familie Schleiff einerseits (wie hätte er den Moment vergessen können, als

Leopold und er am 2. Mai 1941 mit ihren beiden Flugzeugen im Luftraum über Bagdad kreisten?), und andererseits der Familie seines treuen Freundes Mohammad Bedran, des Vaters von Ismail, ein aufrechtes Mitglied des Grobba-Clubs, den er bereits während seiner Zeit als Botschafter gegründet hatte. In diesem Club versammelte er damals Studenten und Schüler, die er gegen eine geringe monatliche Zahlung mit der Verteilung von NS-Propaganda und antijüdischen Flugblättern beauftragt hatte. So also sah der historische Hintergrund aus, vor dem dieser Mann Theobald Schleiff dazu drängte, mit der Familie Bedran eine exklusive Handelsverbindung und mit Elizabeth Horn eine Ehe einzugehen.

Elizabeth und Ismail zeigten sich nur selten öffentlich, denn in einer kleinen Stadt, wo jeder jeden kennt, ist es unumgänglich, dass die Leute zu reden beginnen. Sie suchten entlegene Orte auf, eine kleine Kirche oder ein verlassenes Gebäude am Stadtrand, sie gingen viel spazieren und nur selten ins Kino.

Dabei waren Menschen mit fremdländischem Aussehen in Solingen und Umgebung damals keine Seltenheit. Die meisten von ihnen kamen aus den ehemaligen deutschen Kolonien, arbeiteten in den zahlreichen Schmieden und Fabriken der Stadt und tauchten hin und wieder im Zentrum auf. Doch Ismail zog die Blicke auf sich. Seine aufrechte Haltung, die elegante Kleidung und sein stolzer Blick stachen heraus. Das war es wohl auch, was ein Treffen der beiden in der Öffentlichkeit besonders schwierig machte, und trotzdem wusste bald jeder, was mit Elizabeth Horn geschehen war: Sie hatte sich verliebt. Ihre Mutter hatte es als erste bemerkt und sich an ihren Mann gewandt. »Siehst du das nicht? Unser Mädchen ist verrückt geworden. Du musst etwas tun!« Friedrich Horn, anfangs noch sicher, dass er die Lage unter Kontrolle hatte, nahm seine Tochter zur Seite und forderte sie auf, »mit diesem Unsinn sofort aufzuhören«, es stünde für sie alle zu viel auf dem Spiel. Elizabeth sollte an ihre Zukunft denken und daran, dass ihre Familie stets an erster Stelle zu stehen habe. »Deine Familie ist das Wichtigste, was du im Leben hast. Und die Verbindung mit Theobald ist wichtig für diese Familie. Alles andere ist Chaos und Wahnsinn.«

Gleichzeitig versuchte Fritz Grobba mehrmals, Ismail davon zu überzeugen, nach Bagdad zurückzukehren. Er malte ihm die glorreiche Zukunft der Familie Bedran aus, wenn es ihm gelänge, die einzigartigen Solinger Messerwaren der Firma Schleiff & Horn in ganz Asien zu verkaufen. »Ihr seid unser Brückenkopf zum fernöstlichen Markt. Daran musst du denken. Das ist das Wichtigste. Alles andere ist dumme Schwärmerei.« Doch alle Versuche, die beiden Liebenden auseinanderzubringen, schlugen fehl. Egal, welche Argumente der Vater lieferte, und ganz egal, welche Aufrufe zur Vernunft und an den Geschäftssinn Fritz Grobba vorbrachte, Elizabeth und Ismail wollten zusammensein. Was die Familie Horn betraf, so war diesem konservativen und reichen Industriellenclan das gesellschaftliche Ansehen wichtiger noch als das geplante Geschäft. Und für Theobald Schleiff ging es plötzlich um nichts Geringeres als seine Ehre. Unter erhöhten Druck geraten, verfiel er sogar auf die Idee, ein paar zwielichtige Typen anzuheuern, um Ismail einzuschüchtern. Sie überfielen ihn, schlugen ihn brutal zusammen und ließen ihn auf der Straße liegen. Doch Theobald hatte sich genauso verrechnet wie sein Enkel, Wolf der Blonde, dem es nicht in den Sinn kam, dass rohe Gewalt am Ende kontraproduktive Folgen haben könnte, und beispielsweise Personen, die ihnen ausgesetzt sind, dazu veranlassen, stur auf ihrer Position zu beharren. Die Liebe folgt eben ihren eigenen Regeln.

Elizabeth brach mit ihrer Familie und zog zu Ismail. Er wohnte in einer kleinen Wohnung im Dachgeschoss eines großen Hauses, das sich am Stadtrand von Solingen befand und einer alleinstehenden älteren Dame gehörte. Die Größe des Hauses und, wer weiß, vielleicht auch ein Bedürfnis nach Gesellschaft, ließen die Dame

Elizabeths Einzug zustimmen, doch keinesfalls durften die beiden offiziell gemeinsam unter einem Dach leben. Die Dame bot Elizabeth ein großes Zimmer im Erdgeschoss an, wo sie allein schlafen konnte. Elizabeth kümmerte sich um Ismail, pflegte seine Wunden und wachte über seine Stimmungen. Einen Moment lang hatte es den Anschein, als könnten die beiden Liebenden glücklich werden. Doch ihnen sollten nicht einmal ganze drei Wochen Glück vergönnt gewesen sein.

Es dauerte nicht lange, bis die Nachricht von ihrem Zusammenleben in der Stadt die Runde machte. Es war ein herber Schlag für den Ruf beider Familien. Theobald fühlte, wie hinter seinem Rücken gespottet wurde, und litt an gekränktem Stolz. Seine unterdrückte Wut ließ ihn nachts keinen Schlaf mehr finden.

Eines Morgens, es waren etwas mehr als zwei Wochen ihres gemeinsamen Aufenthalts im Haus der alten Dame verstrichen und Ismael hatte sich endlich von seinen Verletzungen erholt, war Elizabeth gerade im Begriff, das Frühstück vorzubereiten. Sie fühlte sich frei, summte ein Liedchen und freute sich am Gezwitscher der Vögel und an der Sonne, die ihre Strahlen durch das Fenster auf dem Küchenboden tanzen ließ. Plötzlich vernahm sie von der Seite der Terrasse her ein dumpfes Geräusch, und kurz darauf den erstickten Aufschrei der alten Dame, sie hatte »Vorsicht!« gerufen und war dann schlagartig verstummt.

Alles ging so schnell, dass Elizabeth gar keine Zeit blieb, zu begreifen, was da auf der Terrasse vor sich gegangen war, im Gegenteil, sie dachte, dass Ismail ja oben noch schlafe, und wollte gerade die Treppe zu ihm hoch in den ersten Stock, als sie hörte, wie die Tür zum Wohnzimmer geöffnet wurde. Sie wandte sich erschrocken um und überlegte einen Moment lang, was sie tun sollte. Doch bevor sie noch einen Entschluss fassen konnte, kam er schon auf sie zu. Schnell und geschmeidig, als hätte er sich seit Jahren darauf vorbereitet. In seiner Hand blitzte ein Dolch, und was für einer! An der scharfen

Klinge sprangen die Sonnenstrahlen ab, deren Reflexe durch den Raum schnitten. Sie kannte diesen Dolch seit ihren Kindheitstagen, und jetzt erinnerte sie sich, wie Theobald sie einige Tage zuvor im Salon der Villa Horn bedroht hatte, dass er Bescheid wisse über ihre Beziehung mit dem Araber, über ihre Besuche im Kino und ihre Ausflüge, und dass er den Tag fürchtete, an dem er sie töten müsste, »mit diesem Dolch dort«, hatte er mit heiserer Stimme geflüstert, während er auf die Vitrine wies, wo der hellglänzende Stahl unter einem beleuchteten Glasdeckel als *Dolch der Liebe* präsentiert lag. Und jetzt war er hier, ihr Verlobter, den Dolch in seiner erhobenen Hand, und stieß sie mit der anderen in einer einzigen schnellen Bewegung zu Boden. Er warf sein ganzes Gewicht auf ihren zarten Körper und riss ihr das Kleid auf, während er die Klinge des Dolchs an ihre Kehle presste. Alles, was dann geschah, schien wie in Zeitlupe zu geschehen, Theobald verwandelte sich in ein blutgieriges Raubtier und stieß seine Zähne in ihre Gurgel. Lustvoll hatte er ihr Kleid zerstört, lustvoll sie auf den Boden gedrückt, lustvoll ihre Haut genossen mit seiner gierigen Zunge, bevor er ebenso lustvoll ihr die Unterwäsche herunterriss und mit einem bösen Lächeln auf seinen Lippen in sie eindrang, als wollte er ihr beweisen, dass dies die einzige Wahrheit in ihrem Leben war. Elizabeth spürte voller Angst und Verzweiflung, wie seine Hand, die den Dolch hielt, über ihre Brust hinunter zu ihren Schenkeln wanderte, stets die Klingenspitze auf ihre zarte Haut gerichtet, während er seine freie Hand auf ihren Mund presste. Sie versuchte mit aller Kraft ihre Beine zu verkreuzen, aber es half nichts, er drückte mit der Hand, die den Dolch führte, sein Glied in ihre Scheide. Sie schrie vor Schmerz auf unter seiner ihre Laute niederdrückenden Hand, die unter ihren heftigen Bewegungen abrutschte, und in die sie nun biss. Er zog seine Hand zurück, und sie schrie erneut auf, während zwischen ihren Schenkeln Blut herablief. Ihr Schrei musste die Ohren von Ismail oben in seinem Zimmer erreicht und ihn aus dem Schlaf gerissen haben. Kann die Zeit einer Vergewaltigung berechnet werden? Kann sie in Stunden, Minuten oder Sekunden gemessen werden? Danach war alles zerstört. Elizabeth war eine vergewaltigte Frau. In jenem furchtbaren Moment hörte sie die Stimme ihres Verlobten und fühlte seinen heißen Atem nah an ihrem Gesicht: »Jetzt werden wir ja sehen, ob du dich weiterhin weigerst, mich zu heiraten.«

Noch heute, wenn Elizabeth daran dachte, was nach jenem Moment noch geschehen war, verschwamm die Szene vor ihren Augen. Sie konnte selbst heute noch immer nicht sagen, woher ihr diese Kraft zugeflossen war, diese Energie, diese Kühnheit und dieser Mut. Ihre Angst war auf einmal wie verflogen. Als ob sie nun zu einer anderen Person gehörte und nicht mehr Bestantteil ihres Wesens war. Sie rappelte sich vom Boden hoch: Da stand er, ihr Verlobter und Vergewaltiger in seiner ganzen zum Himmel schreienden Selbstgefälligkeit. Er grinste sie an. Und sie? Sie näherte sich ihm, sehr, sehr langsam, lächelte ihn an, hob ihre zitternde Hand und strich ihm ebenfalls sehr, sehr langsam die verschwitzten Haare aus der Stirn. »Du«, sagte sie in einer Betonung, die er weder als Frage noch als Bedrohung deuten konnte, und noch einmal, »Du«, in einer fast ausdruckslosen Klangfarbe, dann lächelte sie und in ihren Augen begann ein Feuer zu lodern, das diesmal ihn mit seiner ganzen Gewalt bannte. Auge in Auge standen sie da, für lange Sekunden, sie ihm zugewandt, er unentschieden, was dies zu bedeuten haben mochte, und da riss sie mit einer plötzlichen Geste ihm den Dolch aus der Hand – und musste nur mehr die Augen schließen, nicht aus Angst oder Ekel, nicht aus Scham oder Peinlichkeit, aus Demütigung oder wegen des Blutes, nein, einfach nur, um zuzustechen und zuzustechen, ohne sich schuldig zu fühlen, ohne zu denken und ohne zu sehen, was ihre Hände taten, bis der Dolch zu Boden fiel.

Sie war unter Schock, saß wie in Trance auf dem Boden, als sie plötzlich Ismail neben sich wahrnahm. Seit wann war er hier?

Was war geschehen? Irgendwann musste sie ihre Augen geöffnet haben, um zu sehen, dass das, was geschehen war, real war. Keine Halluzination, kein Traum, keine Einbildung, sondern real wie die Finger von Ismail, die jetzt über ihr Haar strichen wie bei einem kleinen Mädchen, während seine Lippen Worte murmelten, die sie nicht verstand, da er sie auf Arabisch sprach. Seine Stimme klang so wundersam schön wie bei seinem ersten Besuch im Geschäft ihres Vaters. Seine Stimme war ihr wie Musik, und genau diese Musik seiner Stimme war es, die sie in jenem Moment wieder in die Wirklichkeit zurückgerufen und zugleich getröstet hatte.

Sie wusste nicht, wie lange sie seiner Stimme gelauscht hatte, und sie wusste auch nicht, wann sie in seinen Armen eingeschlafen sein musste. Doch als sie aufwachte, fand sie Ismail nicht mehr neben sich. Sie lag in den Armen ihrer Mutter und hatte keine Ahnung, wie lange es her war, seit sich ihre Familie im Salon des Hauses der alten Frau versammelt hatte und dort mit einem Polizeikommissar, seinen Assistenten und dem Hausarzt sprach.

Am nächsten Tag verbreitete sich die Nachricht in Solingen. In Windeseile, wie man hierzulande sagt. Die Presse berichtete von einem alkoholabhängigen Ausländer, der die Tochter des angesehenen Herrn Friedrich Horn entführt und fast einen Monat lang als Geisel gefangen gehalten habe. Die Familie habe sich geweigert, ihm das geforderte Lösegeld zu bezahlen. Als der Verlobte des Mädchens, der tapfere Solinger Bürger Theobald Schleiff, »der jüngere Bruder unseres erfahrenen und mit vielen Orden der deutschen Streitkräfte ausgezeichneten Piloten Leopold Schleiff«, um seine Versprochene zu befreien in das Haus eingedrungen sei, in dem sich der Entführer mit seiner Geisel verschanzt hatte, habe der heimtückische Verbrecher ihn überfallen und schwer verwundet. Der hinterlistige Ausländer habe sich aber nicht allein mit einem

Mordversuch begnügt, er habe auch ein jahrhundertealtes Meisterwerk der Solinger Schmiedekunst gestohlen, den *Dolch der Liebe*.

Kein Wort über die Vergewaltigung, kein Wort über den Angriff in einem fremden Haus, nichts über die alte Dame, die nach den Ereignissen einem Herzinfarkt erlegen war – nichts von alldem war in der Presse zu lesen. Dafür wurde man darüber ›informiert‹, dass der flüchtige Iraker, Ismail Bedran, den Solinger Bürger Theobald Schleiff mit einem Dolch schwer verwundet habe, den er zuvor aus dem Salon der Familie Horn gestohlen haben soll, wo er – wie leichtsinnig von der gutgläubigen Familie – zuvor viele Male als gern gesehener Gast empfangen worden sei. Die Fahndung lief, aber man nahm an, der Täter habe sich bereits in seine Heimat, den Irak, abgesetzt.

Für Elizabeth wäre es leichter gewesen, im Gefängnis zu landen, als mit dem Gefühl der Schuld zu leben. Mehr als ein halbes Jahrhundert war inzwischen vergangen, doch die Erinnerung an Ismail, der den Dolch mit sich genommen hatte, um sie zu beschützen, der alles getan hatte, damit niemand sie beschuldigte, war nie verblasst. Was war aus ihm geworden? Sie wusste weder, ob er noch lebte, noch wohin er nach jenem furchtbaren Tag geflohen war. Er war sechs Jahre älter als sie, also wäre er jetzt fünfundachtzig, wenn er noch lebte. Oh, wie sehr sie sich wünschte, dass der Tag kommen würde, an dem all die Verleumdungen und Lügen entlarvt würden, die sie hatte ertragen müssen. Sie wollte alles wiedergutmachen, erst dann könnte sie in Frieden sterben.

Elizabeth hatte nie aufgehört zu hoffen, dass Ismail eines Tages nach Solingen zurückkehren, sie suchen und finden würde, und sie ihn schließlich und für immer fest an sich drücken konnte.

Später, sehr viel später, stellte ich fest, dass sie mir nicht die ganze Geschichte erzählt und ausgerechnet deren wirklich tragisches Ende verschwiegen hatte. Ich weiß nicht, warum. Vielleicht wollte sie mir die zusätzliche Tragödie ersparen, vielleicht aber auch wollte sie mir diese nur noch nicht anvertrauen. Alles hat seine Zeit. Die Liebe hat ihre Zeit. Das Leben hat seine Zeit. Und Geschichten haben ihre Zeit. Wie auch immer. Nathan der Weise hatte mir teuren Whiskey spendiert, Elizabeth Schleiff mir ein anderes Geschenk gemacht: ihre Geschichte.

Ich war traurig und sprachlos, nach allem, was ich im Irish Pub von der alten Dame gehört hatte. Eine seltsame Geschichte. Meine rätselhafte Welt wurde nur noch rätselhafter und verwirrender, und ich spürte, wie ich in den Sog eines Ereignisses gezogen wurde, für das ich nicht verantwortlich war, und so gab es auch jetzt für mich nur eine Lösung: So schnell wie möglich aus diesem Pub und besser noch aus dieser Stadt wegzukommen.

Ich verabschiedete mich von Elizabeth und verließ das *Scarriff* fluchtartig, wobei ich vergaß, Hermann meinen Brief für Armin zu übergeben.

Erleichtert trat ich auf die Straße, froh, endlich frei zu sein. Adieu, Solingen, adieu *Dolch der Liebe*. Keine Verwirrungen mehr. Die Luft war rein, der Himmel klar, nur ein paar Wolken zogen Richtung Norden. *Was für ein Zufall*, dachte ich, auch ich ziehe Richtung Norden, ich fahre jetzt nach Hamburg!

»Wie schön ist das Leben!«, rief ich mir zu, den Geschmack des irischen Whiskeys und seiner deutlichen Note von gerösteten Mandeln und frisch gepressten Trauben noch auf der Zunge. Ich fühlte mich glücklich, und zwar so glücklich, als hätte ich mich innerlich bereits auf die schönste Überraschung vorbereitet, die mich nun, ein paar Schritte weiter, tatsächlich erwartete.

Kaum hatte ich die Bar hinter mir gelassen und war ein Stück die Straße hinuntergelaufen, sah ich sie. Ausgerechnet hier im Täppken! Sie stand dort und blickte in meine Richtung. Einen Moment lang wusste ich nicht, ob sie zu mir oder zur Bar blickte, also machte ich einen Schritt nach links, um zu sehen, wohin sie gehen würde. Und da geschah es. Sie kam auf mich zu, ganz gezielt. Die Entfernung zwischen uns verringerte sich wie in Zeitlupe. Die Frau mit dem wunderbaren Duft, meine *Phantasma*, mein Engel, kam zu mir und bevor sie mich ganz erreichte, vermengte sich schon ihr Duft mit den Aromen des Whiskeys auf meiner Zunge.

Ich bewegte mich nicht. Ich war immer noch von dem Wunsch besessen, aus dieser Stadt zu verschwinden.

»Was nun, du Verlorener?«, hörte ich sie sagen. Oder bildete ich mir nur ein, dass sie diesen Satz gesagt hatte? Oder bildete ich mir sogar ein, dass ich sie sah?

Ich wartete auf dem Bürgersteig. Sie stand jetzt neben mir, oder war es umgekehrt? Sie flüsterte mir irgendwas zu, streckte mir ihre Hände entgegen. Ich nahm ihr Angebot einfach an, ging neben ihr und dachte, egal, wo wir hingehen, egal, wo wir landen, diesmal wird alles gut. Es war mir egal, ob dieser Moment real war oder nicht, ob es eine wahrhaftige Begegnung war oder nicht. Es war nicht wichtig, wohin sie mich führte, und mochte es ein Labyrinth aus Fragen sein, in dem ich mich verlaufen würde. Ich genoss meinen Platz an ihrer Seite und folgte dem Faden unserer Geschichte, um genau dort zu landen, wo sie vor drei Wochen mit Armin angefangen hatte.

ZWEITER TEIL

# Alles schien verloren

## 1

Wie oft hatte ihr Großvater Amira nicht von dieser Stadt der Messer und Klingen in dem Vertrauen darauf erzählt, dass sie eines Tages nach Solingen reisen würde? Er hatte ihr kaum Details offenbart, doch niemals aufgehört, ihr Geschichten über diese ferne Stadt zu erzählen, und seine Geschichten klangen stets wie Märchen oder Phantastereien: »Es war einmal eine kleine Stadt in einem Land hoch im Norden, die sich von jeder Stadt auf dieser Welt unterschied ...«, begann er stets seine Erzählungen. »... dort gibt es eine berühmte Messerindustrie und ihre Einwohner sind genauso wie die Messer, die sie herstellen. Ihr Temperament ist zunächst scharf, im Laufe der Zeit jedoch werden sie gleichgültig und abgestumpft. Sie nehmen Fremde freundlich und großzügig auf, aber sobald sich die fremden Menschen in dieser kleinen Stadt hoch oben im Norden eingelebt haben, werfen die Einwohner sie wieder hinaus. Früher einmal war diese Stadt ein Ort, wo Frauen mit Eigenschaften lebten, die klar wie Flusswasser funkelten, Frauen, die in ihren Gefühlen frei waren wie Wasserfälle. Doch man darf nie vergessen, dass es die Stadt der Messer ist.«

Amira verstand nicht, warum er ihr immer wieder von dieser

Stadt und ihren Bewohnern erzählte, aber sie liebte seine Geschichten, egal wie zerstörerisch er dieses Paradies, aus dem er eines Tages vertrieben worden war, auch beschreiben mochte. Den wahren Grund, warum er die Stadt damals fluchtartig hatte verlassen müssen, verschwieg er hartnäckig. Amira dachte sogar eine Zeitlang, dass diese »Stadt der Klingen» eine pure Erfindung ihres Großvaters war. Doch als er auf dem Sterbebett lag und ihr ein geheimnisvolles Holzkästchen überreichte, begriff sie, dass diese Stadt tatsächlich existierte und dass alles, was er dort erlebt hatte, sein Leben bestimmt hatte.

»Nimm dieses Kästchen, Okapi«, sagt er zu Amira, »und bring es zurück nach Solingen.« Dann reichte er ihr ein Papier, auf das er mit zittriger Schrift etwas notierte hatte: »An dieser Adresse findest du ein Geschäft. Geh dorthin und gib dieses Kästchen der Frau, der dieses Geschäft gehört. Und korrigiere alle Lügen, die dort über mich erzählt werden. Mein Herz ist weiß.«

Amira wollte ihn fragen, was er damit meine und wer diese Frau sei, doch das Sprechen hatte ihren Großvater so sehr erschöpft, dass er ruhen wollte und einschlief. Wenige Stunden später war er gestorben.

Amira blieb nichts von ihrem Großvater als dieses Papier mit einer Adresse in einer Stadt, von der sie bis kurz vor seinem Tod angenommen hatte, es gebe sie nur in seinen Geschichten; und mit diesem Papier dieses schöne Kästchen, das sie sich nicht zu öffnen wagte. Es war aus Ebenholz und sorgfältig mit einem violetten Band umwickelt, auf dem Deckel erkannte sie die eingravierte Gestalt eines Tieres, von dem sie begriff, dass es ein Okapi sein musste. Ihr Großvater hatte ihr die Eigenschafen dieses Tieres beschrieben, weil er diese auch bei Amira wiedererkannt hatte. Das Okapi sei ein wundersames Tier, hatte er ihr in seinem erzählerischen Tonfall erklärt, unabhängig und eigenwillig, zart und gern allein. »Sei wie das Okapi, mein Kind«, hatte er zu ihr gesagt, »geduldig und zurückhaltend. Gib nicht auf, selbst wenn sich dir ein Stärkerer in den Weg stellt. Am Ende ist die Entfernung zwischen Unglück und Glück nur ein dünner, durchsichtiger Faden.«

Amira beschloss, sich auf die Aufgabe vorzubereiten, für die ihr Großvater sie auserwählt hatte – sie, Amira, sein Okapi, und nicht ihren älteren Bruder.

Viele Jahre später kam Amira tatsächlich in Solingen an. Allein. Wie sehr wünschte sie sich, dass ihr Großvater jetzt bei ihr sein mochte, dass er sie sehen oder zumindest hören könnte, wenn sie ihm erzählte, wie lang und steinig der Weg zwischen seinem Wunsch und dessen Erfüllung gewesen war. Aber sie war ihn gegangen.

Die Adresse zu finden war erstaunlich einfach. Sie existierte noch, obwohl so viele Jahre verstrichen waren, seit ihr Großvater durch diese Straße gegangen war. Schon am ersten Tag war Amira dort gewesen, kaum eine Stunde nach ihrer Ankunft in Solingen.

Später wusste sie nicht mehr genau zu sagen, wie oft sie auf der gegenüberliegenden Straßenseite des Geschäfts gestanden und auf die geschlossenen Läden gestarrt haben mochte. Sie hatte sich vergewissern, hatte ihre Zweifel ausräumen oder bekräftigen wollen, sie könnte sich vielleicht doch geirrt haben, und es gäbe noch eine andere Schwertnerstraße in dieser Stadt, weshalb sie, vielleicht, vor dem falschen Geschäft gestanden hätte.

In dem grauen Haus aus dem vorletzten Jahrhundert befanden sich zwei Läden, die durch eine beschmierte Toreinfahrt voneinander getrennt waren. Neben der Eingangstür des einen Ladens öffneten sich, links und rechts des Türrahmens, Frauenbeine in Form einer Schere nach oben bis hinauf zum Schriftzug *Scharfmacher*, sodass, wer in den Laden wollte, zwischen diesen gegrätschten Beinen hindurchgehen musste. Die Scheiben, die früher einmal Schaufenster gewesen sein mochten, waren mit schwarzem Holz vernagelt, was jeden neugierigen Blick ins Innere verhinderte. Der andere Laden war ein Tattoogeschäft, dessen Schaufenster mit Fotos von tätowierten Körpern zugeklebt war, sodass auch hier kein Blick ins Innere möglich gewesen ist. Beide Läden wirkten, als wären sie seit längerer Zeit geschlossen. Konnte einer davon tatsächlich das Geschäft sein, zu dem ihr Großvater sie geschickt hatte? Amira musste daran zweifeln.

Sie war nach Solingen gekommen, weil es ihr Schicksal war, den Auftrag des Großvaters auszuführen, mehr wollte sie nicht. Die Adresse war nicht falsch, nur das Geschäft, das sie dort vorfinden sollte, war nicht mehr da. Sogar ein junger Iraker, den sie zufällig gleich nach ihrer Ankunft am Bahnhof getroffen und nach der Schwertnerstraße gefragt hatte, hatte nicht verbergen können, was er bei dem Straßennamen dachte. »Sorry, tut mir leid, wenn ich Ihnen sage, dass diese Straße und die Läden dort meiner Meinung nach, nun ja, für Sie ... besser, Sie gehen nicht dorthin ...«

Sie erinnerte sich, dass er sie dabei etwas seltsam angesehen hatte und ein merkwürdiges Lächeln nicht von seinen Lippen hatte verschwinden wollen. Nachdem sie die Tür mit den gespreizten Frauenbeinen gesehen hatte, begriff sie das Verhalten des Fremden und wünschte sich sehr, diesen Mann wiederzutreffen, um ihm zu sagen, dass sie an dieser Adresse alles andere als ein Bordell oder einen Tattooladen erwartet hatte!

Sie schämte sich ihrer Anwesenheit in der Nähe dieser beiden Läden, weshalb sie Distanz zu ihnen wahrte und es vorzog, auf der gegenüberliegenden Straßenseite zu stehen oder, besser noch, auf der Straße auf- und abzuspazieren, um etwaigen Passanten den Eindruck zu vermitteln, sie habe auf keinen Fall etwas mit diesem *Scharfmacher* zu tun.

Nur in den ersten Tagen war sie zwei Mal näher an die Ladenfront herangetreten, nachdem sie vorsichtig nach links und rechts geschaut hatte, um sicherzustellen, dass niemand sie sah und die Straße frei von Menschen war. Dann erst hatte sie es gewagt, die Straßenseite zu wechseln und sich dem Laden mit den

Frauenbeinen zu nähern. Sie presste ihr Gesicht an die Scheibe, um durch eine der dünnen Spalten im Holz erkennen zu können, was sich im Inneren des Ladens befinden mochte. Vergeblich, sie sah nichts. Bei dem Tattooladen entdeckte sie zumindest einen kleinen Spalt zwischen zwei Abbildungen, doch der Raum dahinter war dunkel und leer, bis auf einen Tisch und ein paar Stühle.

Und wie sehr bereute sie ihren zweiten Versuch, als sie am nächsten Tag ihre Nase erneut an die Scheibe des *Scharfmachers* presste und plötzlich das Geräusch fremder Absätze hinter sich vernahm. Sie drehte sich hastig um und sah eine Frau aus dem Tattooladen treten und auf sie zukommen. Amira reagierte verlegen und blickte zu Boden, als die Frau ihr zulächelte, während sie lässig an ihr vorbeiging und am Ende der Straße um die Ecke bog. Amira wusste damals nicht, dass diese Frau sie vom ersten Tag an aus dem Tattooladen heraus beobachtet hatte.

Sie wollte gerade davoneilen, als sie eine alte, halb verrostete Blechtafel entdeckte, die unten im Schaufenster des Tattooladens, nicht weit über dem Boden, zwischen den Fotos hervorlugte, als hätte sie jemand dort erst kürzlich aufgestellt. Sie ging in die Hocke und entzifferte den Schriftzug. *Messermanufaktur Friedrich HORN & Söhne* stand da in altmodischen Lettern. Dieses alte Schild gab allerdings keinerlei Hinweis auf jene Frau, der sie das kleine Kästchen ihres Großvaters hatte übergeben sollen.

Unvermittelt kam ihr der Gedanke, die Schwertnerstraße mochte ihren Namen dem Geschäft schulden, das hier Messer und Klingen angeboten hatte. Der Straßenname kam ihr seltsam vor, und sie dachte an ihre Familie und die Freunde ihres Großvaters, die gern und oft über Solingen und seine Messer, Schwerter und scharfen Klingen gesprochen hatten. Ihre Gespräche waren voller Nostalgie, als redeten sie von einer schönen alten Vergangenheit, die niemals zurückkehren würde. Und obwohl Amira nichts davon verstand, hörte sie dennoch zu: Solingen und seine Messer berührten ihre Ohren, drangen in sie ein wie die Radiosongs, denen sie gern lauschte und die sie bald schon auswendig kannte. Mit der Zeit war es für Amira nur natürlich erschienen, dass das Schicksal ihrer Familie mit Messern verbunden war. Sie trug die Geschichten ihres Großvaters in ihrem Herzen wie wehmutsvolle schöne Melodien. Nach seinem Tod schließlich kam ihr gar nicht erst in den Sinn, sich seinem letzten Wunsch nicht zu fügen, im Gegenteil, sie widmete sich ihm mit der gleichen Selbstverständlichkeit, mit der sie die Lieblingslieder ihrer Jugend singen konnte. *Korrigiere alle Lügen,* die *dort über mich erzählt werden. Mein Herz ist weiß.*

Ihr Großvater hatte Amira weder den Namen der Frau genannt, der sie das Holzkästchen mit dem Okapi übergeben sollte, noch hatte er ihr erklärt, warum sie es tun sollte. *Du wirst sie erkennen*, hatte er zu ihr gesagt, mehr nicht. Amira hatte unter seinen wenigen Habseligkeiten ein Foto gefunden, eine verblichene Schwarz-Weiß-Aufnahme, die den Großvater in einer Gruppe von westlich gekleideten Männern zeigt, an deren Rand eine schlanke, großgewachsene Frau steht. Sie lächelt selbstbewusst in die Kamera, während der Mann neben ihr ziemlich düster dreinblickt und seinen Arm besitzergreifend um ihre Schulter gelegt hat. War das die Frau, die sie aufsuchen sollte? Sie war jung, Mitte zwanzig vielleicht, doch der Abstand der Jahre zwischen der Aufnahme des Fotos und der Zeit, als Amira in die Stadt der Klingen aufbrach, war gewaltig: Wie sollte sie diese Frau jetzt erkennen?

Schon als sie das erste Mal vor dem *Scharfmacher* stand, wurde ihr klar, dass die Aufgabe, die ihr gestellt worden war, nicht so einfach zu lösen sein würde. Als sie in den folgenden Tagen wieder und wieder in die Schwertnerstraße zurückkehrte, deutete alles darauf hin, dass der Tattooladen geschlossen war, und zwar nicht nur für zwei oder drei Tage, wie sie anfangs erhofft hatte, sondern dauerhaft. Niemand ging hinein, niemand kam heraus. Ganz gleich, wie lange

Amira auch wartete, ob sie tagsüber oder mal abends dort stand, sehr früh oder sehr spät, die Tür des Ladens blieb verschlossen. Es gab Tage, an denen sie sogar zwei oder drei Mal herkam – stets vergeblich. Dennoch wollte sie nicht kapitulieren. Hatte sie eine Alternative? Wo hätte sie hingehen, wo nach dieser Frau suchen sollen? Und war es verwegen, dass sie ihren verstorbenen Großvater angesichts der beiden Läden, denen sie da gegenüberstand, in ihrem Inneren fragte: »Welche Lügen gibt es hier über dich, Dschiddu? Welche Geheimnisse hast du mir hinterlassen?«

Wer Amira sah, wie sie da, elegant gekleidet, hübsch frisiert und eingehüllt in ein zart duftendes Parfum vor diesen beiden Läden in der Schwertnerstraße stand, hätte nicht vermutet, dass diese junge, gutaussehende Frau noch wenige Tage zuvor blass und schäbig gewirkt hatte und Monate zuvor ein Land und Menschen zurückgelassen und über Tausende von Kilometern, durch Wildnis und Steppen, über Hügel und Berge, Flüsse und Meere hinweg Grenzen und Zäune überwunden, Städte, Dörfer und Gemeinden durchwandert, Kälte und Hitze ausgehalten und dabei die Tritte der Grenzwächter und das Bellen der Hunde ebenso ertragen hatte wie nächtelanges Schlafen unter freiem Himmel, und dass ihr dabei nie, aber auch nicht einen Moment lang Zweifel daran aufgekommen waren, ob es wohl richtig war, was sie da tat, im Gegenteil, sie hatte allen Widernissen zum Trotz mit steter Beharrlichkeit ihre Reise fortgesetzt. Und wie oft hatte sie dabei nicht gedacht, bei sich, allein, im Stillen, wenn diese Flucht mich nicht in den Tod führen soll, wenn ich meine Haut retten oder meine Reise beschleunigen und die Strapazen und Schrecken unterwegs vermeiden will, müsste ich nur höhere Beträge zahlen? Denn so ist es: Je mehr einer bezahlt, desto schneller gelangt er an sein Ziel, desto leichter und bequemer wird der Transport, wie die Schlepper behaupten. Es ist der Preis, der bestimmt, ob einer über den Land-, Wasser- oder Luftweg geschleust wird. Der Landweg ist natürlich am billigsten, der Weg mit dem

Flugzeug am teuersten. Und über das Meer? Oh, vom Meer lasst uns schweigen!

Auf ihrer Flucht war Amira schnell klar geworden, dass sie keine andere Wahl hatte, als sich den Schleppern, Betrügern und Schurken anzuvertrauen, ihnen wie eine Blinde zu folgen und darauf zu hoffen, dass man sie nicht betrog. Dabei ist die Methode, mit der diese Sorte Mensch andere Menschen transportiert, keineswegs dazu angetan, diese armen Seelen an ihr ersehntes Ziel zu führen, im Gegenteil, diese üble Sorte Mensch kalkuliert die Falle ein, in die die geschmuggelte Ware namens Mensch tappen soll, nur um auf halbem Wege von anderen Menschen, Beamten der Küstenwache etwa oder des Grenzschutzes, aufgegriffen und wieder zurückgeschickt zu werden an ihren Ausgangspunkt, sodass sich der Teufelskreis schließt und man den Schleppern das Gleiche noch einmal oder sogar noch mehr bezahlt, um ein weiteres Mal und meist ein weiteres Mal vergeblich zu versuchen, der lebensbedrohlichen Hölle seiner Heimat zu entkommen.

Die Schlepper sind nicht dumm. Sie sind erfahren und fragen die Personen nach ihrem Ziel. Wenn sie herauskriegen, dass Menschen auf ein bestimmtes Ziel bestehen, tun sie alles, um an deren Geld kommen. Der Schmuggel von Antiquitäten und alten Manuskripten ist in Zeiten von Kriegen und Migrationen ein beliebter Handel. Und da die Schlepper die Koffer ihrer Kunden bei der Überquerung von Grenzen übernehmen, wissen sie, was diese Koffer bergen. Kein Geheimnis bleibt ihnen verborgen. Selbst ein kleines Holzkästchen wird registriert und durchsucht. Schlepper handeln mit allem, nicht nur mit Menschen.

Amira erinnerte sich noch gut an den Schlepper Abu Tirah, der sie bei der Überquerung der türkischen-griechischen Grenze neugierig gemustert hatte, als er ihr ihren Koffer zurückgab. *Also, du willst unbedingt in die Messerstadt Solingen, wie ich von meinem Kollegen in Istanbul erfahren habe. Interessant. Ich seh mal, was ich tun kann.* Sie war naiv oder *ghaschime*, wie die Leute in ihrem Land es nennen. Sie hatte kein Hehl daraus gemacht, dass sie nach Solingen wollte, nur nach Solingen, in keine andere Stadt. Kostete es, was es wollte, sie musste nach Solingen.

Sie dachte an ihren Bruder. Als der auf Kurzurlaub vom Militärdienst im Krieg einmal nachhause kam, hatte er ihr erzählt, wie er seine Dienstzeit in Jahren, Monaten, Wochen, Tagen, Stunden, Minuten berechnete, und wenn er dann die Sekunden zählte, fing er an zu lachen. *Wie viele Sekunden dauert der Krieg? Wie viele Sekunden braucht eine Kugel vom Lauf bis zum Körper, den sie durchlöchert?*, pflegte er zu fragen, bis ihn selbst ein Schuss tötete. In einer Sekunde war der Tod zu ihm gekommen, nicht einmal seine Leiche hatte die Familie zurückerhalten.

Sie hatte viele Länder durchquert: die Türkei, Griechenland, Mazedonien, Serbien, Kroatien, Slowenien, alles Länder auf jener Route, die sie »die Balkanroute« nennen, und dann war sie über Österreich nach Deutschland gekommen. Sie hatte unterwegs nächtelang im Freien auf nackter Erde geschlafen, war allein oder in Begleitung anderer gewesen. Sie wusste auf diesem langen Weg nur, dass sie stets vorsichtig bleiben musste und das Kästchen mit dem Okapi nicht verlieren durfte. Sie hatte es in ein T-Shirt gewickelt im Innenfach ihres Koffers verborgen gehalten.

Mehrmals war sie nachts in Panik geraten, weil sie immer wieder träumte, wie jemand versuchte, ihren Koffer zu stehlen. Manchmal schreckte sie dann auf und sah hektisch nach, ob das Kästchen noch an seinem Platz war. Und wie oft hatte sie nicht gedacht, um wieviel einfacher es gewesen wäre, wenn ihr die Deutsche Botschaft in Bagdad ein Visum ausgestellt hätte, dann hätte sie als ganz gewöhnliche Touristin reisen können, aber so war das eben, junge Frauen erhielten kein Visum und damit war für sie klar, dass sie den viel beschwerlicheren Weg über die Schleuser wählen musste.

Als sie nach langer Reise endlich in Deutschland ankam, wurde sie in ein Lager nahe der Grenze zu Österreich gebracht, von wo aus sie nach kurzer Zeit floh. Sie wurde in Bamberg aufgegriffen. Es war Winter, man steckte sie in ein weiteres Lager, aus dem zu fliehen ihr die Kälte und ein heftiger Schneefall unmöglich machten. Sie bekam Husten und Fieber, kaum genesen aber wurde sie nach Paderborn überführt – und floh erneut. Diesmal erwischte man sie im Zug. Amira verpasste sich schlicht und einfach einen neuen Namen und eine neue Nationalität und hoffte, irgendwie irgendwann nach Solingen zu gelangen.

Nach diesem monatelangen Hin und Her landete sie im Spätherbst 2015 im Flüchtlingslager Horst in Norddeutschland. Dieses Camp, südöstlich von Hamburg an der ehemaligen Grenze zwischen Ost- und Westdeutschland gelegen, hatte einst der russischen Armee als Lager gedient. Es war vollkommen überfüllt, und nur, weil Amira dachte, sie würde sich dort nicht lange aufhalten müssen, drehte sie nicht durch. Unmittelbar nach ihrer ersten Befragung hatte sie noch geglaubt, auch aus diesem Lager fliehen zu müssen. Doch es kam anders. Amiras Transfer nach Glückstadt, im Norden Hamburgs gelegen, wurde relativ rasch angeordnet. Sie wurde zusammen mit anderen Frauen in einem Hotel untergebracht, überraschenderweise sogar einem Drei-Sterne-Hotel, wie das Schild an der Eingangstür verkündete. Als Amira die Bedeutung des Namens dieser Stadt begriff, las sie darin ein Vorzeichen des Gelingens ihrer Mission.

In jenem Hotel nun trat eines Morgens in der Lounge fröhlich lächelnd eine Frau an Amira heran und verwickelte sie in ein Gespräch. Sie sprach die Überbelegung des Hotels an, die Schicksale der anderen Frauen und deren wenig beneidenswerte Situation, und gebärdete sich freundschaftlich, was Amira guttat; wie lange hatte sie die Wärme eines menschlichen Herzens vermisst! Die Frau erklärte Amira, genau zu wissen, wovon sie redete, da sie selbst in der Flüchtlingsbehörde einer anderen Stadt arbeitete. Sie nannte den Namen dieser Stadt nicht, und Amira, der es kurz in den Sinn kam, nach diesem zu fragen, lächelte sie nur an und ließ sie weitersprechen.

Man kennt das. Mitten in einem Gespräch fallen einem gewisse Dinge nur kurz auf und verlieren dann wieder an Bedeutung, später jedoch – nachdem etwas Unerwartetes geschehen ist – erhalten sie einen neuen Zusammenhang und man erinnert sich erst dann und genau darum plötzlich wieder an sie.

Amira war in jenen Tagen froh, eine Bekanntschaft gemacht zu haben, die ihr Leben in diesem fremden Land bereicherte. Es waren die letzten Wintertage, und *bald treten wir in den Frühling ein*, sagte sie sich damals, *und wie in der Natur, wenn alles zu blühen beginnt, so wird auch meine Zeit aufblühen.*

Die freundliche Frau erzählte Amira, dass sie drei Tage zuvor nach Glückstadt gekommen sei und dort weitere sechs Tage bleiben würde, und sie betonte, wie sehr es sie freute, Amira kennengelernt zu haben; sie gab ihren Namen preis, Veronika, und sagte: »Du kannst mich gern Vroni nennen!« In den folgenden drei Tagen waren die beiden wie unzertrennlich.

Am vierten Tag schließlich beugte sich die Frau, die sich Vroni rufen ließ, beim gemeinsamen Frühstück im Hotel über den Tisch und flüsterte Amira zu: »Je länger ich mir dein Gesicht anschaue, desto sicherer bin ich, dass du von hier abhauen möchtest. Wenn du willst, kann ich dir helfen!«

Warum hätte Amira ihr misstrauen sollen, dieser fröhlich wirkenden Frau mit der warmen und fürsorglichen Art, die sich ständig bemühte, ein Gefühl von Ruhe und Sicherheit zu vermitteln? Sie hatte Amira zweimal eingeladen, mit ihr in die Stadt zu gehen, sie hatte ihr die Schönheit der Natur rund um Glückstadt gezeigt, und sie wusste sogar über die Probleme ihres Landes genau Bescheid, über die Kriege, die dort stattgefunden hatten und über die daraus resultierende komplizierte Lage für seine Bewohner. Sie schien genau zu wissen, was im Irak passiert war und weiterhin passierte, ganz so, als würde sie das Land sehr gut kennen. Und sie plauderte offenherzig über ihr Privatleben, erzählte von ihren Problemen mit ihrem Ehemann, erwähnte sogar, dass er sie geschlagen habe. Wie also hätte Amira da nicht Vertrauen fassen sollen?

Kurz, Amira lehnte Veronikas Angebot, ihr helfen zu wollen, nicht ab, als diese ihr noch am gleichen Abend, die beiden hatten bereits gemeinsam eine Flasche Rotwein in Veronikas Hotelzimmer geleert, zuversichtlich eröffnete: »Keine Sorge, ich kann dir helfen.«

Als Amira neugierig fragte: »Aber wie?«, stand Veronika auf, packte ihre wenigen Klamotten und Toilettenartikel in ihre Reisetasche, lächelte sie gewinnend an und sagte verschmitzt: »Ganz einfach. Wir spielen eine Verwechslungskomödie. Ich bringe meine Sachen in dein Zimmer und hole deine hierher. Du verlässt früh morgens das Hotel und ich bleibe drüben in deinem Zimmer bis zum späten Nachmittag im Bett. Abgemacht? Du musst mir nur deinen Schlüssel geben.«

Amira sah ihre Chance gekommen und händigte der Frau ihre Schlüssel aus. Die beiden tauschten also ihre Hotelzimmer.

Am nächsten Morgen wachte Amira sehr früh auf und war glücklich. Niemand würde ihre Flucht entdecken, wenn, wie jeden Morgen, ihre Anwesenheit kontrolliert wurde. Veronika würde für sie antworten und selbst, wenn alles auffliegen sollte, würde Veronika den Beamten nicht sagen können, wohin Amira verschwunden war.

Frühmorgens schlüpfte sie also unbemerkt aus dem Hotel und ging Richtung Bahnhof. Um ihre Reiseroute zu verschleiern, kaufte sie zunächst eine Fahrkarte nach Hamburg. Dort angekommen, sagte sie zum Ticketverkäufer den einzigen Satz, den sie auf Deutsch auswendiggelernt hatte: »Ich möchte nach Solingen.«

Als der Ticketverkäufer sie fragte: »Einfache Fahrt, oder hin und zurück?«, antwortete sie auf Englisch, »One way, please.« Wenig später stieg sie in den Zug.

Als sie nach gut vier Stunden in Solingen eintraf, fragte sie den erstbesten Menschen vor dem Bahnhof nach der Schwertnerstraße. Der Mann, ein junger Iraker, erklärte ihr, sie müsse nach Solingen-Mitte, dort solle sie nochmals jemanden nach der Straße fragen. Amira bedankte sich und wollte schon gehen, als der junge Iraker sie zurückhielt und sie darauf aufmerksam machte, dass diese Straße und ihre Läden nur von bestimmten jungen Damen frequentiert werden. Als Amira daraufhin bloß mit den Schultern zuckte, fügte er merkwürdig drängend hinzu, sie solle, für den Fall, dass sie Hilfe benötigte, zum Flohmarkt gehen und dort nach einem gewissen Armin Highway fragen, einem Deutschen, der dafür bekannt sei, Fremden zu helfen. Und für den Fall, dass sie ein Zimmer suchte, sollte sie am Platz gegenüber dem Bahnhof den Bus 681 in Richtung Hästen nehmen und am Bahnhof Graf Wilhelm wieder aussteigen. Dort gebe es günstige Hotels.

Amira hatte vor ihrer Flucht nach Deutschland Informationen über Solingen gesammelt. Sogar vom dortigen Haupteinkaufszentrum, dem sogenannten *Hofgarten*, hatte sie gelesen. Gleich nachdem sie am Graf-Wilhelm-Platz aus dem Bus ausgestiegen war, steuerte sie den *Hofgarten* an und betrat einen Drogeriemarkt. Sie kaufte Shampoo, Seife und Parfüm und ging anschließend in ein Bekleidungsgeschäft. Nachdem sie alles hatte, was sie brauchte, um gut gekleidet und gepflegt bei der von ihrem Großvater ihr angezeigten Adresse vorzusprechen, machte sie sich auf die Suche nach einem Hotel, und zwar in eben jenem Viertel, das der junge Iraker ihr empfohlen hatte.

Sie wählte das *Hotel der schönen Träume*, da ihr der Name gefiel.

Kaum in ihrem Zimmer, überprüfte sie, ob das kleine Kästchen noch in der Innentasche ihres Koffers steckte. Sie stellte fest, dass ihr

Schatz verschwunden und durch eine andere Schachtel von ungefähr gleicher Größe nur ohne Verzierung und violettes Band ersetzt worden war. Wie konnte das sein? Sollte Veronika, der sie vertraut hatte, das Kästchen im Hotel gestohlen haben? Das schien Amira nicht logisch. Woher hätte die von der Existenz des Kästchens wissen sollen? Unmöglich. Jemand anderer musste es ihr gestohlen haben, jemand, der wusste, dass in ihm etwas Wertvolles verborgen lag, nur wer?

Amira war verzweifelt. Was sollte sie tun? Zurück nach Glückstadt fahren? Ein abwegiger Gedanke in ihrer Lage!

Geblieben war ihr zwar das Papier ihres Großvaters mit der Adresse, aber was nützte ihr das nun? Sie wusste ja nicht einmal, was in dem Kästchen gelegen haben mochte. Was sollte sie der ihr unbekannten Frau sagen?

Sie erinnerte sich an die mahnenden Worte ihres Großvaters: *Sei geduldig und zurückhaltend. Gib nicht auf. Am Ende ist die Entfernung zwischen Unglück und Glück nur ein dünner, durchsichtiger Faden.*

Wie konnte sie seinem Rat folgen? Zehn Tage lang wusste sie keine Antwort auf diese Frage. Jeden Tag tat sie nichts anderes, als stur in die Schwertnerstraße zu gehen und dort zu warten. Jeden Tag fragte das Mädchen von der Hotelrezeption, wie lange sie noch bleiben wolle, und jedes Mal antwortete Amira, dass sie es noch nicht sagen konnte. Sie ahnte nicht, dass die Entscheidung, die sie am zehnten Tag ihres Aufenthalts treffen sollte, die richtige sein würde.

Ein letztes Mal wollte sie in die Schwertnerstraße gehen, obwohl sie selbst nicht wusste, was ihr das noch bringen sollte.

Wieder dort angekommen, positionierte sie sich wieder auf der gegenüberliegenden Straßenseite des Tattooladens und starrte auf dessen Hausnummer, als könne sie durch bloßes Hinstarren Antworten auf ihre Fragen heraufbeschwören. Es hatte keinen Sinn. Voller Verzweiflung gab sie ihr Vorhaben auf, *für immer*, sagte sie sich und kämpfte mit den Tränen.

Auf dem Rückweg zum Hotel entschied sie sich tatsächlich, ins Café *Wanted* zu gehen, um dort etwas zu trinken. Sie hatte bislang bewusst vermieden, dort einzukehren, da ihr die Gäste, deren Kommen und Gehen sie beobachtet hatte, Unbehagen bereitet hatten.

Nun war sie selbst einer dieser Gäste und es beschlich sie das Gefühl, alle übrigen würden ihr ansehen können, wie frustriert und verloren sie war. Selbst der ausgezeichnete Cappuccino hinterließ nichts als einen bitteren Geschmack auf ihrer Zunge. Gerade als sie ihre Tasche öffnen wollte, um zu zahlen, hörte sie eine Stimme neben sich.

»Du bist mein Gast.«

Einen Moment lang blickte Amira ihr Gegenüber erstaunt an. Sie erkannte jene Frau, die aus dem Tattooladen getreten und lächelnd an ihr vorbeigegangen war.

»Ich heiße Dalal.«

In diesem Moment konnte Amira nicht ahnen, dass ihr das Glück zulächelte. Es sollte Dalal sein, die Amira zu ihrem verlorenen Schatz führte, und damit meine ich nicht das gestohlene Kästchen aus Ebenholz mit der schönen Zeichnung des Okapi, nein, Amira sollte einen Schatz finden, den sie in ihrem Leben bislang vermisst hatte.

## 2

»Lass uns ein wenig am Fluss entlangspazieren, solange die Sonne noch warme Strahlen verbreitet«, sagte sie, während sie sich mir mit einer langsamen, sanften Bewegung ihrer Hände zuwandte, die mich an die Darstellung auf irgendeinem berühmten Gemälde erinnerte.

»Nenn mich Amira«, sagte sie lächelnd. »Mein Großvater nannte mich immer Okapi. Ein einzigartiger Name, aber Amira ist der Name, der mir jetzt gefällt.« Sie schwieg eine Weile. »Und du?«, fragte sie mich dann. »Welchen Namen würdest du dir gern geben?«

Ich antwortete, ohne nachzudenken: »Nuri.«

»Oh, wie schön: Nuri und Amira«, sagte sie fröhlich.

»Oder: Amira und Nuri«, entgegnete ich leise.

Wie sehr hatte ich mich bemüht, sie, uns, an jenem Tag neutral zu betrachten, so wie ich die Natur um uns herum betrachtete, ohne sie zu interpretieren, während wir am Fluss entlangliefen. Anders als sie es vorgeschlagen hatte, gingen wir bis weit über jenen Zeitpunkt hinaus nebeneinanderher, an dem die Sonne vom Himmel verschwindet. So oft ich Amira sei‘s verstohlen, sei‘s offen anblickte, sah ich einen Glanz in ihren Augen, von dem ich nicht entscheiden konnte, ob die Überraschung unserer zweiten Begegnung ihn hervorgebracht hatte oder die Freude darüber. Oder war dieser Glanz schlicht der Magie ihrer Augen geschuldet, die sich auf mich übertrug, sobald ich sie betrachtete und ihre Schönheit kaum fassen konnte?

Ich erinnere mich, wie ernst sie wurde, als sie von ihrer Flucht bis hin zu jenem Moment erzählte, als wir uns kennengelernt hatten.

Sie sagte mir, dass sie, nach ihrer Begegnung mit Dalal im *Wanted* ihren Aufenthalt im Hotel hatte beenden müssen, da ihr das Geld ausging. Verzweifelt hatte sie darüber nachgedacht, was nun geschehen sollte, da sich der ursprüngliche Grund ihrer Reise und Flucht in Luft aufgelöst hatte.

In dieser Verfassung hatte sie mich, als ich vor dem *Wanted* zusammengeschlagen worden war, nach Hause gebracht. Ich selbst konnte in meinem damaligen Zustand kaum sprechen und wusste im Nachhinein auch nicht, wann sie meine Wohnung überhaupt wieder verlassen hatte, da ich, einmal zuhause, sofort auf meinem Bett eingeschlafen war. Ich wollte sie während unseres ersten Spaziergangs am Fluss entlang nicht fragen, was mit dem kleinen, eleganten dunkelbraunen Lederkoffer von Armin passiert war, und warum sie ihn mitgenommen hatte. Ich nahm damals an, dass sie mir genau das erklären wollte, als wir uns vor dem *Scarriff* wiederbegegnet waren und sie mir den Vorschlag gemacht hatte, doch ein Stück am Fluss entlang spazieren zu gehen. Während dieses Spaziergangs allerdings löste sich nun wiederum für mich der Verdacht, sie könnte Armins Koffer gestohlen haben, in Luft auf.

Amira wusste, dass wir aus demselben Land stammten und auf der Suche nach einem anderen Leben waren als jenem, das unsere Gesellschaft für uns vorgesehen hatte.

»Weißt du, solange ich zurückdenken kann, gab es in unserer Familie einen Kampf zwischen zwei Gruppen«, sagte sie unvermittelt. »Auf der einen Seite mein Großvater und ich, auf der anderen meine Eltern.«

Amira hatte sich, noch im Irak lebend, tagtäglich danach gesehnt, ein unabhängiges und selbstbestimmtes Leben führen zu können. Aber die Gesellschaft akzeptierte ein solches Sehnen nicht und ignorierte zugleich und wider besseres Wissen in einem fort jene uralte widerständige Kraft, die sich in den Träumen von uns jungen Männern und Frauen zeigte und den traditionellen Gruppen Angst machte. Diese Gruppen wollten und wollen noch immer ihre traditionellen Bräuche, ihre Rituale, mit denen sie unsere Körper und damit unsere Zukunft kontrollieren können. So verheirateten Amiras Eltern ihre Tochter traditionsgemäß mit einem Cousin, als sie sechszehn Jahre alt war, da dieser geschäftlich als Erbe taugte. Amira stellte die Heirat zunächst nicht in Frage, da viele ihrer damaligen Klassenkameradinnen ebenfalls heirateten. Sie gab sich schlicht der Illusion hin, diese Ehe würde es ihr ermöglichen, dem Familienheim den Rücken zu kehren und in einer neuen Welt ein eigenes Leben aufbauen zu können. Zu ihrer Enttäuschung begriff sie aber sehr bald, dass der Druck des neuen Heims nicht weniger schmerzhaft war als der des Elternhauses. Auch ihre ältere Schwester hatte geheiratet, als sie in der fünften Sekundarschule war, und bevor Amira die Mittelschule beendet hatte, war ihr Bruder ein

Ingenieur geworden, hatte geheiratet und vier Kinder bekommen, bis ihn schließlich der Krieg aus der Familie riss.

Doch Amira träumte weiterhin in den Bildern ihrer Sehnsucht, und es waren die Geschichten ihres Großvaters, die diese Träume genährt hatten. Er sprach oft und gern über ferne Länder, vom hohen Norden und seinen Menschen, und er versicherte ihr, dass sie eines Tages, wenn sie eine junge Frau sein würde, diese Länder mit eigenen Augen würde sehen können. Seine Geschichten ähnelten Mythen und waren voller wundersamer Gestalten und Geheimnisse, die es zu ergründen galt. Und wenn er besonders bunt ausmalte, wie exotisch diese Länder waren, mahnte er seine Enkelin mit flüsternder Stimme, dass sie diese Geschichten für sich behalten musste und mit niemandem aus der Familie oder ihren Freundinnen darüber sprechen durfte. So begriff Amira schon als Kind, dass das, was zwischen ihr und dem Großvater entstand, ein Geheimnis war, das nur sie beide betraf.

Ihr Großvater war auch der Einzige, der ihrer frühen Ehe skeptisch gegenübergestanden hatte. Und ohne, dass er je etwas dazu gesagt hätte, hatte dieser Bund unter keinem guten Stern gestanden: Schon bald entdecken die jungen Eheleute, dass sie nicht reif waren füreinander und ebenso wenig für eigene Kinder. Sie ließen sich gegen den Widerstand beider Familien einvernehmlich scheiden. Nach der Trennung setzte Amiras Großvater durch, dass sie ihr Studium fortsetzten konnte. Amira begriff, dass sie in ihm einen wirklichen Verbündeten hatte, und schwor ihrem Geheimnis nur umso mehr Treue.

»Erkennst du das nicht? Wenn es meinen Großvater nicht gegeben hätte, hätten wir uns nicht getroffen.«

»Amira und Nuri.«

»Ich hab dir soviel über mich erzählt, Nuri. Und du hörst immer nur zu und schaust. Was ist mit *dir*? Du weißt doch, nur Geschichten bringen Menschen einander näher!«

Ich blickte sie an, meine wiedergefundene *Phantasma*, und begann zu erzählen, und erzählte, bis wir uns an jenem Abend, unserem ersten Abend, erst spät voneinander trennten.

## 3

Ich kam nicht direkt aus Bagdad nach Deutschland, sondern fuhr zunächst nach Istanbul. Erst nach einem langen Aufenthalt dort entschied ich, den Weg nach Europa einzuschlagen. Ich war damals dreiundzwanzig Jahre alt und kam allein, ohne Freunde, ohne Familie; und in diesen zwei Aspekten kreuzten sich Amiras und meine Geschichte, nur war ich obendrein ohne Geld und ohne Anlaufpunkt. Anders als Amira besaß ich jedoch ein Visum für die Einreise, ein Visum in einem gefälschten ugandischen Pass, den mir ein Freund besorgt hatte. Er arbeitete im Export-Import-Handel in Istanbul. Den Pass hatte er von einem Angestellten des ugandischen Konsulats erworben, der sein Einkommen mit diesen illegalen Nebengeschäften aufpäppelte. Ich glaube noch heute nicht, dass er der einzige ausländische Konsul war, der so etwas tat. Ich habe viele ähnliche Geschichten gehört. Aber was interessierte mich das damals? Das ging und geht mich immer noch nichts an. Die Leute können tun, was sie wollen. Außerdem war ich ein Fahnenflüchtiger, ich hatte den Militärdienst verweigert und mein echter Reisepass war nach dem sechsmonatigen Aufenthalt in Istanbul abgelaufen. Ich hatte damals bei einem Freund gewohnt und war vollkommen abgebrannt. Ohne Pass. Ohne Geld. Und fahnenflüchtig. Es war nur logisch, dass ich an Flucht dachte. Ich konnte nicht auf ewig bei meinem Freund wohnen und ihn durch meinen illegalen Status gefährden. Man weiß ja, dass in der Türkei damit nicht zu scherzen ist. Meine Verhaftung hätte meine Auslieferung in den Irak bedeutet. Eine Auslieferung hätte zu meiner Erschießung als Deserteur geführt. Ich musste also meine Haut retten. Es blieb mir gar nichts anderes übrig, als nach Europa zu fliehen, nicht unbedingt nach Deutschland.

Ich erinnere mich nicht, ob ich irgendein bestimmtes Ziel vor Augen hatte, ich weiß nur noch, dass ich weg wollte, weg musste, egal wohin, nur in den Norden, weit weg von meinen möglichen Häschern. Und heute ist mir klar, dass ein junger Mensch, wie ich es damals war, ein Mensch, der kein Ziel vor Augen hat, und damit meine ich einen Ort, an dem er Wurzeln fassen kann, keine innere Ruhe kennt, um über Arbeit nachzudenken, über eine zu planende Zukunft, nein, ein solch junger Mensch trägt eine naive Zuversicht in sich und flüstert sich abends, wo immer er liegen mag, hoffnungsvoll zu, dass sich das alles finden werde, wenn es so weit ist, *aber zunächst rettest du deine Haut*! Mit diesem Gedanken schlief ich damals ein und wachte mit ihm auf, über Tage, über Wochen, über Monate.

Bis zu meiner Flucht hatte ich keinen Beruf gelernt, da ich am *College of Administration and Economy* in Bagdad studierte. Wenn ich heute an meine Flucht zurückdenke, stockt mir noch immer der Atem. Schon damals, in Istanbul, konnte ich mir kaum vorstellen, dass es mir, dem braunhäutigen Mann Al Asmar, der keinerlei afrikanische Gesichtszüge aufweist, gelingen würde, mit einem ugandischen Pass problemlos nach Deutschland einzureisen. Aber es gelang!

Mein guter Freund in Istanbul lieh mir das Geld für ein Flugticket nach Frankfurt, wo ich umgehend einen Antrag auf politisches Asyl stellte. Als man mich nach meinem Beruf fragte, erwiderte ich spontan, ich hätte im Bereich Import-Export gearbeitet. Etwas anderes war mir nicht eingefallen. Die Beamten glaubten mir, so wie ich es mir selbst bald auch glauben sollte. Das Arbeitsamt vermittelte mich kurze Zeit später an ein Import-Export-Büro in der Frankfurter Innenstadt. Übrigens habe ich damals gelernt, dass die Menschen hier in Deutschland gern bereit sind zu glauben, dass das, was auf einem Papier steht, richtig sein muss. Wer schlau ist, passt sich deshalb an das an, was auf dem Papier geschrieben steht, das er besitzt.

In besagter Import-Export-Firma steckte man mich in die Abteilung Parfümhandel. Das gefiel mir und so trat ich einen Beruf an, den ich erst mit dem Tag meiner Anstellung erlernte.

Sehr viel später, nach gut acht Jahren, erhielt ich die deutsche Staatsbürgerschaft und wurde nun, als freier Bürger eines freien Landes, von meinen Chefs in andere Länder geschickt, wo ich neue Parfums aufspüren und einkaufen sollte. Ich reiste in den Oman, nach Indien, China und andere Länder. Als mich eine dieser Reisen in die Türkei führte, nahm ich mir die Zeit, in Istanbul jenen guten Freund zu besuchen, der mir den gefälschten Reisepass besorgt und das Geld für meinen Flug geliehen hatte. Wir tranken türkischen Kaffee und erzählten uns stundenlang, was uns alles in der Zeitspanne unserer Trennung widerfahren war, als er mir plötzlich vorschlug, auch für seine Firma auf eigenes Konto zu arbeiten. So verwandelte sich, was einst pure Erfindung meinerseits war, in fassbare Realität. Ich wurde im Import-Export-Geschäft zu einem international anerkannten Experten für hochpreisige Parfums – bis mein guter Freund aus Istanbul pleite ging und meine Firma in Deutschland Konkurs anmeldete, was mich wiederum dazu brachte, umzusatteln und eine Ausbildung zum vereidigten Dolmetscher zu absolvieren. Sprachen mochte ich schon immer, und sie zu erlernen, war für mich alles anderes als schwer, und mit dem Deutschen war mir eine neue Sprache sozusagen in den Schoß gefallen, falls man das Land, in das einer flieht, als einen solchen bezeichnen möchte, ich erlaube mir das, weil ich weiß, aus eigener Erfahrung weiß, was so ein Schoß bedeutet, wenn man alles hinter sich gelassen hat und neu anfangen muss. Überflüssig zu erwähnen, dass ich den Kurs bestand und stolz eines dieser hübschen Papiere in meinen Händen hielt, das die Deutschen so sehr lieben. Mit diesem Papier nun gelang es mir, in Hamburg einen Job als freier Dolmetscher bei der

Flüchtlingsbehörde zu bekommen. Ich zog also nach Hamburg, eine Stadt, die ich liebgewonnen habe, und wo ich mich eine Zeitlang gut über Wasser hatte halten können, bis ich schließlich, ich habe es bereits erwähnt, wegen unzuverlässiger Übersetzung einer bestimmten Aussage entlassen wurde. Den weiteren Hergang meiner Geschichte kennen Sie, Sie wissen, welcher Frau ich nach Solingen folgte, Sie wissen, dass ich auch dort als Dolmetscher arbeitete und aus demselben Grund entlassen wurde wie in Hamburg, nur erzählt habe ich bislang noch nicht, dass man mein geliebtes Papier damals für immer zerstörte, indem man es mit einem roten Stempel versah, der in Warnfarbe signalisierte: *Traitor in translation,* Verräter beim Übersetzen.

Ich erzählte Amira meine Geschichte, als sei meine Flucht eine luxuriöse Reise auf einem ebenso luxuriösen Kreuzfahrtschiff gewesen, was dem genauen Gegenteil ihrer eigenen Fluchterfahrung gleichkam, ganz zu schweigen von den vielen Schicksalen all jener Migranten, die seit dem Frühjahr 2015 nach Deutschland gekommen waren. Wie töricht ich doch war! Ich versuchte Amira gegenüber meiner Flucht aus Istanbul mehr Bedeutung zu verleihen, indem ich einzelne Geschichten übertrieb und ihnen dramatische Würze verlieh. Ich schämte mich plötzlich vor ihr, dieser jungen, selbstsicheren Frau, die ihre Flucht trotz der Gefahren, denen sie ausgesetzt war, als gewöhnliche Reise geschildert hatte, deren Katastrophen, Probleme und Leiden sie Geduld und Ausdauer gelehrt hatten. Sie war bescheiden, während ich mir nun wie ein Aufschneider vorkam.

Und dabei ist das, was ich Amira über mein Leben erzählt und Ihnen hier gerade vor Augen geführt habe, nicht einmal die halbe Wahrheit. Anfangs hielt ich vieles vor ihr verborgen. Meine Arbeit im Import-Export-Business war tatsächlich nicht von langer Dauer gewesen, und das nicht nur wegen der Pleite meines Freundes in Istanbul oder meines erhöhten Kapitalbedarfs zu bestimmten Zeiten,

Zeiten etwa wie jenen, als gegen den Irak ein international wirksames Embargo verhängt wurde und meine Familie mich um Hilfe bat, ihr doch von Zeit zu Zeit Geld zu schicken, das ihr helfen sollte, in dieser Krise zu überleben.

Meine Arbeit war vor allem ein Misserfolg, weil ich für diesen Beruf nicht tauge. Am Ende kann man im Import-Export-Handel einen wie mich nicht dulden, einen Träumer, der oft nicht mitbekommt, was um ihn herum geschieht, einen Träumer, der Filme und Bücher spannender findet als das wirkliche Leben.

Ich hatte Amira gegenüber nur erwähnt, dass ich wegen einer Frau nach Solingen gezogen war, ohne den Namen Katharina Nagel auszusprechen. Hätte ich Amira etwa sagen sollen, dass Kathi mich vor den Augen und Ohren eines Mannes, der nachts bei ihr aufgetaucht war, aufgefordert hatte, ihr Appartement zu verlassen, obwohl ich dort wohnte? Hätte ich ihr etwa erzählen sollen, dass ich danach nur dank eines jungen Irakers vom Bahnhof eine neue, wenn auch schäbige Wohnung für mich gefunden hatte? Oder dass ich mich aufgrund eines fehlenden Einkommens gezwungen sah, in dieser heruntergekommenen Wohnung gestohlene oder gefälschte Waren vom Flohmarkt unterstellen zu lassen?

Wie hätte ich ihr diese Dinge erzählen können, die mir schon beim puren Gedanken an sie die Kehle zuschnürten? Allein der Name Kathi Nagel ließ Übelkeit in mir aufsteigen. Warum also hätte ich die Atmosphäre zwischen Amira und mir verderben sollen? Wir waren glücklich! Der Frühling brach an, unsere Herzen öffneten sich füreinander. Ich habe ihr damals, bei unserem ersten langen Spaziergang nicht einmal die Geschichte von der alten Frau und dem *Dolch der Liebe* erzählen wollen. Warum hätte ich auch? Ich wollte Amira reden lassen und einfach nur zuhören. Jede Geschichte hat ihre Zeit, dachte ich und hatte mich also so kurz wie möglich gefasst und das Wenige, was ich erzählte, ausgeschmückt, um ihr meine Gesellschaft angenehmer zu gestalten.

Im Vergleich zu Amira war ich tatsächlich in einer weitaus bequemeren Position. Seit etwa zwanzig Jahren lebte ich in Deutschland, besaß die deutsche Staatsbürgerschaft und kannte Menschen, die mir vertrauten. Sie hingegen war gerade erst angekommen, war erschöpft und sehnte sich nach einer wirklichen Freiheit, und das sage ich, weil ich aus eigener Erfahrung weiß, wie quälend ein Leben in Ungewissheit sein kann. Jetzt hatten wir uns gefunden. Warum sollte ich unser Glück stören? Ich glaube im Übrigen, dass niemand bei der ersten Begegnung mit der Liebe gern an ein unglückliches Ende denkt.

Die Zeit der ersten Tage unseres Kennenlernens verging wie im Flug, bis Amira schließlich zu mir zog und unsere Körper ineinander verschmolzen. Manchmal trafen wir uns in jenen Tagen mittags, wenige Male abends, und ich rief sie, nachdem ich herausgefunden hatte, dass sie gerne Weißwein trank, hin und wieder spät abends an und fragte, ob sie ein Glas mit mir trinken wolle.

Ich traf Amira in jenen ersten Tagen unserer Begegnung in Cafés, die ich selbst noch nicht kannte, und wir entdeckten gemeinsam neue Läden, die warme Waffeln anboten, die sie sehr liebte. Ich mied die mir bekannten Orte, das *Wanted* etwa oder das *Scarriff*, zeigte ihr aber den Imbiss von Dörte Fuß und Kalle Gurke, da sie, wie ich, gerne Currywurst aß. Wenn wir nachts bei Dörte und Kalle auftauchten, war der Imbiss meist leer, ab und an aber kam ein Mann zu später Stunde und trank still im Stehen sein Bier, während er die ganze Zeit über die Eingangstür im Blick behielt. Es freute mich, dass Amira die beiden Besitzer des Imbisses zu mögen schien. Dörte Fuß oder Kalle Gurke mischten sich manchmal in unsere Unterhaltungen ein, doch paradoxerweise erwähnten sie nie, dass ich eigentlich Cognac trank. Im Gegenteil, sie schenkten uns fröhlich Wein ein.

Zweimal bat ich Amira, sie nach Hause begleiten zu dürfen, was sie jedes Mal ablehnte. Ich hörte auf, zu insistieren.

Die meisten der Spaziergänge, die wir unternahmen, ließen wir an der Wupper beginnen, besonders jene in den frühen Nachmittagsstunden. Der Frühling zeigte sich immer deutlicher in seinen aufblühenden Boten und der von Leben kündenden Verfärbung an den Astspitzen der Bäume, und wir genossen mit großer Freude das Entlangschlendern am Wasser. Amira mochte den Fluss. Einmal erzählte sie mir, dass sie die Wupper wie einen Freund empfand. Sie hatte gelesen, dieser Fluss würde, wann immer er eine bestimmte Richtung eingeschlagen habe, diese bald darauf wieder abändern, mal nach links, mal nach rechts und – als handle es sich um eine bewusste Verzerrung – manchmal in die beinahe entgegengesetzte Richtung. Amira dachte viel darüber nach. Wollte die Wupper an ihre Quelle zurückkehren? Amiras Ansicht nach gab es keinen anderen Fluss, der dem Menschen so ähnlich war wie dieser. Als wäre die Wupper von ihrem Ursprung geflohen und hätte sich auf ihrem weiteren Weg überlegt, zurückzukehren, bevor sie sich endgültig doch entschied, in Richtung Westen zu fließen, um schließlich als Gast im Rhein bis zur Nordsee zu fliehen.

»Flucht ist eine Einbahnstraße, das wissen sogar Flüsse«, lachten wir beide.

Wir begannen zu plaudern, über das Umland, die Stadt und die Natur hier. Eines Nachmittags wollte sie von mir wissen, ob ich schon einmal einen der alten Schmiedeorte mit seinen Wasserrädern, die sogenannten Kotten, besucht hätte. Ich musste zugeben, dass ich noch nie dort gewesen war.

»Dann werden wir zusammen hingehen«, sagte sie.

Wir fuhren also ins Kaltenbachtal und bestaunten das historische Gebäude des Kotten mit seinen Wasserrädern, ohne die es die Schmiede- und Schleifkunst in Solingen nicht gegeben hätte. Wir gingen den Bach an seinen mit uralten Schleifsteinen befestigten Ufern entlang, hinunter bis zu seiner Mündung, wo Amira lange auf die ineinanderfließenden Wasser blickte und mich schließlich fragte, ob ich wisse, was das Sprichwort *Über die Wupper gehen* bedeutet.

Da ich Amira beeindrucken wollte, hatte ich mich seit unserer ersten Begegnung viel mit Solingen und seiner Geschichte befasst, und mich informiert, und so konnte ich ihr wie aus der Pistole geschossen antworten: »Es gibt viele Interpretationen zu diesem Sprichwort, die einen verbinden es mit dem Tod, was wohl daran liegt, dass es früher nur einen einzigen Friedhof auf einer der beiden Flussseiten gegeben hat, und wer auf der anderen Seite starb, der musste, um beerdigt zu werden, über die Wupper gebracht werden; für andere wiederum bedeutet dieses Sprichwort, dass einer Pleite geht, und auch das ist wohl historisch bedingt, da ein solcher Mensch auf eine Insel in der Wupper zum Gericht musste, um seine Insolvenz anzumelden; tja, und dann gibt es noch eine ganz andere Bedeutung, die mit Freiheit zu tun hat. Die fand ich immer schon am interessantesten. In der ersten Hälfte des achtzehnten Jahrhunderts bildete der östliche Wupperverlauf die Grenze zwischen der Grafschaft Mark, die an die Preußen gegangen war, und dem Herzogtum Berg. Der damalige preußische Soldatenkönig zwangsrekrutierte für seine Kriege auch Soldaten aus dieser Region. So flüchteten viele der jungen Männer über die Wupper nach Berg, um der Rekrutierung zu entgehen.«

Amira sah mich aufmerksam an: »Das heißt, sie gingen über die Wupper ins Exil.«

Ich erwiderte ihren aufmerksamen Blick und nickte.

»So wie du.«

Ja, ich war ein Zwangsrekrutierter, der fahnenflüchtig geworden war. Nur war es bei mir nicht die Wupper, sondern der Tigris, über den ich geflohen bin. Ich wollte nicht in den Krieg ziehen. So wie die Männer einst vor dem Befehl des preußischen Soldatenkönigs geflohen waren, war auch ich vor der Willkür eines Diktators, der Mutter aller Schlachten, in den Norden geflohen.

# 4

Textwiedergabe war beim Erlernen der deutschen Sprache eine meiner Lieblingsübungen. Man braucht Fantasie, um die Texte nicht wortwörtlich, sondern sinngemäß wiederzugeben. Wir sollten keine reine Wiederholung liefern, sondern eine Art Interpretation. Mir, der ich einen Hang zur Träumerei besitze, kam das wie gerufen und ich gab wieder, was ich empfand, in aller Ruhe – mit Ausschweifungen, Einfügungen, mit Freude am Fabulieren und stets mit einem gewissen Hintersinn.

All jene Geschichten, die ich Ihnen hier wiedergebe, hätte ich ohne Amira nicht erlebt und also auch nicht auf meine Weise wiedergeben können. Anders gesagt, ohne die Wupper gäbe es Solingen nicht. Und ich möchte ergänzen: Ohne Amira und die mit ihr in Verbindung stehenden Geschichten, wäre aus mir nicht der geworden, der ich heute bin.

Als Dalal Firas Amira im *Wanted* auf einen Cappuccino einlud, spürte Amira instinktiv, dass diese Frau, die sie da einlud, in Schwierigkeiten steckte und sich aus ihnen befreien wollte. Allerding erfuhr Amira zu jenem Zeitpunkt nicht, um welche Probleme es sich handelte und in welch schlimme Situation Dalal geraten war. Amira wusste zu jenem Zeitpunkt auch nicht, dass Teile der Räumlichkeiten des Tattooladens einst zum ehemaligen Solinger Messergeschäft *Horn & Söhne* gehörten, zu dem ihr Großvater sie geschickt hatte. Und zwar genau jener Teil, in dem früher das Büro des Besitzers und letzten Vertreters der Messerdynastie Friedrich Horn gelegen hatte. Der Verkaufsraum war im anderen Teil untergebracht, in dem sich heute der *Scharfmacher* befand.

Vielleicht wäre die Sache am Ende ganz anders verlaufen, vielleicht hätten wir die Geschichte vom *Dolch der Liebe* vorzeitig beendet oder es wäre, vielleicht, auch gar nichts passiert, wenn Amira an dieser Stelle nachgefragt hätte. Wer mag das wissen? Amira jedenfalls hatte bei Dalal nicht nachgehakt, obwohl sie, nach allem, was ihr mit Veronika in Glückstadt zugestoßen war, doch hätte gewarnt sein müssen, jemals wieder einer Fremden zu vertrauen. Aber es war ein Gefühl, das Amira dazu veranlasst hatte, Dalal zu folgen.

»Wir Frauen müssen solidarisch sein«, hatte Amira gesagt und nicht gezögert, Dalals Einladung anzunehmen.

Ihre Intuition war richtig. Dalal war bereits im Herbst 2014 nach Deutschland geflohen, ihr Asylantrag jedoch ein paar Monate später abgelehnt worden. Die Ausländerbehörde hatte ihr Urteil damit begründet, dass Dalal Libanesin war und Libanesen kein Anrecht auf Asyl genießen. Außerdem habe sie bei ihrem Verhör gelogen, indem sie behauptet habe, in einem Lastwagen gekommen zu sein, während sie in Wirklichkeit auf dem Seeweg nach Europa gelangt war. Natürlich hatte sie darüber nachgedacht, in eine andere Stadt oder ein anderes Land zu gehen, um dort erneut Asyl zu beantragen. So ging sie zum Bahnhof, wo ein junger Iraker, der dort immer rumhockte, erkannte, wie verloren sie war, und ihr seine Hilfe anbot. Er erzählte ihr von einer Dame, die geflüchteten Frauen Unterstützung anbot. Diese Dame besaß eine große, aber baufällige Villa, gelegen am Stadtrand, an einer Landstraße, die nach Köln führt. Dort ließ sie die Frauen unentgeltlich wohnen, was ihrem Sohn nicht passte. Bei ihr fand auch Dalal Unterschlupf. Der Sohn, den die eigene Mutter Wolf den Blonden nannte, war allerdings sehr merkwürdig. Er besuchte seine Mutter nur selten, und wenn, dann immer völlig überraschend, und wehe, er entdeckte, dass neue Frauen in der Villa lebten. Er fluchte dann laut, schrie herum, drohte den Frauen und versuchte, sie aus dem Haus zu vertreiben. Und auch wenn die ältere Dame ihre Gäste schützte, hatten die Frauen doch Angst vor diesem groben Kerl und verließen die Villa, sobald sie konnten.

Bei ihrem Gespräch im *Wanted* erzählte Dalal Amira allerdings nicht, wie sie es geschafft hatte, sich der Wut von Wolf dem Blonden zu entziehen. Sie bot Amira schlichtweg an, sie der Dame gern vorstellen zu wollen, und unterstrich, wie schön es doch wäre, gemeinsam in der Villa zu wohnen. Wie hätte Amira da Nein sagen können? Sie nahm dieses verlockende Angebot an, zumal sie sich einsam fühlte und keine Chance mehr sah, jene ihr unbekannte Frau ausfindig zu machen, der sie das Kästchen hätte übergeben sollen. Zudem wurde ihr Geld knapp. Sie hatte sogar kurz überlegt, Dalal zu bitten, ihr beim Verkauf der ihr noch verbliebenen Schmuckstücke zu helfen.

Amira ging also mit Dalal mit und teilte sich ab diesem Zeitpunkt mit ihr ein Zimmer in der Villa am Stadtrand. Von deren Eigentümerin wusste sie nur, dass sie etwa Mitte fünfzig war und Isolde, kurz, Isi, hieß. *Easy*, wie Dalal sie nannte. Isolde hieß Amira willkommen, und als sie nach deren Herkunft fragte, log Amira so, wie Dalal es ihr auf dem Weg zur Villa geraten hatte.

»Sag Easy, du bist meine Schwester und aus Hamburg zu Besuch.«

Diese Notlüge und Vorsichtsmaßnahme hat dem blonden Wolf gegolten. Denn der habe, so Dalal, ihr nur widerwillig gestattet, in der Villa zu bleiben. Und zwar, wie sie Amira gegenüber behauptete beziehungsweise log, weil sie sich bereiterklärt hätte, für ein geringes Gehalt bei ihm im Tattooladen zu arbeiten. Dalal habe Amira gewarnt, dass er ausflippen würde, sollte er sie in der Villa entdecken, und dass sie erst gar nicht hoffen sollte, auch im Tattooladen arbeiten zu können, denn »der nimmt niemanden, dem er nicht vertraut.«

Das war natürlich eine seltsame Aussage. Auch hier hätte Amira nachfragen und mehr über den Tattooladen herausfinden müssen, der in Wahrheit zum *Scharfmacher* gehörte, aber wie ich inzwischen begriffen habe, war Amira zurückhaltend und bohrte nie nach, wenn sie spürte, dass ihr Gegenüber Dinge nicht beim Namen nennen wollte. So antwortete sie Dalal nur, dass sie auf ihren Asylantrag wartete und bis dahin sowieso nicht arbeiten durfte. Damals dachte sie, dieser Wolf würde nur Leute beschäftigen, die offizielle Papiere besaßen, und dass er keine Schwarzarbeit duldete.

Als die beiden über ihre Asylverfahren sprachen, hat Dalal mich bereits erwähnt, ohne jedoch meinen Namen zu nennen, wie Amira mir später erzählen sollte.

Dalal hielt mich, einen Übersetzer, der Flüchtlingen bei der Befragung half, für einen guten Menschen, da ich die Konsequenzen des bewussten Verfälschens von Aussagen nicht fürchtete.

Aber das wollte ich eigentlich gar nicht erwähnen. Genauso wenig wie ich von dem Zufall reden wollte, der Amira und mich zusammenfinden ließ, als sie mich auf dem Boden liegend schwer verletzt vorfand. Sie war an jenem Tag mit Dalal im *Wanted* verabredet gewesen, um sich gemeinsam mit ihr gegen diesen Wolf zu stellen, der sich geweigert hatte, ihr vier Monate ihres Lohns auszubezahlen.

Ich selbst mied seit meiner letzten Begegnung mit Wolf das *Wanted*. Ich wollte ihm auf keinen Fall mehr unter die Augen kommen. Doch wer ist schon Herr über sein Schicksal?

Eines Tages war ich auf dem Weg, meinen Freund Peter Witte aufzusuchen. Ich wollte mich zu ihm setzen auf seine Bank, um über meine Zukunft mit Amira nachzugrübeln. Als ich mich dem Alten Markt näherte, war jedoch kein Durchkommen bis zum Brunnen und die schlanke Figur meines Freundes war von einer Menschenmenge umringt, die sich vor einer Bühne versammelt hatte. Auf einem Plakat waren die Namen von vier Rednern angekündigt, die, so begriff ich voller Ehrfurcht, der Kulturszene anzugehören schienen, denn über ihren Namen stand in großen schwarzen Lettern geschrieben: *Die klügsten Köpfe unserer Heimat*. Anstatt der vier angekündigten Redner waren jedoch nur drei auf der Bühne erschienen, der vierte, den der Veranstaltungsmoderator als großen Patrioten lobte, ließ sich entschuldigen. Sein schwer zu merkender Name blieb mir haften. Er hieß Kurkumski oder so ähnlich. Ein wirklich typisch deutscher Name für einen Patrioten war das nicht, dachte ich ein wenig verwundert. Darum hätte ich den Herrn Kurkumski oder so ähnlich nur allzu gern zu Gesicht bekommen. Aber seine drei Gesinnungsgenossen waren, wie schnell rauszuhören war, patriotisch genug, um meine Ehrfurcht vor den *klügsten Köpfen* in höchste Verwunderung umschlagen zu lassen.

Es waren zwei Männer und eine Frau. Der eine Mann war ein hochdekorierter Autor, sein Outfit und seine Frisur erinnerten allerdings an einen gewissen Österreicher in jungen Jahren, der, aber gut, lassen wir das.

»Ist er nicht toll? Er ist ein großartiger Autor und auch ein ganz hervorragender Arzt«, raunte mir eine Frau zu, die neben mir stand.

Echt jetzt?, dachte ich bei mir. Man kann doch nicht Arzt sein und gleichzeitig ein böser Mensch! Um Arzt zu sein, musste man doch mindestens zwei Qualitäten besitzen: an die Kraft der Natur glauben und die Menschen lieben, ungesehen all ihrer mehr oder weniger zufälligen Eigenschaften wie Nationalität oder Hautfarbe oder Geschlecht oder was auch immer. Wie war es möglich, dass dieser Typ da vorne auf der Bühne ein Arzt sein sollte, wo er doch Menschen nach ihrer Rasse einordnete, und seine Rede mit Verleumdungen und Vorurteilen gespickt war. Das ist mir, ehrlich gesagt, noch immer rätselhaft.

Ich hatte schnell genug von diesem Wahnsinn, der da öffentlich und auch noch unter Beifall der Zuhörer *unters Volk gebracht wurde*, wie man hierzulande sagt, und beschloss, einen anderen Ort aufzusuchen, um in Ruhe über mein Leben nachzudenken, als ich ihn entdeckte. Was heißt entdeckte? Er kam direkt auf mich zu, und bevor ich wegrennen konnte, packte er mich am Arm.

»Jetzt aber, mein Freund!«, zischte Wolf mit seiner gefährlich leisen, fast singenden Stimme.

Als er so vor mir stand, größer als ich, seine Hand fest an meinem

Arm, dachte ich immer noch, Kathi sei die einzige Verbindung zwischen mir und diesem Mann. Ich hatte Wolf drei Mal in meinem Leben gesehen, jedes Mal war es unangenehm, beim letzten Mal sogar bedrohlich. Und dieses Mal waren wir einander so nahe, dass sich unsere Gesichter beinahe berührten.

Er wollte in Ruhe mit mir reden, behauptete er. Ich müsste ihm gut zuhören.

Ich hielt seinem Blick stand: »Ich bin gespannt.«

»Siehst du die da?«, fragte er mich und wies mit seiner freien Hand in Richtung der Versammlung.

Zuerst dachte ich, er würde auf die Redner deuten, die inzwischen vor der Bühne standen und mit ihren begeisterten Zuhörern sprachen. Aber nein, er meinte nicht die *klügsten Köpfe unserer Heimat*, er meinte andere Köpfe, die über die Menge hinausragten. »Die sind gespannt, was du als Nächstes tust!«

In der Tat stand da eine Gruppe von robusten, muskulösen Kerlen. Jeder einzelne fixierte mich, und ich spürte bereits, wie sie auf mich zukamen, obwohl keiner von ihnen sich rührte. Plötzlich hatte ich keinen Zweifel mehr: Das waren die Kerle, die mich niedergeprügelt hatten!

Wolf der Blonde grinste und entblößte dabei seine aufpolierten Zähne. »Die Jungs sind ganz scharf auf dich, mein Freund. Sie werden dich zerstückeln, sobald ich ihnen ein Zeichen gebe«, sagte er. »Aber diesmal ist der liebe Wolf gnädig mit dir.« Er tätschelte meine Wange. »Kapierst du's nicht? Du sollst einfach abhauen. Ich dachte, die Lektion letztes Mal war verständlich genug!«

Ich erstarrte vor Angst und brachte kein Wort heraus. Er musterte mich und nickte seinen Schlägern zu. Diesmal würde mich niemand antasten, erklärte er mir freundlich, überzeugt davon, dass ich seine Worte verstanden und also begriffen hätte, dass in Solingen kein Platz für mich sei. Es gehe ums Prinzip. »Kapiert?«, wiederholte er. Sein Lieblingswort, wie es schien.

»Selbst diese Klugscheißer da«, er deutete auf die drei Redner, »selbst die sagen das. Alle sagen das. Ihr sollt nach Hause verschwinden! Wann kapiert ihr das endlich?«

Ich lächelte ihn an, kam mir dabei vor wie ein Vollidiot, und wollte ihm sagen, es werde geschehen, ich würde nach Hause gehen, aber nicht in seinem Sinne, da mein Zuhause die ganze Welt ist, doch irgendwie blieben diese Sätze in meinem Hirn stecken und der Impuls, sie auszusprechen wurde von meiner Angst unterdrückt. Ich riss mich zusammen und sagte: »Ich schulde Ihnen nichts, nichts verbindet uns, und wenn es um Ihre Frau geht: sie ist für mich tot.« Das sagte ich aus ganzem Herzen und voller Überzeugung.

Kathi gehörte meiner Vergangenheit an, und ich hatte mit ihr abgeschlossen. Ich liebte jetzt eine andere Frau, eine wunderbare Frau, mit der ich eine wunderschöne Beziehung pflegte. Ich liebe sie sehr, mein Okapi, nur ihr Bild trage ich im Herzen.

Wolf der Blonde schaute ein wenig hilflos. Vermutlich war er irritiert. Offenbar hatte er nicht damit gerechnet, dass ich ihm die Stirn bieten würde. Er überlegte kurz und entschied, mir eine Rede vor die Füße zu werfen, deren Inhalt abscheulicher war als das, was ich mir schon von der Bühne herab hatte anhören müssen. Dabei klang alles, was er jetzt sagte, wie auswendiggelernt und allein an seinem Ton, mit dem er mir seinen gedanklichen Wahnsinn entgegenzischte, konnte ich erkennen, wir sehr er voller Hass und Wut war, und dieser Hass und diese Wut waren tatsächlich sein eigener Hass und seine eigene Wut.

Ich habe mich lange gefragt, ob ich hier überhaupt wiedergeben soll, was er damals von sich gab, und neige noch immer dazu, seinen Worten keinen Raum geben zu wollen, deswegen resümiere ich nur kurz und so abstrakt wie möglich:

Er sagte, die illegale Masseneinwanderung schädige Deutschland.

Er sagte, die Politik hätte die Entscheidung getroffen, Deutschland mit Ausländern und Fremden zu fluten.

Er sagte, es fänden hierzulande eine gezielte Umvolkung und ein Bevölkerungsaustausch statt.

Er sagte, männliche Ausländer machten ihre Frauen hörig.

Er sagte, islamisch dominierte Länder sowie islamische Minderheiten in westlichen Staaten seien geprägt von unterdurchschnittlicher Bildung, geringer Wirtschaftsleistung und einer starken Abneigung gegenüber Andersgläubigen.

Er sagte, der Islam sei keine Religion des Friedens, sondern eine Gewaltideologie.

Er sagte, alle »Neger« seien nichts anderes als Dealer, und Dealer wolle man nicht mehr länger dulden.

Er sagte noch mehr dieser Art, aber das erspare ich mir und Ihnen nun, nur will ich festhalten, dass mir eines klar wurde aus seinen Worten und seinem Hass, etwas, wie mir scheint, sehr Wesentliches: Ich hege seit jenem Zusammentreffen die Befürchtung, dass dieser ganze Hass, sein persönlicher Hass, meine ich damit, aus einer einzigen Quelle hervordrang. Warum? Seine letzten Worte habe ich noch genau im Ohr: »All das haben unsere Frauen aber nicht verstanden. Weder in der Vergangenheit, noch in der Gegenwart. Sie sind naiv und gehen euch Fremden in die Falle. Das darf sich nicht weiter wiederholen. Es geht um Prinzipien. Ich fürchte, das kapierst du immer noch nicht. Weil ihr keine Prinzipien besitzt. Hör mir zu, ich sag's genau noch einmal: Verschwinde! Das ist meine letzte Warnung. Hau ab, bevor ein Unglück passiert!«

Ich wollte ihm sagen, dass es mein Prinzip sei, keine Fremden zu duzen, und dass ich nicht wolle, dass er mich duzte, aber ich ließ es bleiben und befreite mich stattdessen von seiner Hand, die immer noch meinen Arm gepackt hielt. Ich nickte, halb ironisch, halb ernst, wandte mich ab und ging betont langsam davon, um meine Furcht zu verbergen. Dabei spürte ich seinen Blick in meinem Rücken wie einen Dolch.

Auf dem Weg nach Hause dachte ich über seine Worte nach. Ich redete mir ein, es wäre Glück im Unglück, dass Amira die Begegnung nicht miterlebt hatte. Konnte ich Amira diese Geschichte erzählen? Hat sie nicht genug Probleme und Kummer? Außerdem dachte ich, das sei meine Geschichte mit Wolf. Sie gehörte mir und verband mich und ihn mit Kathi. Amira hatte damit nichts zu tun.

Und was die drei Redner betraf, darüber sollte sie erst recht nichts erfahren müssen. Amira trug in ihrem Herzen noch immer das schöne Bild von Deutschland, von der deutschen Sprache und Literatur, das ihr Großvater in es eingepflanzt hatte. Warum sollte ich ihr wegen ein paar kurzsichtiger Schwätzer und talentbedürftiger Muskelmänner die Freude daran verderben? Amira sollte davon unberührt bleiben.

## 5

Eines Abends, wir hatten gerade den Imbiss von Kalle Gurke und Dörte Fuß betreten und bestellten wie üblich Currywurst mit Ketchup und zwei Gläser Wein, Amira weißen, ich roten, als Hans der Rote auftauchte.

Ich hatte ihn lange nicht gesehen; es war einige Wochen her, seit er das letzte Mal etwas bei mir abgestellt hatte, aber ich war es gewohnt, dass die, die ihre Waren bei mir ließen, für einige Zeit verschwanden. Weder Armin noch die Chinesische Backe noch Hans der Rote kamen regelmäßig zu mir. Aber Hans der Rote war diesmal auffällig lang verschwunden gewesen. Und jetzt kam er spät nachts, selbst Dörte und Kalle fiel das auf, die ihn für gewöhnlich nachmittags zu Gesicht bekamen, wenn der Flohmarkt geschlossen wurde. Ich erinnere mich, wie sie es kommentierten: »Hansi, was für eine Ehre, dass du uns zu dieser späten Stunde besuchst. Wo hast du denn so lange gesteckt?«

Hans der Rote war auf jeden Fall kein Schwätzer. Wenn er überhaupt sprach, dann wenig und leise und er legte jedes Wort auf die

Goldwaage. Sein Gesicht verriet nie, in welcher Stimmung er sich gerade befand oder welche Überraschung er bereithielt. Dass er nun sogar die Stirn runzelte, wirkte irritierend.

Als er neben uns stand und ich ihm Amira vorstellte, sagte er trocken: »Verzeihen Sie, wenn ich trotz Gegenwart einer Dame keinen Wein trinke.«

Dann bestellte er bei Kalle einen Cognac. »Den guten. Double.«

Das war ungewöhnlich. Ich hatte ihn noch nie Cognac trinken sehen. Er ließ für gewöhnlich seine Ware bei mir und ging meist wieder seines Weges, bevor ich ihn überhaupt zu einer Tasse Kaffee oder Tee einladen konnte.

Selten hielt er sich länger in meinen vier Wänden auf. Das passierte nur manchmal, wenn er mir einen Zeitungsausschnitt mitbrachte, der über ein Verbrechen in der Nähe von Solingen berichtete, oder wenn er mir ein weiteres der Bücher von Georges Simenon mitbrachte.

Wenn ich meine Trägheit überwinden und nach einem neuen Job suchen würde, sollte ich seiner Meinung nach Privatdetektiv werden, so wie dieser Maigret von Georges Simenon, der äußerst erfolgreich bei der Aufklärung von Verbrechen war. Mehr ließ Hans der Rote während seiner spärlichen Besuche bei mir meist nicht verlauten, er verschwand einfach und ich musste auf seinen nächsten Besuch warten, um einen weiteren Zeitungsausschnitt über ein weiteres Verbrechen in der Umgebung zu bekommen. Auf diese Zeitungsausschnitte hatte er immer, tatsächlich immer, seine Version eines Phantombildes des Täters skizziert, selbst, wenn der Täter unbekannt war. Hans' kräftige Statur, sein Schnurrbart, sein rotblondes Haar und sein stattlicher Bauch – in allem war er ein Zwilling von Peter Ustinov als Hercule Poirot. Es war schwierig zu wissen, was in ihm vorging, ob er glücklich oder traurig war, ob er sich wohl oder von irgendwas verärgert fühlte.

Mit Ausnahme seines Blickes in jener Nacht.

Nachdem er ein zweites Glas Cognac getrunken hatte, bat er um ein weiteres Glas, dann entschuldigte er sich noch einmal bei Amira: »Bitte entschuldigen Sie, dass ich dieses verabscheuungswürdige Getränk vor Ihnen trinke«, um gleich darauf noch zu bemerken, obwohl ihm diese Marke viel besser schmecke als der faulige Orban-Cognac. Dabei warf er mir einen merkwürdigen Blick zu. Ich bekam es mit der Angst zu tun, als er den ungarischen Cognac vor Amira erwähnte.

Hans war durcheinander und wusste nicht, wie er beginnen sollte. Wie sehr er auch versuchte, normal zu wirken, seine Art zu sprechen und die Bewegungen seiner Hände konnten seine Unruhe nicht verbergen. Er trank vier Gläser Cognac, verschwand zwei Mal auf die Toilette, bei jeder Rückkehr schenkte er uns ein angestrengtes Lächeln. Er sei eigentlich gekommen, weil er mich suchte, sagte er, bemerkte aber, wie sehr ich mich über unser Wiedersehen freute und redete dann über irgendetwas Belangloses. Schließlich ertrug ich seine Unruhe nicht mehr, blickte ihn an und sagte unverblümt: »Ich glaube, es ist Zeit, dass du mir erzählst, was los ist. Warum bist du zu dieser außergewöhnlichen Stunde hier?«

Er schüttelte langsam den Kopf, nahm seinen ganzen Mut zusammen und entschuldigte sich gegenüber Amira, dass er sich mit mir allein unterhalten müsse. Nicht ihretwegen, sondern anderer Leute wegen, obwohl niemand außer uns im Imbiss war. Nicht einmal der einsame Mann, den ich hier öfters vor seinem Bier hocken sah und der normalerweise kurz vor elf Uhr nachts auftauchte. Warum also diese Vorsicht?

Nachdem Amira sich diskret an die Bar des Imbisses zurückgezogen hatte, drückte Hans der Rote seinen Mund an mein Ohr und flüsterte: »Sie haben ihn verhaftet.«

»Wen?«, fragte ich flüsternd zurück.

»Ich hab ihn gewarnt! Tausend Mal hab ich Armin gewarnt!«, brach es aus ihm heraus.

Zuerst wusste ich nicht, was ich antworten sollte. Ich dachte nur: Warum sich darüber wundern? Armin hatte mit Waren gehandelt, von denen die meisten keine Originale waren. Dabei musste er früher oder später mit Schmugglern in Kontakt gekommen sein. Warum sich also derartig darüber wundern, dass Armin in Schwierigkeiten geraten war? Hans der Rote schien meine Gedanken zu erraten, was ich damals nicht wirklich begriff: »Armin ist nicht wegen gefälschter Waren verhaftet worden, wie du jetzt denken magst, und auch nicht in Deutschland«, flüsterte er. Nein, Armin sei in der Nähe von Mailand auf dem Weg zur deutschen Grenze festgenommen worden, weil er, wie ich jetzt erfuhr, regelmäßig Flüchtlinge in seinem alten VW-Bus von Mailand nach Deutschland gefahren habe, manchmal sogar bis nach Solingen. »Und glaube mir, er hat dafür nie Geld verlangt, im Gegenteil, er freute sich, wenn er helfen konnte.«

Hans der Rote hatte, und auch das erfuhr ich jetzt, Armin einige Male auf dieser Route begleitet und es war immer alles gut gegangen. Ihre Fahrten begannen und endeten friedlich. Hans hatte Amins Rückkehr heute Abend erwartet. Aber am vereinbarten Treffpunkt wartete der junge Iraker vom Bahnhof, der Hans mitteilte, dass Armin verhaftet worden war.

»Ich denke, dass selbst die Carabinieri geahnt haben, was Armin tat, und ein Auge zugedrückten, solange er es nicht übertrieb. Vielleicht wussten sie ja auch, dass er kein Geld von den armen Schluckern nahm.«

Hans selbst hatte zwei Mal miterlebt, wie der alte Bus eine Panne auf der italienischen Autobahn hatte und die Carabinieri kamen und Armin halfen. Die Italiener kannten sogar seinen Namen, sie nannten ihn *Armin, il tedesco*, und Hans war sich sicher, »es muss ihn jemand denunziert haben, sonst wäre er heute Abend zurückgekommen.« Hans nahm noch einen Schluck und sah mich aus traurigen Augen an. »Es tut mir sehr leid. Wir hätten heute Abend die Ankunft deiner Schwester gefeiert.«

Wie bitte?!

Hans der Rote bestellte inzwischen den fünften oder sechsten Cognac, das Getränk hatte seine Zunge gelöst. »Irgendwer hat seinen Mund nicht halten könnten«, sagte er zornig, aber er war sich sicher, dass »dieser Verräter« früher oder später entlarvt werden würde. »Es tut mir vor allem leid für deine Schwester. Armin wollte dir einen Gefallen tun, und sie nach Solingen bringen, und jetzt wurde sie mit ihm verhaftet.«

»In welches Gefängnis wurden sie gebracht?«, fragte ich.

Hans wusste es nicht. Er hatte nach mir vor allem gesucht, um mir ein kleines Stück Papier zu überreichen – eine Nachricht von Armin, die Hans mir im Notfall zuspielen sollte. In dieser Nachricht trug Armin mir erneut auf, seinen eleganten braunen Lederkoffer sorgsam zu hüten. Wie es schien, wusste Hans schon von dem Koffer seit jener Nacht, als Armin ihn bei mir untergestellt hatte. Nachdem er ein weiteres Glas Cognac hinuntergestürzt hatte, erzählte er mir, dass er der Mann gewesen sei, der an jenem Abend am Fuße der Treppe auf Armin gewartet hatte. Zwar habe er nicht gewusst, was der Koffer enthielt, aber Armin habe ihm in jener Nacht, bevor er sich auf den Weg nach Mailand machte, gesagt, er wolle einen wichtigen Koffer bei mir abstellen, und ihn gebeten, im Hauseingang auf ihn zu warten, weil er befürchtete, dass ihm jemand wegen des Koffers auflauern könnte.

»Wie gut kennst du Armin eigentlich?«, fragte ich.

Hans der Rote sah mich erstaunt an. »Was meinst du mit *gut*?«

Ich erzählte ihm, was ich von Nathan dem Weisen im *Scarriff* gehört hatte. »Ist es wahr, dass Armins Familie mit Fritz Grobba befreundet war?«

Hans lächelte schief und riet mir, die Geschichte von Fritz Grobba ebenso zu vergessen, wie alle anderen Geschichten auch, die mir Nathan unter die Nase gerieben haben mochte, weil dieser Nathan ein Mann sei, dessen Gehirn von zu viel Alkohol durcheinandergebracht wurde. Zu gerne hätte ich Hans gefragt, wie wir Armin helfen könnten, aber er gab mir keine Chance. Er schluckte den letzten Tropfen. »Zeit zu gehen«, brabbelte er, bevor er verschwand, wie er gekommen war, wie ein Schauspieler, der für einen kurzen Moment auf der Bühne oder auf der Leinwand erscheint und sich dann in Luft auflöst.

»Ich habe den Namen Armin schon einmal von einem jungen Iraker am Bahnhof gehört«, sagte Amira, unmittelbar nachdem Hans den Imbiss verlassen hatte. Was Hans der Rote für eine leise Unterhaltung gehalten hatte, war anscheinend noch in einigen Metern Entfernung zu hören gewesen.

## 6

Es war ein sonniger Tag Ende März, genau eine Woche nach Armins Verhaftung, als Amira auf mich zueilte und ihren Koffer mit sich schleppte. Mir blieb beinahe das Herz stehen. Armin war verhaftet. Meine Schwester auch. Und nun wollte Amira auch noch weg!

Wir setzten uns auf die Terrasse eines Cafés. Amira trank ein Glas Wasser. Sie atmete ein wenig zu heftig und legte die Hand auf ihr Herz. Das war ihre Art, bevor sie etwas Wichtiges erzählte.

Wolf der Blonde sei plötzlich in der Villa aufgetaucht, erzählt sie mir, habe ihren Namen gekannt und laut um sich brüllend verlangt, dass sie das Haus sofort verlassen und aus Solingen, ja sogar aus Deutschland verschwinden soll. Sie könne froh sein, sagte sie, habe er gesagt, dass er sie nicht gleich aus Deutschland entfernen ließe. Er könnte einfach zum nächsten Polizeirevier gehen und erzählen, dass sie in eine ganz andere Stadt verteilt worden war, dass Name und Nationalität, die sie beim Asyldienst angegeben hatte, nicht der Wahrheit entsprachen. Es sei in ihrem Interesse, Solingen zu verlassen.

Amira bat mich um eine Tasse Cappuccino und heiße Waffeln,

und mir war klar, dass ich schnell handeln musste. Ich wollte diese Frau nicht verlieren. Das sagte ich ihr dann auch: »Bevor du dich entscheidest, zu gehen, musst du den Teil aus meinem Leben hören, den ich dir bislang verschwiegen habe.«

Sie blickte mich erstaunt, aber nicht ohne Neugierde an, während ihr wunderschönes Lächeln sich wie von selbst über ihr Gesicht ausbreitete. Vielleicht ahnte sie, was ich sagen wollte, oder vielleicht überlegte sie, inwieweit das, was ich zu sagen hatte, ihre Entscheidung, die Stadt zu verlassen, beeinflussen würde.

Ich erzählte ihr ausführlich von meinem unsteten Leben zwischen verschiedenen Städten, meinen Beziehungen zu verschiedenen Frauen und wie ich zu der Wohnung gekommen war, in der ich nun lebte. Ich erzählte ihr von der traurigen Situation, in der ich mich gerade befand. »Ich bin bankrott«, sagte ich schließlich, »aber mein Herz ist reich an Liebe, an Liebe zu dir.« In dem Moment hatte ich vergessen, dass ich diesen Text aus einem Film geklaut hatte. »Mein Herz ist dein Zuhause«, setzte ich voller Innigkeit nach. Und genau wie das Mädchen in dem Film ihrem armen, verzweifelten Maler antwortet, streckte Amira ihre Hände nach mir aus, schlang ihre Arme sanft um meinen Hals und ihre Lippen bebten. »Dann sind wir ab heute untrennbar verbunden«, hauchte sie und drückte mir einen Kuss auf den Mund.

Die Erinnerung an diesen Tag wird für immer in meinem Gedächtnis bleiben. Es war der Tag, an dem wir zum ersten Mal miteinander schliefen.

Es war nicht nötig, Amira vom Zustand meiner Wohnung zu erzählen, sie kannte sie ja bereits. Als wir dort ankamen, stellte sie ihren Koffer im Flur direkt neben die Tür und bat mich, die Wohnung wieder zu verlassen und erst nach zwei Stunden zurückzukehren.

Als ich dann bei meiner Rückkehr die Tür öffnete, erkannte ich meine Wohnung nicht wieder. Alles war aufgeräumt und neu geordnet. Amira saß am Küchentisch, eine Teekanne und zwei Tassen vor sich, genau an dem Platz, wo die Chinesische Backe das letzte Mal gesessen hatte.

Amira musterte mich mit einem Blick, den ich nicht an ihr kannte. Sie schwieg und wartete, bis ich die Schuhe ausgezogen hatte. Dann sagte sie: »Diese Frau. Woher kennst du diese Frau?«

Da erst entdeckte ich, dass sie ein Foto an eine der Tassen auf dem Küchentisch gelehnt hatte.

Ich musste das Foto nicht genauer ansehen, um zu wissen, wer darauf abgebildet war. Ich musste sie auch nicht fragen, *Was meinst du?* oder, *Wo hast du das Bild gefunden?* Ich berührte sie sanft an der Schulter und betrachtete das Bild von oben.

Es war ein Foto von Kathi mit kurzen Haaren, sie musste es bei ihrem letzten Besuch hier hinterlassen haben, um mich zu quälen, genau wie das Höschen, das sie in meinen Rucksack geschmuggelt hatte.

»Das ist Kathi, meine Ex-Freundin«, sagte ich und setzte mich Amira gegenüber. Und als wollte ich immer noch nicht wahrhaben, was ich tief im Inneren längst wusste, fragte ich: »Aber woher kennst du sie?«

Amira blickte mich an. Seit sie das Foto beim Aufräumen gefunden hatte, sagte sie, würde sie darüber nachdenken, wie sie diese Frau mit mir in Verbindung bringen könnte. Es sei Veronika aus Glückstadt, die im Hotel ihren Koffer geöffnet und das Kästchen an sich genommen haben musste. Und jetzt hegte sie auch keinen Zweifel mehr daran, dass sie genau diese Frau und keine andere an jenem Nachmittag vor meinem Haus gesehen hatte, als sie mich verletzt in meine Wohnung begleitet und dann wieder gegangen war.

In diesem Moment dachte ich, wie gut es war, dass ich Amira nicht nach dem Verbleib von Armins Koffer gefragt hatte, denn sonst hätte sie schlussfolgern müssen, dass Kathi nicht nur ihr kleines Kästchen mit dem Okapi, sondern auch Armins Koffer gestohlen hatte.

»Ich habe dir hier eine Nachricht hinterlassen, als ich weggegangen bin«, sagte sie und klopfte mit der Hand auf den Küchentisch. »Hast du sie nicht gefunden?«

»Ich danke dir, bis das Schicksal uns wieder zusammenbringt, mit herzlichen Grüßen, Frau Phantasma!«

»Oh, du weißt es sogar auswendig.« Sie schenkte mir ein kleines Lächeln.

»Wegen dieser Nachricht habe ich dich überall gesucht.«

Es stimmte also, was ich vermutetet hatte. Amira war kein Mensch, der einen Koffer aus einer Wohnung entwendet. Und das Papier, das sie für mich auf dem Küchentisch zurückgelassen hatte, hatte Kathi hinüber ins andere Zimmer gebracht und dort hingelegt, wo der Koffer gestanden hatte.

Sie musste gesehen haben, wie Amira mit mir in die Wohnung gegangen war, was wiederum bedeutete, dass Kathi uns an jenem Tag gefolgt war. Aber warum?

»War sie an jenem Tag bei dir?«, fragte Amira vorsichtig.

»Nicht, dass ich wüsste.«

Sie lächelte, und ich sah ihr zu, wie sie das Foto zerriss, aufstand und die Papierfetzen in den Müll warf. Dann kam sie zurück und setzte sich mir gegenüber.

»Dein Herz in mein Zuhause. Dort sind wir von jedem Vermächtnis befreit.« Sie nahm meine Hand und legte sie an ihre Wange.

*Dort sind wir von jedem Vermächtnis befreit.* Dieser Satz klang in mir nach, bei jeder Bewegung, die von ihr kam oder von mir ausging, bei jedem Kleidungsstück, das von uns abfiel, bei jedem Kuss, bei jedem Seufzen, bei jedem Atemzug, bei jeder Umarmung. *Dort sind wir von jedem Vermächtnis befreit*, als ob unsere Körper sich dies für die Ewigkeit schwören wollten.

Ich erinnere mich sehr gut an die Ruhe der Nacht, die in der Stille widerhallte, nachdem wir unser Ziel erreicht hatten. Sie grub sich in den Raum um uns herum, belegte den Platz in der Wohnung und trat aus den offenstehenden Fenstern, überquerte die Straße und flog über die Dächer davon.

Amira hatte ihren Kopf auf meine Brust gelegt, ich hielt sie im Arm und wagte nicht, sie anzusehen. Wir atmeten im selben Rhythmus und lauschten in die Nacht.

Unvermittelt begann Amira eine Melodie zu summen. Sie erinnerte sich an ein Lied, das ihr Großvater ihr beigebracht hatte.

»Erlaube mir, dich zu lieben, mehr als alles in der Welt«, sang sie leise. »Ich fühle deine zarte Hand auf meiner Haut und vergesse allen Vorwurf, den ich ersann.«

So oft hatte er das Grammophon angekurbelt und ihr sein Lieblingslied vorgespielt. »Jetzt weiß ich auch, für wen er es gespielt hat«, flüsterte sie und erzählte mir von dem Schwarzweißfoto einer Frau, das ihr Großvater sein ganzes Leben lang aufbewahrt hatte. Sie versuchte, mir die Frau aus ihrer Erinnerung zu beschreiben: »Langes helles Haar, das ihr über die Schultern fällt, große dunkle Augen, ein weißes Gesicht mit einer kleinen spitzen Nase, volle Lippen und ein markantes Lächeln. Mein Großvater sagte, es gibt Gesichter von Frauen, die das Herz so berühren, das es aus dem Brustkorb herausspringen und zu der Frau hineilen möchte.«

Amira sang das Lied noch einmal für mich, und das Bild ihres Großvaters wurde lebendig, als stünde er vor unserem Bett, ja, selbst das Grammophon, das er von einer seiner Reisen aus Deutschland mitgebracht hatte, konnte ich deutlich sehen und ihn dabei beobachten, wie er die Kurbel drehte und die Nadel aufsetzte.

Jetzt, wo Amira in meinen Armen lag, sie ihren Kopf hob und mein Gesicht in der Dunkelheit untersuchte, erinnerte sie sich haargenau an die Szene und verstand, dass das, was sie damals auf dem Gesicht ihres Großvaters gesehen hatte und was ihr unbegreiflich war, eine seltsame Nostalgie gewesen sein musste, die ihn jedes Mal überfallen hatte, wenn er das Grammophon ankurbelte.

Ein paar Male hatte er auch einen Vers für sie rezitiert:

Bist du von deiner Geliebten getrennt
Wie Orient vom Occident,
Das Herz durch alle Wüsten rennt,
Es gibt sich überall selbst das Geleit,
Für Liebende ist Solingen zu weit.

Amira war zu jung, um zu verstehen, was er damit gemeint haben mochte, und warum er die Zeile eines Goethe-Gedichtes abgewandelt hatte. Aber vielleicht, gerade weil sie ihn nicht hundertprozentig verstand, hatte er sich ihr öffnen können.

»›Ich weiß, Okapi. Du verstehst das nicht‹, hat er immer wieder zu mir gesagt. ›Aber das macht nichts. Es ist mein Geheimnis, das ich dir eines Tages erzählen werde.‹«

Amira lachte ein wenig bitter. »Weißt du, wie oft ich ihn fragte, wann er mir endlich dieses Geheimnis anvertrauen würde? Er hat mir immer das Gleiche geantwortet: ›Wenn du erwachsen bist.‹«

Sie schüttelte sanft den Kopf. Denn selbst, nachdem sie verheiratet und wieder geschieden war, hatte er ihr das Geheimnis nicht offenbart, sondern ihr kurz vor seinem Tod das Kästchen aus Ebenholz mit dem eingravierten Okapi anvertraut, das mit einem violetten Band umwickelt war.

»›Weißt du, Okapi‹, hat er einmal zu mir gesagt, ›einige von denen, die wir lieben, verlassen uns und sind schnell vergessen. Aber es gibt andere, die sich von uns verabschieden, indem sie uns einen Dolch ins Herz stoßen.‹«

Ich muss gestehen, dass die Geschichte ihres Großvaters mir Sorgen bereitete, mehr als die anderen Geschichten, die sie bisher erzählt hatte. Ich hatte Angst, dass uns Unheil zustoßen würde, obwohl oder gerade, weil wir beide hier Fremde waren.

Amira hob ihr Gesicht, und ich spürte ihren Atem an meinem Ohr. »Kannst du mich so lieben wie mein Großvater die Frau auf dem Foto geliebt hat?«, fragte sie.

»Und mehr«, erwiderte ich, während ich versuchte, ihr Gesicht im Dunkeln zu erkennen. Amira seufzte und schmiegte sich an mich.

## DRITTER TEIL

# Alles mehr als Schwarzweiß

### 1

Elizabeth Schleiff war eine besondere Frau. Das konnte jeder feststellen, der sie ein wenig näher kennenlernte. Zu meiner Schande muss ich gestehen, dass ich die elegante, weißhaarige Dame und ihre Geschichte im *Scarriff* nicht ganz ernst genommen und später alles dafür getan habe, damit Amira nichts von ihr erfährt. Heute weiß ich, dieser Frau hätte man ein Denkmal in Solingen errichten müssen. Sie war auf ihre stille Art ihr Leben lang eine leidenschaftliche Kämpferin.

Die einzige Person, die vielleicht mit ihr um diese Ehre konkurrieren konnte, war Ismail. Er starb und nahm seinen Schmerz mit ins Grab, während Elizabeth glücklicherweise noch am Leben war. Vielleicht lebte sie nur, um das Geheimnis zu bewahren, das Ismail mit ins Grab genommen hatte. Sie klammerte sich über Jahrzehnte an die Hoffnung, eines Tages alle Lügen und Verleumdungen über ihn, die in Solingen nach seinem Verschwinden verbreitet worden waren, aufdecken und ihm damit seine Würde wiedergeben zu können.

Hätte ich ihr, als sie mich damals im *Scarriff* mit ihrem Ismail verwechselte, ein paar Fragen gestellt, hätten sich vermutlich viele

Dinge viel früher geklärt. Vielleicht hätte ich einiges vermeiden können, wie zum Beispiel von Wolf dem Blonden beziehungsweise von seinen Leuten zusammengeschlagen und bedroht zu werden. Oder vielleicht hätte ich den kleinen, eleganten dunkelbraunen Lederkoffer, den Armin mir anvertraut hatte, geöffnet und somit viel früher gewusst, welches Geheimnis sich in ihm verbarg. Amira hätte sich sicherlich anders verhalten, wenn sie gewusst hätte, dass die Frau, die sie auf dem Schwarzweißfoto ihres Großvaters gesehen hatte, Elizabeth Schleiff, die Mutter von Easy war, bei der Amira gewohnt hatte, und damit die Großmutter von Wolf, der sie aus eben diesem Haus geworfen hatte.

Dieser Wolf war für die Zeitspanne einer halben Nacht mit mir in derselben Wohnung gewesen, und trotzdem war ich, wie ein Sprichwort bei uns sagt, *Taub wie auf einem großen Hochzeitsfest* gewesen. Ich erfuhr damals nichts über ihn. In jener Nacht dachte ich einfach, er sei ein Mann, irgendein Mann, vielleicht ein neuer Liebhaber von Kathi. Hätte ich anders gehandelt, wenn ich gewusst hätte, dass er in der Tat ihr Ehemann war? Hätte ich dann einen anderen Grund in seinem plötzlichen Auftauchen gesehen, außer dem, dass meine Freundin, die ihren Ehemann angeblich wegen mir verlassen hatte, jetzt wieder zu ihm zurückkehrte? Oder bei jenen beiden anderen Malen, als Wolf auf mich zugekommen war, während ich auf der Straße gestanden hatte, oder bei jener erbärmlichen Veranstaltung der Patrioten – hätte ich da anders gehandelt, wenn ich dies alles gewusst hätte, als ihm mit dem Mut eines Hilflosen zu begegnen? Wie hätte ich seine Bösartigkeit ernst nehmen sollen, wo ich doch nur dachte, dass sie Ausdruck seiner Dummheit und Ignoranz war?

Was Wolf der Blonde aussprach, hatten schon seine Vorväter von sich gegeben. Man brauchte sich nur Dokumentationen anzusehen oder alte Zeitungen zu lesen, insbesondere aus den Sechzigerjahren, als Deutschland Arbeitsverträge mit Tausenden von Arbeitern aus Italien, Jugoslawien, Spanien und der Türkei geschlossen hatte. Dann wusste man sofort, warum an den Stammtischen so herabwürdigend über diese Menschen geredet wurde. Man nannte sie *Gastarbeiter*, und ein Gast muss das Haus nach dem Besuch verlassen. Man sagte auch, *die* klauen unsere Frauen, *die* verstehen nichts von unserer Ordnung. Sie sollen arbeiten und dann nachhause verschwinden. Wolfs Aussagen entsprachen dem, was seit eh und je von seinesgleichen wiederholt wurde, wenn sie einen Fremden sahen. Ich weiß, dass man vor allem, was fremd ist, Angst hat. Das ist normal. Angst ist etwas Menschliches, sie steckt in uns allen. Aber sobald diese Angst in ein Dogma, eine Doktrin, ein Gesetz kippt, frisst sie die Seele eines Menschen und vergiftet die Atmosphäre, das Wasser, die Luft, von der wir alle leben.

Ich wusste nicht, wer Elizabeth Schleiff war, noch weniger wusste ich, welche Geheimnisse die alte Dame in ihrer Wohnung barg. Ich hatte sie zweimal gesehen. Einmal vor dem *Wanted*, als sie mit Wolf dem Blonden auf der gegenüberliegenden Straßenseite entlanggegangen war, wie hätte ich da wissen sollen, dass er ihr Enkel, das einzige Kind von Elizabeths Tochter Isolde und ein Nachkomme zweier legendärer Solinger Messerschmiedefamilien war, die über Generationen hinweg die Stadt geprägt hatten? Und das zweite Mal im *Scarriff*. Und als ich dann Amiras Geschichte über ihren Großvater und den Namen Ismail hörte, wollte ich einfach nicht wahrhaben, wie alles zusammenhing. Ich hatte Angst, dass dies alles Unglück mit sich führen mochte. Denn dass sich unsere Wege, Amiras und meiner, ebenso kreuzten wie der ihres Großvaters und der von Wolfs Großmutter, konnte kein Zufall sein!

Ich frage mich heute, ob es mir wesentlich andere Erkenntnis geschenkt hätte, wenn ich Elizabeth Schleiff früher kennengelernt und mit ihr oder ihrer Tochter gesprochen hätte? Ich hätte doch keinen Grund gehabt, irgendeine Verbindung zwischen Isolde und dem Mann, der mich zusammenschlagen ließ, herzustellen. *Easy* sei immer sehr freundlich gewesen, erzählte mir Amira. Wir begriffen beide erst sehr viel später, dass Isolde es ihrem Sohn vollkommen ungewollt leicht gemacht machte, Frauen für seine Bordelle zu finden. Er fand sie sozusagen bei seiner Mutter, spielte sich auf, bot ihnen anschließend, wenn er denn wollte, Arbeit im Tattooladen auf der Schwertnerstraße an und zudem eine Schlafmöglichkeit, und sobald diese Frauen sich darauf eingelassen hatten, fanden sie heraus, dass der Laden nur die Tarnung für das Bordell Nummer Eins in Solingen war – den *Scharfmacher*. Ob Isolde davon wusste? Sicherlich wusste sie mehr als der Rest der Familie.

Aber dennoch: Was gingen mich die Geschichten der Familie Schleiff und Horn denn an? Bevor ich Amira traf, hatte es keinen Grund gegeben, warum ich mich mit zwei Solinger Messerschmiededynastien hätte beschäftigen sollen, die einst sehr einflussreich waren. Es gab keinen einzigen Hinweis, der mich auf die Familien Horn und Schleiff hätte aufmerksam machen können, und schon gar nicht wäre ich auf die Idee gekommen, dass Armin irgendetwas mit diesen beiden Familien zu tun haben könnte.

Wir drehten uns alle im Orbit von Elizabeth Schleiff um das Zentrum ihres Geheimnisses. Nur war ich einer der wenigen, die nicht durch Verwandtschaft mit ihr verbunden waren.

Niemand kann sich seine Verwandtschaft aussuchen. Sie wird uns auferlegt, egal, wie nah oder entfernt der Verwandtschaftsgrad ist. Und auch wenn einige von uns versuchen, vor ihren Familien zu fliehen oder jede Verbindung zu ihnen abzuschneiden, halten sie uns doch in ihrem Bann.

Armin hatte sich von seiner Familie abgewandt, doch selbst, als Natan der Weise ausplauderte, dass Armin seinen Nachnamen hatte ändern lassen, weil er nichts mit seinem Großvater zu tun haben wollte, ließ mich das nicht aufhorchen. Warum hätte ich ihn auch mit den Familien Schleiff oder Horn in Verbindung bringen sollen?

2015 war das Jahr der Barmherzigkeit in Deutschland, wenn ich das so sagen darf. Millionen von Menschen waren großzügig. Sie unterschieden sich darin nicht von Armin. Sie waren freundlich zu den Geflüchteten, empfingen sie mit offenen Armen und Spenden. Sie standen ihnen bei und versuchten, ihnen den Neubeginn zu erleichtern. Ich sage das nicht, weil ich zur Übertreibung neige. Nein, es war die Realität. Man sah damals an den Bahnhöfen viele Leute hinter großen Tischen, auf denen Informations-Tafeln in arabischer, persischer, englischer und so manch anderer Sprache aufgestellt waren, um den Ankömmlingen Orientierung zu bieten. Gleichzeitig öffneten überall in Deutschland die Menschen ihre Häuser für die Schutzsuchenden, Hotels und Pensionen boten Zimmer zur Unterkunft an. All das taten die Bürger dieses Landes aus freien Stücken, nichts davon war von NGOs oder Regierungsorganisationen geplant. Es war ein Verhalten, das große Menschlichkeit offenbarte. Auch Isolde war ein gutes Beispiel dafür. Sie ging häufig zum Ausländerbüro in Solingen und lud alleinstehende, geflüchtete Frauen ein, bei ihr zu wohnen, und ich übertreibe nicht, wenn ich in diesem Zusammenhang auch Kathi erwähne. Auch Kathi hatte ein gutes Herz, ebenso wie Kalle Gurke und Dörte Fuß, die Currywurst und andere Speisen aus ihrem Imbiss an Flüchtlinge verschenkten. Ganz zu schweigen von Hans dem Roten, der mehrmals mit Armin nach Italien gefahren war, um ihn bei den Transporten von Geflüchteten zu unterstützen, oder von der Chinesischen Backe, die, wenn sie Flüchtlingen wertvolle Sachen für den Flohmarkt abkaufte, sehr großzügig beim Bezahlen war.

Die Zeit hat sich seither verändert. Heute zeigt sich, welche Rolle jedem von uns damals zugedacht war. Planeten und Satelliten müssen sich erst eine Weile auf ihren Bahnen einpendeln, bevor sie ihren Platz im Gravitationszentrum des Sterns einnehmen, um den sie kreisen, so wie auch wir damals um Elizabeth Schleiff kreisten, dieser außergewöhnlichen Dame, die bereits achtzig war und dennoch kaum etwas von der Schönheit eingebüßt hatte, die das vergilbte Schwarzweißfoto offenbarte, von dem Amira mir erzählt hatte.

Mehr als ein halbes Jahrhundert war seit ihrer Trennung von Ismail vergangen, doch weder die aufgezwungene Ehe noch die Zeit konnten die Flamme der Erinnerung an ihre große Liebe in ihrem Herzen ersticken. Daran hatten weder die Versuche ihrer Familie, die Verbindung zu vertuschen, noch ihr dramatisches Ende etwas ändern können. Ich glaube sogar, es war dieses dramatische Ende selbst, das dazu führte, dass Elizabeth zeitlebens mit einer lodernden Fackel im Herzen lebte.

Von Elizabeths Familie wurde die Geschichte ihrer Liebe bewusst verleugnet und totgeschwiegen, selbst oder besser gesagt, *gerade* von denen, die noch in Solingen lebten, allen voran von ihrem Enkel Wolf. Aber wie jemand, der Asche ausstreut, weil er denkt, er könne so ein neuerliches Auflodern der Flammen verhindern, musste Wolf feststellen, dass das Totschweigen und die Lügen schwächer waren als die Glut der Erinnerung.

Elizabeth hatte nicht geahnt, dass diese Glut in ihrer Asche so vehement wieder auflodern würde, als Armin ihr eines Tages eine völlig unwahrscheinliche Nachricht überbrachte.

Armin und sie saßen gemeinsam beim Abendessen, als er ihr vorsichtig eröffnete, was er – durch gewisse Kanäle – erfahren hatte: Der *Dolch der Liebe*, diese schöne und schreckliche Waffe, von der Elizabeth so oft erzählt hatte und die sie für immer verloren glaubte, sei in Solingen wieder aufgetaucht. Wo genau, wisse er nicht, sagte er ihr, aber er versprach, mehr darüber herauszufinden, sobald er aus Italien zurück sein würde.

Armin wusste um die Fackel im Herzen seiner Großtante, obwohl er die Geschichte des *Dolchs der Liebe* nicht in all ihren Details kannte.

Elizabeth erschauerte, als Armin ihr ein Foto zeigte, das ihm der junge Iraker im Auftrag von Abu Tirah am Bahnhof mit dem Hinweis überlassen hatte, dass sich dieses tolle Stück in Besitz einer jungen Frau befinde, die auf dem Weg nach Solingen sei. Es war der Dolch. Kein Zweifel. Die außergewöhnliche Klinge war mit vergoldeten Ornamenten im Stil des berühmten Kupferstechers Virgil Solis verziert und der Griff mit einer Montierung aus rosenfarbenem Achat und Silber versehen. Auf der Zwinge des Dolches war ein Satz eingraviert. Sie musste die Worte auf dem Bild nicht entziffern, sie kannte sie auswendig: *Allein mein oder lass gar sein.* Die Experten nahmen an, es handele sich bei dem Dolch um das Geschenk einer reichen Dame an ihren Geliebten, und der Spruch darauf sei ihre Aufforderung an ihn gewesen, mit diesem Dolch ihre Nebenbuhlerin zu töten. Aber weder Elizabeth noch sonst jemand in der Familie betrachteten den Dolch als Waffe. Der *Dolch der Liebe* war ein Ziergegenstand, ein Relikt aus dem 18. Jahrhundert, das seit einigen Generationen im Besitz der Familie Horn war.

Solange Elizabeth zurückdenken konnte, hatte der *Dolch der Liebe* zusammen mit anderen Messern, Klingen und Silberschmuckstücken in einer Vitrine im Salon ihres Elternhauses gelegen. Wie die meisten wohlhabenden Familien präsentierten auch die Horns ihre besonderen, sei es ererbten, sei es erworbenen Exponate gern ihren zahlreichen Gästen, die ihre Villen besuchten. Der *Dolch der Liebe* gehörte zu den ältesten und wertvollsten Antiquitäten der Familie, auch wenn die Klinge erneuert worden war. Oft hatte Elizabeth von den Freunden ihres Vaters oder anderen Messerherstellern gehört, wie sehr sie Friedrich Horn um den Besitz dieses Dolches beneideten, und sie hatte gespürt, wie sehr ihr Vater diese Bewunderung genoss.

Und nun war der *Dolch der Liebe*, von dem sie dachte, er sei für immer verschwunden, wieder aufgetaucht. Wenn jemand anderer ihr die Geschichte erzählt und ihr das Foto gezeigt hätte, hätte sie gedacht, dass er sie aufmuntern oder ihr Hoffnung geben wollte, weil sie krank war und am nächsten Tag zu einer Operation ins Krankenhaus musste. Aber es war Armin, ihr Armin, den sie liebte und dem sie vertraute und der ihr näher war als ihr eigener Enkel. Er sah sie an und versprach ihr, sich auf die Suche nach dem Dolch zu machen.

»Mein Herz ist müde«, sagte sie zu ihm. Sie war in den letzten Monaten schwächer geworden und ihr Zustand bereitete den Ärzten Sorgen. »Aber es wird nicht ruhen, bis alles ans Licht kommt. Die Wahrheit ist wie Öl, weißt du, sie muss auf der Wasseroberfläche schwimmen.«

Die überraschende Nachricht vom Auftauchen des Dolches ließ sie neue Kraft schöpfen. Schon als Kind hatte sie ihn fasziniert in der Vitrine betrachtet, seine Details studiert und unzählige Zeichnungen von ihm angefertigt. Diese Zeichnungen hatte sie aufbewahrt, aber seit jenem schrecklichen Tag vor über sechzig Jahren nie wieder angesehen.

Sie bat Armin, einen Moment zu warten und verschwand in den Keller ihres Hauses. Es war die Gelegenheit, ihren Schatz nach all den Jahren aus seinem Versteck zu holen.

## 2

Armin kannte nur Bruchstücke der Geschichte von Elizabeth, die er von seiner Mutter gehört hatte. Er wusste aber, dass man Isolde und Wolf den Blonden nicht darauf ansprechen konnte, ohne sich einen Haufen Bösartigkeiten über Elizabeth anhören zu müssen. Armin hatte in seiner Jugend nicht viel von dieser Seite der Familie mitbekommen, aber er wusste, dass es ein Geheimnis gab, eine wunde Stelle, an die niemand rühren durfte. Über den *Dolch der Liebe* wurde in der Familie – wenn überhaupt – nur als Antiquität und als wertvolles Erbstück gesprochen, das von einem ausländischen Betrüger gestohlen worden sei.

Doch der Dolch war nicht gestohlen worden, genauso wenig wie er verloren gegangen war. Und was die damals so kurzfristig angesetzte Hochzeit von Elizabeth Horn mit Theobald Schleiff, dem Bruder von Armins Großvater Leopold betraf, so rankten sich darum viele Gerüchte. Man munkelte in Solingen, Theobald Schleiff sei bei Kriegsende mit der vollen Kasse der Firma nach Südafrika geflohen, um sich seinem älteren Bruder Leopold anzuschließen, der sich zuvor schon dorthin abgesetzt hatte. Mitte der Fünfzigerjahre kehrte Theobald zurück nach Solingen, übernahm die Leitung der ehemaligen Schleiff-Fabriken und führte die Firma bis zu seinem Tod.

Armin mochte Elizabeth als einziger dieser Familie und hatte schon vor Langem beschlossen, sie nicht weiter nach den Ereignissen vor ihrer Hochzeit zu fragen. Warum sollte er in alten Wunden bohren? Elizabeth war eine bescheidene Frau, die weder in die Familie von Friedrich Horn (ihrem Vater) noch in die von Theobald Schleiff (Armins Großonkel) passen wollte. Zwei Familien, die berühmt für ihre Klingen, Messer und Werkzeuge waren. Die Produkte der *Messermanufaktur Horn* übertrafen allerdings die der Familie Schleiff an Kunstfertigkeit und Einfallsreichtum. Besonders stolz war Elizabeths Vater auf eines seiner Produkte: ein kleines Taschenmesser, auf dessen Klinge er ein Okapi eingravieren ließ.

Wie viele deutsche Unternehmerfamilien hatten auch die Horns und die Schleiffs den Aufstieg der Nazis miterlebt und von ihm profitiert. Armin wusste aber, dass Elizabeths Geheimnis nichts mit Politik zu tun hatte. Doch warum eine Liebesgeschichte so beharrlich vertuscht werden musste, war ihm ein Rätsel. Eine Liebesgeschichte war in seinen Augen unbedeutend im Vergleich zu den Verstrickungen seines Großvaters Leopold mit den Nationalsozialisten und dessen Verbindung zu Fritz Grobba, dem führertreuen Schwärmer für den Orient und insbesondere den Irak. Leopold Schleiff war diesem Mann bedingungslos gefolgt.

Die beiden Söhne der Familie Schleiff, Leopold und sein zehn

Jahre jüngerer Bruder Theobald, stellten ihre Produktionsstätten schon früh in den Dienst der nationalsozialistischen Wehrwirtschaft. Angefangen mit der Herstellung von Bajonetten und Klappmessern, den weißen Waffen, gefolgt von der Übernahme von Werkzeugfabriken aus jüdischem Besitz, die auf das Betreiben von Fritz Grobba der Familie Schleiff übergeben wurden. Sie rekrutierten ohne zu zögern Kriegsgefangene und Juden zur Zwangsarbeit in die zahlreichen Betriebe, die sie damals besaßen. Armins Großvater wäre nicht so erfolgreich gewesen – vor und mit einer kurzen Unterbrechung, nach dem Krieg –, hätte er nicht so ausgezeichnete Beziehungen zu Fritz Grobba gepflegt. Die beiden ungleichen Männer hatten zusammen in der Luftwaffe gedient und waren Freunde geworden. Unmittelbar nach dem Fall von Paris waren die französischen Kolonien, darunter auch Syrien, gefallen. Die Einheit der beiden Männer war ab 1941 zwei Jahre lang auf dem deutschen Luftwaffenstützpunkt in Aleppo stationiert. Von dieser Luftwaffenbasis aus startete die deutsche Luftwaffe mit Leopold und Fritz als Piloten im Mai 1941 einen Angriff auf Bagdad, um die dort stationierten britischen Einheiten zu bombardieren und Rashid Ali Al-Kilani zu unterstützen, einen irakischen Oberst, der ganz offen mit den Nazis sympathisierte.

Armin schämte sich schon als Jugendlicher für seine Herkunft aus dieser Familie und war mit achtzehn aus Solingen weggezogen. Erst Anfang der Zweitausenderjahre war er zurückgekehrt. In der Zwischenzeit hatte er viele Kontinente und Länder bereist, darunter auch Ägypten, wo er einige Monate in Kairo gelebt und Arabisch gelernt hatte.

Natürlich hat jede Familie ihre Geheimnisse, insbesondere nach den Schrecken und Leiden der NS-Herrschaft und des Zweiten Weltkriegs. Das war bei den Familien Schleiff und Horn nicht anders, und die enge Verbindung der Schleiffs zu den Nazis war in Solingen kein Geheimnis. Die Leute hier wissen das, sie leben in einer kleinen Stadt, und was in der Öffentlichkeit geschah, war auf kurz oder lang nicht zu verbergen. Aber was hinter den Mauern der Mächtigen und Wohlhabenden geschah, das wurde von den Mitgliedern dieser Familien eisern geschützt.

Armin hatte darum stets gezögert, Elizabeth direkt zu fragen, warum sie Theobald geheiratet hatte.

Gelegentlich kam Elizabeth auf den verschwundenen *Dolch der Liebe* zu sprechen, aber nie in Bezug auf ihre persönliche Verbindung zu ihm, sondern nur im Allgemeinen. Zum Beispiel, wenn er ihr von einem wertvollen Messer auf dem Flohmarkt erzählte, das er gekauft oder verkauft hatte, dann fiel ihm auf, dass sie sofort an den *Dolch der Liebe* denken musste. Sie hatte ihn Armin mit allen Details beschrieben, aber erst, als er das Foto sah, das ihm der junge Iraker am Hauptbahnhof von Solingen zeigte, hatte er die ganze Schönheit dieser Waffe vor Augen. Armin konnte der Sache in diesem Moment nicht nachgehen, weil er nach Mailand musste, war aber froh, endlich einen Beweis für die Existenz des Dolches zu haben. Wie glücklich würde Elizabeth sein, wenn er den Dolch für sie auftreiben könnte! Er würde ihr damit ein wundervolles Geschenk machen.

Als Elizabeth aus dem Keller zurückkam, brachte sie einen kleinen, dunkelbraunen Lederkoffer mit und hob ihn mit Armins Hilfe auf den Tisch. Sie öffnete den Koffer. »Schau«, sagte sie wie ein Kind, das etwas Kostbares zeigen will.

Obenauf im Koffer lagen Dutzende der Zeichnungen, die sie als junges Mädchen vom Dolch angefertigt hatte.

»Es ist Zeit, dir die Geschichte vom *Dolch der Liebe* zu erzählen. Von Anfang bis Ende. Ohne Geheimnisse.«

Sie nahm die Zeichnungen aus dem Koffer und legte sie vorsichtig beiseite. Darunter kamen ein paar alte Schallplatten zum Vorschein, sowie Fotos, deren Farben verblasst waren. Und ein Stoß Briefe, den ein violettes Band zusammenhielt. Elizabeth registrierte

Armins verwunderten und neugierigen Blick. »Du kannst dir das alles nachher in Ruhe ansehen, aber jetzt musst du mir zuhören.«

Sie schob die Fotos auseinander und suchte ein ganz bestimmtes. Die Aufnahmen stammten aus den Sechzigerjahren und zeigten die junge Elizabeth bei verschiedenen gesellschaftlichen Ereignissen, an ihrem zwanzigsten Geburtstag, am Steuer ihres ersten Wagens, mit anderen jungen Frauen an einem See oder an der Seite ihrer Mutter.

Elizabeth fand das Foto, das sie suchte, und nahm es in die Hand. Es zeigte einen jungen Mann in hellem Anzug, mit schwarzem Schnurrbart und ebenso schwarzem, lockigen Haar, das ein wenig zu lang war und vom Kopf abstand. Er lächelte in die Kamera, ein sanftes Lächeln, das sich in seinen dunklen Augen fortsetzte. Elizabeth lächelte dem Bild zu und errötete wie ein junges Mädchen.

»Das ist Ismail«, sagte sie mit fester Stimme und reichte Amin die Aufnahme. »Du musst mir jetzt zuhören und darfst mich nicht unterbrechen. Ich weiß nicht, ob ich ein zweites Mal anfangen kann.«

Dann erzählte sie Armin die gleiche Geschichte, die sie mir im *Scarriff* erzählt hatte, gut möglich, dass sie dabei mir oder ihm gegenüber einen Teil vergessen oder bewusst etwas hinzugefügt hatte, denn eine Geschichte erzählt man ebenso wenig zweimal gleich, wie man nicht zweimal in denselben Fluss steigen kann, das Ende ihrer Geschichte, die so tragisch ihr weiteres Leben bestimmen sollte, aber hatte sie mir im *Scarriff* verschwiegen: Nachdem Theobald Schleiff Elizabeth erst vergewaltigt hatte und dann von ihr niedergestochen worden war, blieb er den Rest seines Lebens behindert. Elizabeth wurde seine Frau und gebar ihr einziges Kind, Isolde, die Frucht der Vergewaltigung. Elisabeth blieb bis zu seinem frühen Tod an Theobalds Seite, änderte dann aber ihr Leben. Sie kaufte das Haus, in dem sie mit Ismail gewohnt hatte, und wo sie nun noch immer lebte.

Isolde wuchs bei ihren Großeltern auf. Sie heiratete früh, mit noch nicht einmal achtzehn, einen gewissen Joseph Schwertner, den Inhaber zahlreicher Bars und Restaurants in Düsseldorf. Die Ehe war nicht glücklich, doch erst nach dem Tod ihres Vaters wagte Isolde es, sich scheiden zu lassen. Sie kehrte mit ihrem Sohn Wolf zurück nach Solingen, nahm wieder ihren Mädchennamen an und lebte in der alten Familienvilla der Schleiffs.

Das alles habe ich aus einem seitenlangen Brief erfahren, den Armin mir aus einem Gefängnis in Mailand geschickt hat. In diesem Brief entschuldigte er sich auch bei mir dafür, mich in die ganze Sache hineingezogen zu haben.

Elizabeth war erschöpft, als sie mit ihrer Geschichte zu Ende kam, aber froh, Armin nun endlich alles erzählt zu haben, ohne Selbstzensur oder falsche Diskretion, wie sie ihm versicherte. Jetzt, so lächelte sie ihn an, könnte sie leichter ins Krankenhaus gehen, um sich der Operation zu unterziehen, zu der ihr die Ärzte wegen ihres müden Herzens geraten hatten. Sie lächelte noch schöner: »Kann es unerfüllt Liebende geben, deren Herzen nicht müde werden?«

Armin spürte, dass sich etwas in ihr verändert hatte. Zum ersten Mal sah er ihr Lächeln frei von Schmerzen. »Mein Herz ist jetzt leicht. Dank dir, mein Lieber«, sagte sie und drückte seine Hand.

Am nächsten Morgen begleitete Armin sie ins Krankenhaus. Das war der Tag, an dem er mich später besuchte und ihren kleinen eleganten, dunkelbraunen Lederkoffer bei mir deponierte. Für ihn war ich die einzige Person, bei der er seine, oder besser gesagt Elizabeths Geheimnisse sicher zurücklassen konnte. Armin fürchtete, wie ich heute weiß, dass Wolf die Sache mit dem wiederaufgetauchten Dolch erfahren haben könnte und also versuchen würde, Elisabeths Haus einen Besuch abzustatten, um nach dem Dolch zu forschen. Als Elizabeth ihm erzählte, dass Wolf sie an diesem Tag tatstächlich besuchen wollte, war ihm nicht klar, dass Wolf fast zeitgleich mit ihm angekommen war, sich aber noch in seinem Wagen aufhielt, als er, Armin, den Garten zu Elizabeths Haus bereits betrat.

Nur, er war in seinem Wagen sitzen geblieben, bis Armin mit dem Koffer wieder zurückkam. Wolf stieg aus seinem Wagen aus und provozierte so eine Begegnung, nach der Armin zu recht, wie sich herausstellte, befürchten musste, dass Wolf an dem Koffer interessiert war. Und so musste er, und auch dies im Nachinhein gesehen, zu recht befürchtet haben, beschattet worden zu sein, als er schließlich am Abend dieses Tages noch den Koffer zu mir brachte. Armin mochte Wolf nicht, der nur abfällig von seiner Großmutter sprach. Er hielt Wolf für unberechenbar und ging ihm lieber aus dem Weg. Doch er stand seit diesem Tag unter Wolfs Beobachtung.

Sicher hätte Armin die Fahrt mit seinem VW-Bus lieber verschoben und wäre in jener Nacht nicht nach Italien aufgebrochen, aber es war das letzte Kontingent an Flüchtlingen, das Abu Tirah zu ihm schicken wollte. Unter ihnen war meine Schwester Maram. Anschließend wollte Abu Tirah selbst nach Deutschland fliehen.

Armin war überzeugt, dass ich den *Dolch der Liebe* für ihn finden würde. Er ahnte nicht, dass Wolf, sein Großcousin, bereits wusste, dass die Waffe wiederaufgetaucht war. Und zwar im Gepäck einer jungen Irakerin, die unbedingt nach Solingen verteilt werden wollte. Wolf hatte seit Beginn der Flüchtlingswelle Schlepper und Leute in bestimmten Aufnahmeeinrichtungen dafür bezahlt, dass sie ihm Informationen über Frauen zuspielten, die er für seine Bordelle anwerben konnte.

*Der Zufall ist das Pseudonym Gottes*, und ich bin nicht der Einzige, der diesen Satz gerne wiederholt. Ich habe ihn später auch von Elizabeth gehört. An jenem Tag, als wir alle zusammen ... Ich wollte sagen, sie hat diesen Satz zu uns allen gesagt, an jenem Tag, als wir mit ihr und ihrem eleganten dunkelbrauen Lederkoffer in ihrem Haus zusammensaßen, leider ohne Armin, aber alle anderen waren da: die Chinesische Backe, Hans der Rote, Dalal Firas, Kathi, Amira und ... der *Dolch der Liebe*.

# 3

Bis zum Streik der Prostituierten, die für Wolf den Blonden arbeiteten und von ihm abhängig waren, wusste kaum jemand, dass es in Solingen Bordelle oder ähnliche Etablissements gab. Die Freier fuhren in benachbarte Städte, nach Köln oder Düsseldorf, manchmal auch nach Wuppertal, um ihre Triebe zu befriedigen. So dachten zumindest die Leute in Solingen, die nicht selbst als Freier unterwegs waren.

Wenn die Statistik zutrifft, die ich gefunden habe, dann arbeiteten offiziell zehn von in Solingen gemeldeten Frauen zum Zeitpunkt dieser Geschichte als Prostituierte. Darunter drei Frauen im Rentenalter.

Eine Demonstration am Alten Markt machte allerdings deutlich, dass es wesentlich mehr waren, als die Statistik behauptete. Die Verbreitung dieser Nachricht stellte in der Stadt vieles auf den Kopf. Nicht nur in Bezug auf Solingen und Wolfs Geschäftsgebaren, sondern in Bezug auf uns alle. Ich meine uns alle, die wir wissentlich oder unwissentlich in die Ereignisse involviert waren.

Das geschah fast vier Wochen, nachdem Hans der Rote mich beim Imbiss von Dörte Fuß und Kalle Gurke aufgesucht hatte, um mir von Armins Verhaftung zu erzählen. Während dieser vier Wochen, die so rasch verflogen waren, haben Amira und ich uns an die Situation, in der wir lebten, gewöhnt. Wir lebten mit der Angst um Armin und meine Schwester, von denen wir nichts hörten, außer dass sie immer noch in Haft waren. Andererseits genossen wir die alltäglichen Rituale, die unsere junge Liebe mit sich brachte. Wir vermieden alles, was unser friedliches Leben hätte stören können, und ich achtete sorgsam darauf, dass Wolf und seine Schlägertruppe unsere Wege nicht kreuzten. Ich wusste ja, wo sie verkehrten.

Der Tag, an dem wir vom Streik der Prostituierten erfuhren, hätte ohne Weiteres wie alle anderen Tage verlaufen können, und die Nachricht wäre für uns nichts anderes gewesen als eine weitere Schlagzeile, wie sie täglich die Lokalpresse dominierten. Was hätte diese Nachricht im Leben zweier Liebender ändern können, die sich gerade erst gefunden hatten, und die so unendlich glücklich ihre Entdeckung feierten, dass sie füreinander bestimmt waren? Wir waren damit beschäftigt, unser zukünftiges Leben zu planen und zu überlegen, ob wir in Solingen bleiben oder in eine andere Stadt, etwa nach Hamburg, ziehen sollten. Wir mussten dringend eine Lösung finden, um Amiras Aufenthaltsstatus zu legalisieren. Was diesen Tag von Anfang an von all den anderen unterschied, waren die Temperaturen, die so unerwartet hoch angestiegen waren, dass man von einer nie zuvor gekannten Frühlingshitze sprach.

Wie üblich an den Nachmittagen saßen wir in der Wohnung. Ich las einen der fünfundsiebzig Georges-Simenon-Romane, die Hans der Rote mir gebracht hatte, während Amira mit der Übersetzung eines Artikels beschäftigt war, den sie in einer Zeitung entdeckt hatte. Es ging bei dem Text um die historischen Hintergründe einiger berühmter Solinger Messerschmiedefamilien, die es früh geschafft hatten, erfolgreich in den beginnenden Wettbewerb mit der fernöstlichen Konkurrenz auf den Weltmärkten einzutreten und sogar Niederlassungen in Afrika und Asien errichtet hatten, diese aber aufgrund einiger Regierungsumstürze wieder hatten aufgeben müssen. Manche Familien waren sogar infolge des Zerfalls von Diktaturen, mit denen sie Handel getrieben hatten, bankrottgegangen. Wir hätten uns sicher noch länger über diese Entwicklungen unterhalten, wenn uns nicht ein beharrliches Klingeln an der Wohnungstür unterbrochen hätte.

Es war fünf Uhr nachmittags, wie ich mich erinnere, vielleicht auch ein wenig früher. Der Flohmarkt sollte bald schließen, aber ich rechnete nicht damit, dass Hans der Rote oder die Chinesische Backe mit ihren Waren vor meiner Tür stehen würden.

Denn wie ich von Dörte Fuß und Kalle Gurke erfahren hatte,

zeigte Hans der Rote seit Armins Verhaftung keine richtige Lust mehr, auf dem Flohmarkt zu arbeiten. Er kam nur noch selten und wenn, dann ungern. »Der Markt ohne Armin ist eine karge Wüste«, hatte er zu ihnen gesagt. Was die Chinesische Backe betrifft, so besuchte sie mich kaum noch, seit Amira bei mir eingezogen war. Sie stellte ihre Waren gleich vor der Tür ab, klingelte kurz und verschwand schnell wieder. Das tat sie nicht, weil sie Amira gegenüber unfreundlich war, sondern im Gegenteil, weil wir zwei Liebende waren, die sie ihr Paradies genießen lassen wollte.

Und jetzt standen nicht nur die beiden vor meiner Tür, sondern mit der Chinesischen Backe und Hans dem Roten zu meiner größten Verwunderung auch Dalal Firas mit einer großen Plastiktüte.

Im ersten Moment dachte ich, es sei reiner Zufall, dass die drei gleichzeitig bei uns auftauchten. Aber warum Dalal? Was wollte sie hier? Woher kannte sie überhaupt meine Adresse?

Ich konnte mir nicht erklären, wann und wie Amira Dalal seit ihrem Rauswurf aus der Villa von Isolde getroffen und ihr meine Adresse hätte geben können. Amira hatte mir ja sogar erzählt, dass sie mehrmals versucht hatte, mit Dalal in Kontakt zu treten, aber vergeblich. Dalals Telefonnummer war gesperrt. Amira hatte sich irgendwann so große Sorgen gemacht, dass sie es gewagt hatte, noch einmal zur Villa zu gehen, weil sie hoffte, Dalal dort anzutreffen. Wie gesagt, vergeblich. Schon als die beiden noch zusammen dort gewohnt hatten, war Amira das Gefühl nicht losgeworden, dass etwas in Dalals Leben nicht stimmte. Sie hatte aber nur einmal gewagt, sie daraufhin zu befragen: »Wenn du in Schwierigkeiten bist, musst du es mir sagen. Wie soll ich dir sonst helfen?« Dalal hatte daraufhin wie immer sanft gelächelt, aber den Kopf geschüttelt: »Mir fehlt nichts. Aber wenn ich in Schwierigkeiten gerate, gibt es niemanden außer dir, die ich um Hilfe bitten werde.«

Es war also nicht verwunderlich, dass Amira noch irritierter war als ich, als sie ihre Freundin vor unserer Tür stehen sah. Sie konnte es gar nicht glauben und umarmte sie innig. Ich bin nicht sicher, ob die beiden geweint haben, oder ob es nur Dalal war, die Tränen an Amiras Schulter vergoss. Es war auf jeden Fall sehr emotional, was sich da abspielte.

Unmittelbar danach, wir saßen schon in der Küche und Amira kochte Tee für unsere Gäste, ergriff die Chinesische Backe das Wort. Sie bedauerte, diesmal ohne ihren mit wilden Kirschen gefüllten Kuchen gekommen zu sein – eigentlich eine sehr nette Geste von ihr, diese Anspielung auf meinen Lieblingskuchen –, aber sie hätten es eben sehr eilig gehabt und außerdem seien die Nachrichten, die sie zu uns geführt hatten, süßer als alle wilden Kirschen.

»Sie haben ihn einkassiert! Endlich! Wir müssen uns alle bei den Prostituierten für ihren Mut bedanken«, erklärte sie enthusiastisch. »Ihre Entschlossenheit und ihr offener Protest haben endlich den ganzen Dreck unter der Oberfläche dieser hübschen Stadt zum Vorschein kommen lassen!«

Ich muss sie sehr dumm angesehen haben, denn sie seufzte bloß und wandte sich an Hans: »Ich glaub, unser Freund lebt wirklich auf einem anderen Stern. Wird Zeit, dass wir ihn auf die Erde holen.«

Und um dies zu tun, so die Chinesische Backe weiter, wollten sowohl Hans der Rote als auch sie selbst uns etwas erzählen, denn ohne diese Informationen über einen bestimmten biographischen Hintergrund wäre es für uns unmöglich zu verstehen, was in der Stadt gerade vor sich ging.

Die chinesische Backe offenbarte uns in meiner Küche, dass ihre Mutter das Kind einer Deutschen aus der Region Schleswig-Holstein und eines japanischen Marineoffiziers war, dessen Schiff zu Beginn des Zweiten Weltkriegs in Kiel vor Anker lag. Der japanische Offizier verliebte sich in ihre deutsche Großmutter, wollte nicht länger bei der japanischen Marine dienen und desertierte. Das zwang die Familie, ihn über viele, viele Monate bei sich zu Hause zu verstecken, wobei es für jemanden mit japanischem Aussehen schwierig, wenn nicht gar unmöglich war, unentdeckt das Haus zu verlassen. Irgendwann wurde er des Versteckspiels ebenso müde wie seine Geliebte und er stellte sich den Behörden. Ihre Mutter wiederum, erzählte die chinesische Backe weiter, hatte eine ganz ähnliche Geschichte, als ob das Schicksal der Frauen in ihrer Familie darin bestanden hätte, sich in Fremde zu verlieben und mit Männern anderer Ethnien und Hautfarben zusammenzuleben. Ihre Mutter arbeitete im diplomatischen Dienst und verließ Ende der Sechzigerjahre des letzten Jahrhunderts Kiel, um in der deutschen Botschaft in Johannesburg zu arbeiten, also zur Zeit der Apartheid. Der Vater der chinesischen Backe war ein schwarzhäutiger Freiheitskämpfer, der von der rassistischen weißen Behörde verfolgt und mehrfach verhaftet worden war. Eines Tages, er war wieder einmal auf der Flucht, kletterte er über den Zaun eines Gartens, um sich vor seinen Verfolgern zu verstecken. Es war der Garten des Hauses ihrer Mutter. Ihre Mutter verliebte sich in den Mann, und wie ihre eigene Mutter, so versteckte auch sie den Geliebten für eine lange Zeit in ihrem Haus. Während dieser Zeit wurde die Chinesische Backe geboren, und alles ging gut, bis ihr Vater von einem Deutschen denunziert wurde. Der Deutsche, der ursprünglich aus Solingen stammte, versuchte, ihre Mutter zu erpressen. Sie sollte ihm in der Botschaft Dokumente ausstellen, die ihm die Fälschung der Herkunftspapiere eines besonderen Messers ermöglichte, auf dessen Klinge ein Okapi eingraviert war. Er wollte verschleiern, dass es sich nicht um Originalprodukte aus Solingen, sondern um Fälschungen aus Taiwan und Hong-Kong handelte. Wenn sie sich weigern sollte, so drohte er, würde er den »Neger«, wie er sagte, der sich bei ihr im Haus versteckt hielt, anzeigen. Die Mutter der chinesischen Backe war schockiert und verzweifelt, aber sie lehnte ab. Sie konnte sich nicht erklären, woher dieser Mann wusste, dass ihr schwarzer Geliebter bei ihr wohnte. Auf jeden Fall machte der Deutsche seine Drohung wahr, und der deutsche Botschafter erfuhr, dass seine

Mitarbeiterin einen Oppositionellen in ihrem Haus, das der Botschaft gehörte, versteckt hielt. Der Vater der chinesischen Backe wurde an die Südafrikaner ausgeliefert, und ihre Mutter verlor ihren Job. Ihr blieb nichts anderes übrig, als mittellos mit dem Kind nach Kiel zurückzukehren. Der Vater der Chinesischen Backe fand in den Folterzellen des Apartheidregimes den Tod.

Der Verrat an ihrem Vater hatte die Chinesische Backe schon als Teenagerin wütend gemacht, und als sie erwachsen war, wollte sie nichts so sehr, als sich an dem Denunzianten rächen. Darum war sie vor vielen Jahren nach Solingen gekommen. Sie hatte herausgefunden, dass der Mann Theobald Schleiff hieß und irgendwann nach Deutschland zurückgekehrt war, vermutlich, weil er befürchtete, in Südafrika verhaftet zu werden. Aber in Solingen hatte sie nurmehr seine Nachkommen ausfindig gemacht. Sie war enttäuscht, denn sie hatte vorgehabt, ihn mit der Wahrheit zu konfrontieren. Das war ihr nicht gelungen. Darum freute sie sich jetzt umso mehr, dass nun, ausgelöst vom mutigen Auftreten der Prosituierten, wenigstens ein Mitglied dieser Familie bestraft werden würde.

Amira und ich schauten uns über die Teetassen hinweg leicht verzweifelt an. Wir hatten nicht die geringste Ahnung, von wem sie sprach.

»Na, von Wolf dem Blonden. Wolf Schleiff ist sein Enkel!«

Sie beschrieb uns ausführlich den Moment, als sie im Fernsehen sah, wie Wolf von ein paar Polizisten in Handschellen gelegt und in einen Einsatzwagen verfrachtet worden war.

»Hast du Träumer wirklich nichts von der Verhaftung dieses Zuhälters und Frauenschinders mitbekommen?«, wandte sie sich an mich.

Ich schüttelte den Kopf.

»Du lebst wirklich auf deinem eigenen Stern«, sagte sie mit einem flüchtigen Blick zu Amira. Dann wandte sie sich an Dalal und legte ihr anerkennend eine Hand auf den Arm. »Ihr seid unglaublich mutige Frauen. Ohne euch wären die Machenschaften von diesem Typen nie aufgeflogen.«

Ehrlich gesagt, zu diesem Zeitpunkt dachte ich noch, diese Sache sei eine pure Übertreibung von ihr, wie so viele der anderen Geschichten auch, die sie mir manchmal aufgetischt hatte. Doch dann bestätigte Hans der Rote ihre Story mit ein paar erstaunlichen Details.

Und ich meine damit nicht nur das, was er über den Streik oder sich selbst sagte, sondern was er über die Familie Schleiff wusste. Wir erfuhren, dass seine Leidenschaft für Kriminalromane, insbesondere die von Georges Simenon, kein Zufall war, sondern daher rührte, dass sein Vater einst Kriminalhauptkommissar der Polizei Nordrhein-Westfalen gewesen ist. Er war der Ermittler, der Elizabeth damals nach ihrer Vergewaltigung im Haus der alten Frau und in Gegenwart ihrer Familie befragt hatte.

Von Hans' Vater sagte man, dass sich in Solingen und Umgebung kein Verbrechen ereignete, das er nicht aufgeklärt hätte. Mit Ausnahme einer einzigen Tat, jener Tat, die unter der Schlagzeile *Das Verbrechen um den Dolch der Liebe* von der Presse berühmt gemacht worden war. Hans' Vater führte sein Versagen bei der Aufklärung auf drei Gründe zurück: 1) das Verschwinden der Tatwaffe, 2) die Flucht des mutmaßlichen Täters, und 3) der Tod der einzigen Zeugin, der Eigentümerin des Hauses. Sein Vater hatte Hans gegenüber immer wieder gesagt, dass er die Wahrheit in diesem Fall noch unbedingt vor seinem Tod ans Licht bringen wollte, da er weder daran glaubte, dass der geflüchtete Ausländer der Täter und schon gar nicht irgendein Saisonarbeiter war, wie in der Stadt spekuliert worden war. Er vermutete, dass die Hintergründe in der Familie zu finden waren, aber die Familie hielt sich eisern an ihre Version der Ereignisse und ihm fehlten Beweise. Sein Vater konnte den Fall nicht mehr lösen, darum hatte Hans der Rote sich nach seinem Tod vorgenommen, die Nachforschungen fortzusetzen. Doch auch er war bis jetzt nicht erfolgreich gewesen. Erst der Streik der Prostituierten hatte die entscheidende Wendung gebracht.

Die Einwohner von Solingen, erzählte uns Hans, hatten die Polizei zunächst dafür gelobt, dass sie die über vierzig am Hauptplatz aufmarschierten Prostituierten nach kürzester Zeit festgenommen und aus dem Stadtbild entfernt hatten. Die Frauen hatten ohne Genehmigung demonstriet, da das Ordnungsamt ihnen diese nicht hatte erteilen wollen. Den Einsatz von Gewalt seitens der Polizei wollte niemand gesehen haben. Ein Priester hatte sich wohl als Erster öffentlich geäußert und das entschiedene Vorgehen gegen das Laster gelobt, während die Politiker die polizeilichen Maßnahmen verteidigten. Man war einhellig der Meinung, dass gegen illegale Prostitution und Aufforderung zur Unzucht durchgegriffen werden musste. *Null Toleranz.* Nicht nur in Solingen.

Die öffentliche Meinung hatte sich dann allerdings rasch gedreht, als Flugblätter von einer Künstlergruppe aufgetaucht waren, die sich *Sodom und Amore* nannte. Auf den Flugblättern wurden Namen von Persönlichkeiten aus der Stadt genannt, die bei Bordellbesuchen gesehen und teilweise sogar fotografiert worden waren. Darüber hinaus war auf ihnen zu lesen, dass die Mehrheit der Solinger Prostituierten nicht aus Deutschland stammte. Aber der wahre Skandal lag darin, dass über die Hälfte der in Solingen und Umgebung arbeitenden Frauen Geflüchtete waren, die auf ihren Asylentscheid warteten und finanzielle Unterstützung durch die Behörden bezogen. Das Geld, das die Frauen monatlich als Asylsuchende erhielten, wurde ihnen von Wolf Schleiff abgenommen, nachdem er sie mit falschen Versprechungen genötigt hatte, für ihn zu arbeiten. Was die Künstler betraf, die sich hinter *Sodom und Amore* verbargen, so war bis jetzt nicht klar, um wen es sich handelte. Man bemühte sich noch, das baldmöglichst aufzuklären.

»Das wird ihnen aber nicht gelingen«, triumphierte die Chinesische Backe. »Denn *Amore und Sodom,* das sind natürlich niemand anderes als Hans der Rote und ich«.

Die Presse stürzte sich auf diese Geschichte. Die Frauen, die zunächst zögerlich reagiert hatten, traten nun noch überzeugter für ihre Sache ein und wählten Dalal Firas zu ihrer Sprecherin.

Die Demonstration am Alten Markt hatte es landesweit in die Medien, ja, sogar bis in die abendlichen Hauptnachrichten geschafft. Der Grund dafür war nicht zuletzt der Name des Mannes, der öffentlich des Missbrauchs und der Ausbeutung beschuldigt wurde: Wolf Schleiff, Spross einer angesehenen Solinger Messerschmiedefamilie.

Auch wenn die Berichte in den verschiedenen Medien unterschiedlich klangen, so waren sich doch alle darin einig, dass die Dreistigkeit, mit der Wolf Schleiff den Betrug und die Ausbeutung der Frauen betrieben hatte, alles bisher Bekannte überstieg. Die Ermittlungen ergaben, dass er nicht nur in Flüchtlingslagern in Nordrhein-Westfalen Leute im Bereich der Sicherheit und Logistik dafür bezahlte, passende Frauen für ihn anzuwerben und dafür zu sorgen, dass sie nach Solingen und Umgebung verteilt wurden. Es war strittig, ob seine Mutter, Isolde Schleiff (geschiedene Schwertner), von den Machenschaften ihres Sohnes gewusst hatte oder gar in diese involviert war. Wer sie kannte, beteuerte den Journalisten, dass sie ein ehrlich offenes Herz für Geflüchtete hatte, genau wie ihre Mutter Elizabeth.

Eine Zeitung berichtete, dass es angeblich direkt in einem Flüchtlingslager organisierte Prostitution gegeben habe, wobei das Wachpersonal und zwei namentlich bekannte Beschäftigte dieses nicht nur geduldet, sondern Frauen, die sich verweigerten, bedroht hätten. Natürlich kassierte Wolf Schleiff seinen Anteil der Einnahmen.

Wolfs eigenes Bordell in Solingen unterschied sich von anderen

Etablissements darin, dass die Frauen zunächst in seinem Tattooladen arbeiten ›durften‹, bevor er sie nötigte, sich zu prostituieren und die staatliche Zuwendung für die Asylbewerberinnen einkassierte. Die Adresse des Tattooladens diente als Ablenkung vom tatsächlichen Eingang in das Bordell, der auf der Rückseite des Gebäudes lag und über eine schummrige Einfahrt zu erreichen war. Der ehemalige Verkaufsladen der traditionsreichen *Messermanufaktur Horn*, den Wolfs Großmutter, Elizabeth Schleiff, noch bis vor etwa sieben Jahren geführt hatte, war zu diesem Zweck hinter abgedeckten Scheiben umgebaut und erweitert worden.

Es war den Frauen streng verboten, den vorderen Eingang des Tattooladens zu benutzen, und als Wolf erfuhr, dass Dalal seine Anordnung missachtet hatte, drohte er ihr, sie der Polizei auszuliefern. Nur die trotzige Weigerung seiner Mutter, Dalal aus ihrem Haus zu werfen, brachten ihn zum Einlenken. Seither allerdings hatte er Dalal das Leben zur Hölle gemacht.

Wolf der Blonde entschied gerne, mit welchen Männern die Frauen schlafen mussten, er kontrollierte sie über seine Schläger und schickte die jüngsten von ihnen in Privathäuser in Solingen. Nur in Solingen. In dieser Hinsicht war Wolf Schleiff zutiefst lokalpatriotisch. Er verachtete andere Städte in der Region und wurde wütend, wenn eine der Frauen versuchte, nach Düsseldorf oder Köln zu fliehen.

Der Strohhalm, der dem Kamel den Rücken brach, wie das arabische Sprichwort sagt, war – laut Hans dem Roten – das Auftauchen von zwei nicht identifizierbaren Frauenleichen. Die erste fand man eingehüllt in eine Decke auf einer Landwirtschaftsstraße, unweit des Wupperufers, wo ein paar alte Kotten standen. Die andere wurde in der Nähe der Moschee im Stadtzentrum entdeckt. Wirklich überraschte mich die Tatsache, dass Saman der Amerikaner in Verdacht geraten war, etwas damit zu tun zu haben, weil er einmal eine Prostituierte so heftig geschlagen hatte, dass diese ins Krankenhaus gebracht werden musste. Eine Verbindung zu den beiden Frauenleichen konnte ihm aber nicht nachgewiesen werden.

Hatten die Prostituierten in Wolfs Etablissements bis vor Kurzem noch geschwiegen und die Schläge, den Missbrauch, die Beleidigungen und Erpressungen aus Angst erduldet, weil sie illegal arbeiteten und Wolf ihnen mit einer Auslieferung an die Behörden drohte, so wollten sie das alles nun, nach dem Tod zweier ihrer Mitstreiterinnen, nicht mehr länger hinnehmen.

Dalal hatte bis dahin in unserer Küche kein Wort gesagt. Erst, als wir alle still waren und über diese unfassbaren Dinge nachdachten, die über Wolf Schleiff und seine Machenschaften herausgekommen war, begann sie zu sprechen. Dabei wandte sie sich an mich und blickte mir in die Augen.

»Es ist Zeit, meine Schuld zu begleichen.« Ihre Stimme klang leise, aber fest und gefasst.

Zuerst wusste ich nicht, was sie meinte, und lächelte sie ein wenig verlegen an. Sie ließ mir aber keine Zeit, länger darüber nachzudenken. Sie sei mir sehr dankbar, sagte sie, denn ich hätte damals auf ihrer Seite gestanden und nicht übersetzt, was sie wörtlich gesagt hatte, sondern was sie gemeint, aber nicht hatte formulieren können. Sie hatte damals noch keine Ahnung von den Fallen, die manche Interviewer den Asylsuchenden mit ihren Fragen stellten, um zu beweisen, dass die Antragsteller mehr und weniger Lügner seien.

Sie stand auf, ging einen Augenblick hinaus in den Flur, kehrte mit der großen Plastiktüte zurück, mit der ich sie vor unserer Wohnungstür hatte stehen sehen, und zog aus ihr den eleganten dunkelbraunen Lederkoffer. Sie stellte ihn vor uns auf den Tisch.

»Den soll ich dir zurückzugeben. Kathi tut es leid, dass sie ihn dir geklaut hat.«

»Aber wieso hat sie das überhaupt getan?!«, brach die lang gehütete Frage aus mir heraus.

»Ihr Mann ließ ihr keine andere Wahl«, mischte sich die Chinesische Backe ins Gespräch ein.

Amira und ich erfuhren, dass Dalal mit einem großen Ikea-Sack voller wertvoller Schmuck- und Ziergegenstände direkt zu Hans auf den Flohmarkt gekommen war. Sie sagte ihm anfangs nicht, woher sie die Sachen hatte, nur, dass sie diese Antiquitäten verkaufen wollte, weil sie und ihre Kolleginnen dringend Geld bräuchten. Hans der Rote war sofort interessiert, als er den kleinen, eleganten dunkelbraunen Lederkoffer sah, den Dalal bei sich hatte, und von dem Hans keinen Moment bezweifelte, dass es derselbe Koffer war, den Armin in jener Nacht zu mir in die Wohnung gebracht hatte, als er unten auf ihn warten und darauf achten sollte, ob ihnen jemand gefolgt war.

Hans der Rote fragte Dalal ohne Umschweife, woher sie diesen Koffer hätte. Dalal zögerte mit der Wahrheit, und erst als die Chinesische Backe auftauchte, hatte sie beiden erzählt, dass sie sowohl die blaue Tüte mit den Wertgegenständen als auch den dunkelbrauen Lederkoffer von Kathi bekommen hatte. Kathi wollte ihre Solidarität mit den Prostituierten gegen Wolf bekunden und helfen. Die wertvollen Stücke sollte Dalal am Flohmarkt verkaufen, habe Kathi ihr gesagt, den Lederkoffer aber sollte sie zu mir bringen.

Hans der Rote und die Chinesische Backe waren gleichermaßen verwundert gewesen über diesen Auftrag, entschieden aber, Dalal zu mir zu führen.

Sie zahlten ihr einen sehr großzügigen Betrag für den Inhalt der blauen Tüte, den Dalal und ihre Kolleginnen gut gebrauchten konnten.

Für eine Weile war es still in unserer Küche, und dieser Zustand hätte ewig angedauert, wenn Dalal nicht den Koffer geöffnet hätte.

Amira schrie überrascht auf. Obenauf lag das kleine Ebenholzkästchen ihres Großvaters mit dem schönen Okapi. Nur das breite violette Band war verschwunden. Dalal nahm das Kästchen vorsichtig heraus und reichte es Amira. »Das soll ich dir geben. Kathi entschuldigt sich dafür, es dir in Glückstadt geklaut zu haben.«

Amira nahm das Kästchen und hielt es so vorsichtig in ihren Händen, als könne es durch die Berührung zerbrechen. Sie sah uns der Reihe nach an.

»Ich weiß nicht, was drin ist«, sagte sie unsicher. »Soll ich es aufmachen?«

Ich glaube, wir alle nickten gleichzeitig, weil wir es vor Neugierde nicht mehr aushielten. Amira öffnete das Kästchen.

»Der Dolch der Liebe«, entfuhr es Hans dem Roten ehrfürchtig. Die Waffe lag glänzend auf dunkelblauem Samt. »Mein Vater wäre begeistert, wenn er das jetzt sehen könnte.« Er wandte sich mit funkelnden Augen an mich. »Damit kann die Geschichte von damals endlich zu Ende gebracht werden.«

»Womit?, stotterte ich. »Was meinst du mit ›zu Ende gebracht werden?‹»

Hans der Rote ging nicht näher darauf ein. Er war bereits von seinem Stuhl aufgesprungen und trieb uns zum Aufbruch an: »Los, los! Wir müssen zu Elizabeth Schleiff und sie damit konfrontieren!«

Er wusste, wo sich Elizabeths Haus befand, und dass sie es nach dem Tod ihres Mannes von den Erben der ehemaligen Besitzerin gekauft hatte. (Er wusste übrigens auch, dass Armin dort wohnte und eben nicht neben der Autobahn.)

Die Chinesische Backe ihrerseits wusste, dass Elizabeth das Krankenhaus vor einer Woche verlassen hatte und wieder zuhause war. Wie bereits gesagt, sie war genial darin, überall Informationen zu sammeln und private Geschichten, nicht nur ihre eigenen, zu erforschen.

Amira blickte mich an. »Jetzt kann ich endlich das Vermächtnis meines Großvaters erfüllen«, sagte sie und Tränen stiegen ihr in die Augen. Sie versuchte vergebens, sie vor uns zu verbergen.

»Mein Okapi«, sagte ich sanft und nahm sie in den Arm.

# 4

Wer uns an diesem Abend sah, wie wir alle aufstanden, unsere Sachen zusammenpackten, das Licht ausschalteten und mit dem kleinen, eleganten dunkelbraunen Lederkoffer meine Wohnung verließen, wer uns sah, wie wir durch die leeren Straßen eilten, voller Neugier, was passieren würde, wer uns vor Elizabeths Haus stehen sah, wie wir ein wenig zögerten, bevor wir auf die Klingel am Gartentor drückten, wer uns sah, wie wir ungeduldig auf ihre Stimme warteten, die fragte, wer da sei, wer uns sah, wie wir antworteten, bevor das Tor geöffnet wurde und wir das Grundstück betraten, das mit Ausnahme von Hans dem Roten keiner von uns gekannt hatte, wer uns sah, wie wir den Gartenweg entlanggingen, der zum Haus führte, die Terrasse überquerten und anschließend den Salon des Hauses betraten, wer uns sah, wie wir die alte Dame begrüßten, die uns in eine weiche Jacke gehüllt entgegentrat und trotz ihres kürzlichen Krankenhausaufenthalts nicht vergessen hatte, Wert auf Eleganz zu legen, ganz so, als hätte sie an diesem Abend Gäste erwartet, wer uns sah, wie wir uns bei ihr bedankten, dass sie uns willkommen hieß, bevor wir uns auf das Sofa setzten, auf dem vor über einem halben Jahrhundert Amiras Großvater Ismail gesessen hatte, wer uns sah, wie wir schwiegen und einander anschauten, bis wir den Mut fassten, Elizabeth zu sagen, was wir gefunden hatten, wer uns sah, wie wir ihr den Koffer übergaben, den Armin mir anvertraut hatte, wer uns auf den entscheidenden Moment warten sah, jenen Moment, da Amira das kleine Kästchen aus Ebenholz hervorholen und es Elizabeth überreichen sollte, wobei Amira es für sie öffnete, wer uns sah, wie wir anderen vier zu Amira schauten, als sie das Kästchen mit dem Dolch der alten Dame überreichte und zu ihr sagte: »Mein Großvater Ismail hat mich geschickt, er wollte, dass dieses Kästchen zu seiner Besetzerin zurückkehrt« – sie erzählte ihr nicht, dass ihr Großvater schon vor langem gestorben war –, wer uns sah, mit Tränen in den Augen, während wir Elizabeth beobachteten, wie sie Amira bat, zu ihr zu kommen, sie umarmen und küssen zu dürfen und zu ihr sagte: »Ich möchte deinen Großvater an dir spüren, den Duft meines Ismails«, wer uns in dieser kleinen Versammlung sah, wie wir Elizabeth lauschten, die ihre Tränen abwischen musste, bevor sie mit leidenschaftlicher Stimme zu sprechen begann und uns alles über den *Dolch der Liebe* erzählte, von Ismails erstem Besuch in Solingen, vom Klang seiner Stimme, als er das Büro der Messermanufaktur Horn zum ersten Mal betreten hatte, seine Stimme, so lächelte sie, habe sie bezaubert, ebenso wie ihre Rendezvous mit Ismail, die »unfassbar schönen Rendezvous in den Kinos, Kirchen und abgelegenen Parks unserer Stadt«, auf die später die Vergewaltigung und ihre Zwangsehe folgen sollten, keines der vielen Details, die sie all diese Jahre für sich behalten hatte, ließ sie jetzt aus, nein, sie erzählte und erzählte, ohne etwas zu vergessen und sie versicherte uns, wie dankbar sie für ihr langes Leben sei, weil es ihr das Geschenk gemacht habe, die Enkelin des Mannes, den sie geliebt hatte, kennenzulernen, dabei lächelte sie Amira an: »Erzähl mir von Ismail, selbst wenn es nur ganz wenig ist«, und hielt deren Hände fest in den ihren, wer uns sah, wie wir Amira anschauten, neugierig auf das, was sie von ihrem Großvater erzählen würde, als ob das, was Elizabeth erzählt hatte, nicht genug gewesen wäre, als ob wir sagen wollten: *Erzähle, erzähle, liebe Amira, Liebesgeschichten haben keinen Anfang und kein Ende, sie besitzen keine absolute Zeit, sie sind das Leben!*, wer uns sah, wie wir mit einem Lächeln auf unseren Gesichtern zuhörten, genau wie in unserer Kindheit, als wir unseren Großmüttern beim Erzählen zugehört hatten, oder wie jene Kinder, die schlafen gehen sollen und nicht einschlafen können, bevor sie nicht eine Geschichte gehört haben, und so, wie unsere Großmütter sich nicht zurückhielten beim Erzählen, so sparte Amira nun nicht mit dem, was sie über ihren Großvater wusste, und erzählte es Elizabeth und uns und beschrieb die Szene mit dem Grammophon, an die sie sich lebhaft erinnerte, wie er die Kurbel gedreht hatte, während er das Lied der Liebe gesungen und mit ihr auswendig gelernt hatte, *Erlaube mir, dich zu lieben, mehr als alles in der Welt*, sang sie, *Ich fühle deine zarte Hand auf meiner Haut, vergesse jeden Vorwurf, den ich ersann. Du weißt, dass ich dich liebe, mehr als alles in der Welt. Ich werde zu dir wandern, wie ein Pilger auf dem Weg zu Gott, deine Liebe ist mein Weggefährte, ein kleines Haus wird unsere Welt*, wer uns sah, wie wir mit Amira sangen, den Refrain im Chor wiederholten, es immer wieder sangen, ohne müde zu werden, wer uns in unserem Erstaunen über all die Ereignisse an diesem seltsamen Abend sah, als ob wir die Stunden, die uns entglitten, vergessen wollten, ja, wir vergaßen die Zeit tatsächlich, als ob wir den Moment des Abschieds fürchteten, obwohl wir wussten, dass wir uns irgendwann, bald, voneinander verabschieden mussten, was aber niemand von uns laut aussprechen wollte, obwohl sich schließlich die Chinesische Backe und Hans der Rote verabschiedeten, da sie gehen mussten, weil, wie sie sich entschuldigten, der Tag lang gewesen sei, ein wahrlich ereignisreicher Tag, und sie nun doch etwas Schlaf bräuchten, wer uns nun sah, wie wir vier nun dasaßen, mit dieser Vertrautheit, die uns umgab, wie wir sprachen, Amira in den Armen von Elizabeth, ich und Dalal den beiden gegenüber, bis uns die Stille umhüllte, diese Stille, wie sie nur die Nacht der Liebe kennt, wer uns so glücklich sah, wie wir waren, bis zu jenem furchtbaren Moment, als ein dumpfer Zusammenprall im Garten zu hören war, unmittelbar gefolgt von einem heftigen Schlag von der Seite der Terrasse her während eine laute Stimme »Vorsicht!« rief, wer uns sah, als die Tür vom Salon aufflog und gegen die Wand krachte, wer uns sah, wie wir in Panik gerieten, und aufsprangen und in alle Richtungen liefen, ohne in die Richtung des Angreifers zu schauen, ja, wer uns über die gesamte Zeitspanne jenes Abend gesehen hatte, würde uns für erfundene Gestalten in einem ebenso erfundenen Raum an irgendeinem fiktiven Ort halten, als wäre unser Handeln von fiktiven Figuren übernommen worden, als ob wir nur in den Salon gestellt worden wären, um einen Film zu drehen, in dem irgendwann auch noch Kathi Nagel plötzlich auftauchen sollte, dabei waren wir echte Menschen, Figuren aus Fleisch und Blut, die alle einen Namen trugen, Personen, die sich in einer Stadt namens Solingen, in einer Region namens Nordrhein-Westfalen, in einem Land namens Deutschland, auf einem Kontinent namens Europa bewegten.

Wir waren Menschen, die in einem Haus festsaßen, in dem einst eine junge Frau vergewaltigt worden war, die Tochter einer einflussreichen Familie, die für die Herstellung von Messern und scharfen Klingen bekannt war, berühmt für ein besonderes Messer mit der Abbildung eines Okapi auf seiner Klinge, und ich spürte, dass es egal war, was wir tun würden, denn was immer wir taten, geschah, um die Geschichte dieses Dolches neu zu formen, dieses *Dolches der Liebe*, wir formten sie um, weil wir hier waren. Egal, wie unterschiedlich die Möglichkeiten in diesen Sekunden waren, in denen wir handeln mussten, letztendlich bestätigen wir nur, dass jeder von uns eine Rolle in der Geschichte spielte, eine Rolle, die jeder mit seiner Ankunft in Solingen oder seiner Geburt hier in dieser Stadt begonnen hatte. Diese Rollen mussten an diesem Abend ausgefüllt werden, insbesondere von Elizabeth und Amira, die sich hier gefunden hatten, beide Nachkommen zweier großer Familien, die beide beinahe ausgestorben waren. Sie waren eng miteinander verbunden durch eine Liebesgeschichte jenseits von Klingen und alter Fotos und den Zeichnungen eines Dolches und Schallplatten und Briefen, die nur wenige Sekunden später durch den Raum flogen.

Bist du von deiner Geliebten getrennt
Wie Orient von Occident,
Das Herz durch alle Wüsten rennt;
Es gibt sich überall selbst Geleit,
Für Liebende ist Bagdad nicht weit.

Alles in meiner Erinnerung ist mehr als schwarzweiß. Niemand wird mir widersprechen, wenn ich hier erneut sage: Der Zufall ist das Pseudonym Gottes. Doch egal, wo Gott tatsächlich wohnt, in Solingen manifestierte er sich anscheinend an jenem Abend in Form einer scharfen Klinge.

## 5

»So wie die Bäume fallen, falle ich, und im Herbst falle ich wie die Blätter und Schatten langsam und leicht fallen, und ich höre, wie sie weinen und mit mir sprechen, und ich kann während meines Fallens nicht antworten, denn wenn ich antwortete, werde ich nur sagen, dass ich falle, weil ich verdorre wie die Liebe plötzlich verdorrt, schweigend und bewegungslos.«

Wenn ich anfange, über Kathi zu sprechen, muss ich mich an diesen Satz erinnern, den Kathi eines Tages zu mir sagte, wie jemand, der ein Gedicht rezitiert, das er irgendwo gelesen und auswendig gelernt hatte, oder wie eine Person, die träumte oder deren Geist abwesend war und dabei Worte wiedergab, die von irgendwoher zu ihr kamen und durch den Raum schwebten wie das Licht, wenn Spiegel es über die Möbel in einem Haus werfen.

Ich erinnere mich ganz genau an diesen Satz, aber ich erinnere mich nicht mehr daran, wo Kathi ihn zu mir gesagt hatte. In Hamburg vielleicht, zu Beginn unserer Beziehung? Oder später in Solingen? Als wir noch zusammenwohnten? Wahrscheinlich in Solingen, ja, es war in Solingen, jetzt erinnere ich es wieder genau, sie sagte diesen Satz, als sie mir das Welken ihrer Liebe beschrieb, ihren Verlust, wobei sie am Ende von Gewissensbissen beherrscht wurde. Damals verstand ich nicht, was sie damit meinte, denn ich dachte, dass sie doch immerhin eine Frau war, die sich in einer bequemen Position befand. Am Ende lag die Entscheidung doch in ihren Händen, sich von ihrem Ehemann zu trennen und eine Beziehung oder Verbindung mit einem neuen Mann einzugehen, wo lag das Problem?

Damals kannte ich Wolf noch nicht und hatte aus ihren Erzählungen keinen klaren Eindruck von ihm gewonnen.

Wer Kathis Geschichte erfuhr, und wer jene Kathi traf, die ihr Leben leidenschaftlich gern mit allem verbrachte, was mit Botanik zu tun hat, und nicht jene Kathi, die ich in der Zeit ihres Verdorrens getroffen habe, wird erstaunt sein über die Ausdauer, mit der sie das Zusammenleben mit diesem Wolf ertrug, der ja doch die Ursache für ihr Unglück war. Ich weiß nicht, ob ich ihr letzter Versuch gewesen bin, den Sturz zu vermeiden, ihr letzter Versuch, das Leben in ihr wiederherzustellen, oder ob es nicht doch, als sie mich traf, schon zu spät für sie gewesen ist und es keinen Ausweg aus der Sackgasse mehr gab, in der sie sich damals befand.

Alles deutete darauf hin, dass Kathi schon seit Jahren versucht hatte, sich aus dieser Ehe zu befreien. Doch wegen seiner strikten Ablehnung einer Scheidung und ihrer Verstrickungen in Wolfs Geschäfte, war sie immer wieder damit gescheitert.

Laut Handelsregister war Kathi die Geschäftsführerin des illegalen Bordells in der Schwertnerstraße. Ihr Name stand unter den Mietverträgen für die alten Kotten am Stadtrand, in denen Wolf die Frauen unterbrachte, die illegal für ihn arbeiteten. Wolf hatte Kathi – als sie noch nichts von seinen tatsächlichen Geschäften wusste – in Kauf- und Mietverträge hineingezogen, und je naiver sie später gehofft hatte, endlich einen Weg in die Unabhängigkeit gefunden zu haben, desto mehr verstrickte sie sich in sein dunkles Netzwerk. Egal, welchen Gefallen sie ihm tat, um ihn freundlicher zu stimmen und zu einer Scheidung und Auflösung ihrer Geschäftsverbindungen zu bewegen – er sagte immer wieder nur: »Du schuldest mir noch einen Gefallen, dann lass ich dich gehen«. Die wenigen Male, als er mit ihr einen Anwalt aufsuchte, um endlich alles in die Wege zu leiten, wie er versprach, und sie einen Moment der Erleichterung empfand, waren nichts anderes als Täuschungsmanöver, um ihr einen weiteren Gefallen abzuverlangen.

Katharina Nagel hatte Wolf Schleiff, dessen Mutter nach ihrer Scheidung wieder ihren Mädchennamen angenommen hatte, an einem warmen Frühlingstag Ende April geheiratet, und die Welt war damals voller Freude für sie. In einer Familie aufgewachsen, in der Heiraten kein großes Thema war, glaubte Kathi an den Sinn der Ehe, an das Versprechen für ein Leben, das man einander gab, und sie hatte den Mann geheiratet, den sie liebte, den Mann, der ihr das Gefühl gab, schön und einzigartig zu sein, und der ihr finanzielle Sicherheit versprach. Das war alles, was sie wollte. Freundinnen, die nur Sex im Kopf hatten und die Männer wechselten wie ihre Unterwäsche, verstand sie nicht. Bei ihnen drehte sich alles um den Sex. Kathi redete sich ein, dass die Freundinnen total übertrieben, schließlich war sie mit Wolf glücklich, auch wenn es im Bett sehr sittsam zuging. Sie entdeckte den Spaß am Sex erst später, als sie Wolf verlassen wollte und anfing, ihn zu betrügen. Es war, als würde sie mit jedem neuen Mann ein neues Experiment wagen – so jedenfalls hatte sie es mir erklärt, als wir uns in Hamburg näherkamen. Als sie Wolf kennenlernte, studierte sie Botanik an der Düsseldorfer Heinrich-Heine-Universität und die ganze Welt war ein großer Garten für sie. Wolf Schleiff traf sie auf der Geburtstagsfeier einer Freundin und war von ihm sehr beeindruckt. Was sie gerade über Blumen und Bäume gesagt habe, sei das Schönste, was er in seinem Leben je gehört habe, schmeichelte er ihr. Er sei mit einer Frau verlobt, gestand er gleich im nächsten Satz, die immer nur über Messer und scharfe Klingen sprechen wollte, und schon mit dem nächsten Satz stellte er klar, dass er beabsichtige, die Verlobung aufzulösen, obwohl sie aus einer bedeutenden Solinger Familie stammte. Kathi könne sich nicht vorstellen, wie glücklich er sei, eine Frau zu treffen, die seine Aufmerksamkeit auf die schönen Dinge dieser Welt, die Blumen, das Grün und die Flüsse lenke, er meine all diese wirklich wichtigen Dinge, die wir im Leben leider allzu oft vergessen, auch wenn sie uns umgeben, immer und überall.

»Waren Sie schon einmal in Solingen?«, hatte er sie dann irgendwann gefragt, was sie verneinte, woraufhin er strahlend behauptete, wie glücklich er doch wäre, wenn sie ihm erlauben würde, ihr diese faszinierend schöne Stadt einmal zeigen zu dürfen. »Haben Sie jemals eine deutsche Stadt mit Wasserfällen gesehen?«, fragte er weiter und ergänzte im Brustton der Überzeugung: »Solingen ist das Paradies Gottes auf Erden.« (Das war derselbe Satz, den Kathi später mir gegenüber verlauten ließ, und der mich so sehr verzauberte, dass ich ihr nach Solingen folgte.) Kathi war damals noch ziemlich jung und unerfahren, und Wolf wirkte auf sie lässig und selbstbewusst, ein bisschen zu dominant vielleicht, aber eben auch stark und unabhängig. Die Art, wie er von seiner angeblichen Verlobten sprach, hätte eine erfahrenere Frau vielleicht über sein tatsächliches Wesen vorwarnen können, aber Kathi blickte damals noch nicht so tief in die Abgründe der menschlichen Seele.

Für den Rest des Abends war er ganz Ohr und ließ Kathi erzählen, wie sie von Kindheit an davon geträumt hatte, die Welt in einen großen Garten zu verwandeln, und dann, als sie älter geworden war, allem finanziellen Druck zum Trotz beschlossen hatte, Botanik zu studieren. Sie sei sehr glücklich, dieses Ziel erreicht zu haben. Je länger die beiden miteinander sprachen, desto mehr Bewunderung sah sie in den Augen dieses Mannes glänzen, dessen Hand hin und wieder ihren Arm berührte oder ihr über den Rücken strich, als Ausdruck der Anerkennung und Bewunderung, wie sie damals dachte. Wie glücklich war sie, als Wolf sagte, dass alles, was sie ihm gerade erzählt habe, großartig zu den Plänen passe, die er schon seit Längerem schmiedete. Und diese Pläne benannte er auch gleich. Er besäße, so sagte er, ein paar alte Geschäftsgebäude, die leer stünden, und die er gern für etwas Sinnvolles nützen wollte. Ob sie ihm vielleicht einen Vorschlag zur Umwandlung machen könnte? Etwas mit Pflanzen, eine Firma für Gartengestaltung etwa? Kathi war überwältigt.

In Katis Ohren klang dies so, als würden ihre schönsten Wünsche wahr werden.

Es dauerte lange, bis Kathi entdeckte, dass Wolf Schleiff in erster Linie ein raffinierter Lügner war. Lügen war für ihn eine Kunst, die er nicht studieren musste, denn er war damit aufgewachsen. Manche Leute werden mit einem Talent wie Singen, Schauspielern oder Schreiben geboren, Wolf der Blonde hatte das Talent zum Lügen und Betrügen von der Familie Schleiff in die Wiege gelegt bekommen. Kathi konnte das nicht erkennen, zu begeistert, zu optimistisch und zu naiv war sie in jenen Tagen, als Wolf sie in all seiner Bosheit in sein Reich der Lügen und Falschheiten lockte.

An ihrem ersten Abend nahm sie ihm ohne jeden Zweifel die Geschichte seiner angeblichen Liebe zur Natur ab, und sie war glücklich, dass sie einen erfahrenen Mann getroffen hatte, der weltläufig war und charmant. Eine Woche später besuchte sie Wolf in Solingen. Sie kam voller Neugierde, er zeigte ihr die historischen Kotten und stillgelegten Schleifereien am Stadtrand, von denen früher einige seiner Familie gehört hatten. »Heute gehört uns leider nicht mal mehr eine Handvoll«, betonte er.

Als sie sich in Wolf immer stärker verliebte, war sie – nach ihrer eigenen Aussage – von diesem Mann »wie betäubt«.

Nach dem Skandal um seine Bordelle sprachen auch andere Frauen der Presse gegenüber von Wolfs »Magie«. Ihren Beschreibungen nach hatte er etwas Hypnotisches, etwas Größeres als Charme, das Menschen in seinen Bann schlug, bis sie endlich sein wahres Gesicht erkannten.

Kathi indes war nicht die einzige, der Wolf nicht nur Arbeit, sondern auch die Ehe versprochen hatte. Das erfuhr Kathi allerdings erst, als es für sie zu spät war. Denn im Gegensatz zu den anderen Frauen, denen Wolf die Hochzeit bloß als Köder darbot, um sie in die Prostitution zu locken, hielt er sein Versprechen gegenüber Kathi ein und heiratete sie tatsächlich.

Anfangs hatte er ihr das Gefühl gegeben, privilegiert und etwas Besonderes zu sein. Sie war stolz, als sie ihren neuen Namen auf dem Personalausweis und den anderen offiziellen Papieren las: Katharina Schleiff. Aber so einfach es gewesen war, seinen Namen anzunehmen, so schwer war es für sie, ihn wieder loszuwerden. Drei Jahre hatte Kathi mit ihm bereits um die Scheidung gerungen, als sie ihm noch einen letzten Gefallen tun sollte und also nach Glückstadt fuhr. In diesen drei Jahren hatte sie auch den Job bei der Stadtentwicklung angenommen: Gartenamt, Fachbereich Grünflächen. Sie bedauerte, dass sie nicht von Anfang an dort gearbeitet hatte. Aber das war nicht das Einzige, was Kathi bedauerte: Ihr ganzes Leben hatte sich in eine Kette von Bedauern verwandelt, seitdem sie wusste, dass ihre Ehe nur eine Tarnung für Wolfs wahres Leben war.

Die Leute in Solingen interessierte nur der Schein, und nach außen hin war Wolf Schleiff ein angesehener, verheirateter Mann, der Enkel zweier ehemals erfolgreicher Messerschmiededynastien, und offenbar wohlhabend genug, um nicht arbeiten zu müssen. Was seinen Vater betraf, so wusste man in Solingen wenig über ihn, vermutlich weil er nicht aus Solingen stammte und niemals hier gelebt hatte. Um zu unterstreichen, dass er ein Nachkomme der Familie Schleiff war, wollte Wolf ein äußerlich perfektes, traditionsverbundenes Leben führen. Dazu gehörte eine Ehe und natürlich Kinder, damit die Linie dieser respektvollen Familie fortgesetzt werden konnte. Wolf war ganz versessen darauf, als Erster einen neuen Schleiff in die Welt zu setzen, denn von Armin war kaum zu erwarten, dass er die Familie vor dem Aussterben bewahren wollte.

Armin war ein hoffnungsloser Fall für Wolf, ein Verräter an der ehrenwerten Familiengeschichte. Was hätte Wolf dafür gegeben, wenn der Kriegsheld Leopold Schleiff sein Großvater gewesen wäre! Armins liebevolle Beziehung zu Elizabeth machte Wolf mehr als nur wütend, mag sein, dass sie sogar der Grund dafür war, dass er so blindlings seinen Zorn gegen alles auslebte, was wirkliche

Zuneigung ist. Außerdem hegte er Zweifel an Armins Männlichkeit. Er sei wahrscheinlich schwul und nur zu feige, sich zu seiner Homosexualität zu bekennen, hatte er einmal Kathi gegenüber geäußert, und das sei wohl auch der Grund, warum er Araber nach Solingen schleuse, unter denen er sich seine Liebhaber aussuche. Eine falsche und verleumderische Behauptung, die auf nichts fußte, aber Wolf wiederholte sie so überzeugend, dass Kathi ihm irgendwann glaubte und Armin abweisend gegenübertrat. Auch mir gegenüber hatte sie aus ihrer Abneigung gegen Armin keinen Hehl gemacht. Wolf war überzeugt, dass es seine Pflicht als Spross der Familie Schleiff war, den Fortbestand des großen Namens zu sichern. Er musste einen Sohn zeugen, einen ehelichen, mit einer jungen, gesunden Frau. Es machte ihn wütend, dass es mit Kathi nicht gleich im ersten Jahr nach der Hochzeit klappte und sie es danach zu verhindern wusste. Er wandte sich anderen Frauen zu.

Wolfs Frauengeschichten waren aber nur einer der Gründe für Kathis anhaltende Versuche, sich von ihm loszueisen. Diese Versuche scheiterten letztendlich alle an ihrer unfreiwilligen Verbindung zu Wolfs Rotlichtgeschäften. Ein wichtiger Grund für ihr wachsendes Misstrauen ihm gegenüber war die Tatsache, dass Kathi die eigentliche Bestimmung der beiden alten Kotten an der Landwirtschaftsstraße nach Köln, die Wolf für eine Gärtnerei, eine Firma für Gartengestaltung oder zumindest für irgendetwas, das mit Botanik zu tun hatte, nutzen zu wollen ihr versprochen hatte: Er hatte sie in ihrem Namen gepachtet, tatsächlich aber waren sie nichts anderes als hinter dem Mäntelchen des Grünen getarnte Orte für illegale Prostitution.

Zuerst war Kathi fassungslos dagestanden, als sie begriffen hatten, wie geschickt Wolf seine Machenschaften nicht nur vor anderen, sondern auch vor ihr verbergen konnte. Andererseits warf sie sich vor, viel zu leichtgläubig gewesen zu sein, als er ihr erzählt hatte, dass sein Vermögen altes Geld sei und aus der großen, erfolgreichen Zeit seiner Familie in der Solinger Stahlwarenindustrie stammte.

Kathi verstand sich selbst nicht mehr. Warum konnte sie sich nicht gegen ihn durchsetzen?

Einmal hatte sie es geschafft, Wolf aus der Wohnung zu werfen und das Schloss ändern zu lassen. Sie nahm sich damals Urlaub und fuhr in den Norden, um sich abzulenken und einen Plan für ihre weiteren Schritte zu ersinnen.

Als Wolf erfuhr, dass Kathi ihn ausgesperrt und die Stadt verlassen hatte, rastete er aus. Wirklich böse machte ihn die Tatsache, dass Kathi mich in Hamburg kennengelernt und mit nach Solingen gebracht hatte, und ich nun bei ihr eingezogen war. Ich, ein Ausländer. Noch dazu ein Iraker. Als würde das Schicksal der Familie Schleiff sich immer wieder darin erfüllen müssen, dass ihre Frauen in die Arme irakischer Männer fielen. Sie könnte mir seinen Zorn und sein Gebrüll, das er ausstieß, als sie ihn zu einer Aussprache traf, gar nicht beschreiben, erzählte sie mir, nachdem sie völlig verstört von diesem Treffen wieder nachhause gekommen war. Sie war sich damals sicher, dass er sie, hätte er eine Waffe bei sich gehabt, ohne zu zögern getötet hätte.

Es war das erste Mal, dass Kathi ihm offen von einer Beziehung zu einem anderen Mann erzählt hatte. Und sie hatte es gewagt, mich nach Solingen mitzubringen, um mit mir in der Wohnung zu leben, die Wolf – eigentlich seiner Mutter – gehörte.

Es vergingen einige Tage nach diesem schrecklichen Wiedersehen, bis er Kathi im Büro anrief und sie um Verzeihung für sein grobes Benehmen bat. Als Entschuldigung wolle er sie in das beste Restaurant der Stadt einladen und mit ihr die Details für einen Scheidungsvertrag durchgehen. Er habe von seinem Anwalt einen ersten Entwurf aufsetzen lassen. Seine Stimme war liebevoll und sanft, was sie im ersten Moment erleichterte und eine Sekunde später beunruhigte.

Im Restaurant bestätigte sich ihr Verdacht. Wolf hatte zwar eine vorläufige Scheidungsvereinbarung mitgebracht, bestand aber darauf, mit Kathi gemeinsam in die Wohnung zurückzukehren. Sie sollte mich rauswerfen, mich, ihren »ausländischen Liebhaber«, und zwar sofort, wenn sie seine Unterschrift haben wollte. Kathi wusste nicht, was sie sonst tun sollte, und gab nach.

Kaum hatte ich die Wohnung verlassen, begann er sein altes Spiel, und Kathi musste sich einmal mehr fragen, wie sie ihm entkommen konnte. Die Hölle dauerte weitere Monate an und aus der kurzfristig aufgeblühten Kathi drohte eine verdorrte Seele zu werden, als Wolf bei ihr auftauchte und noch »einen letzten, einen wirklich allerletzten Gefallen« von ihr forderte.

Kathi sah keine Veranlassung, nochmals auf seine falschen Versprechungen einzugehen, doch als sie entschieden den Kopf schüttelte, nahm er einen Stift und unterzeichnete vor ihren Augen die Scheidungspapiere. Kathi konnte es kaum glauben. Sie wollte das Papier aufgreifen, aber er nahm es an sich und steckte es ein: »Diesen allerletzten Gefallen noch, dann kriegst du sie, deine Scheidung!«

Es ging um die Fahrt nach Glückstadt. Sie sollte ein Holzkästchen mitbringen – er sagte nicht, sie solle es stehlen –, ein Kästchen aus Ebenholz, das eine geflüchtete Irakerin mit sich führte. Dieses Kästchen sei ein wertvolles Erinnerungsstück und gehöre der Familie Schleiff, also ihm, und diese Frau führe das einst gestohlene Objekt jetzt mit sich.

»Such diese Frau«, hatte er zu Kathi gesagt und ihr ein Foto von Amira in die Hand gedrückt.

Woher er das Foto hatte, weiß ich nicht. Ich vermute mal, von jemandem, der im Flüchtlingslager Horst auf seiner Gehaltsliste stand. Wolf hatte Kathi verschwiegen, dass es ihm nur darum ging, den *Dolch der Liebe* in seinen Besitz zu bringen. Er muss wohl befürchtet haben, dass Armin, hätte er ihn in die Hände bekommen, nicht gezögert hätte, das Ansehen der Familie öffentlich in genau jenen Dreck zu ziehen, der es schon seit zig Jahrzehnten unter der Oberfläche des schönen Scheins besudelte.

Als er von seinen Leuten erfuhr, dass Armin mir vor seiner Reise nach Italien einen kleinen, eleganten dunkelbraunen Lederkoffer anvertraut hatte, den Koffer, in dem seine Großmutter ihre geheimnisumwobenen Erinnerungen aufbewahrte – für Wolf waren sie der Fleck in der sauberen Geschichte seiner Familie –, zwang er Kathi, ihm noch einen »allerallerletzten Gefallen« zu tun. Sie sollte aus meiner Wohnung den Koffer entwenden. Er gab ihr einen Dietrich, um meine Tür zu öffnen. Gleichzeitig schickte er seine Schläger, um mich einzuschüchtern, damit Kathi in aller Ruhe bei mir einbrechen und den Koffer holen konnte.

Mit dem plötzlichen Auftauchen von Amira in Solingen hatte Wolf nicht gerechnet, es brachte seinen Plan durcheinander. Kathi musste am Eingang des Gebäudes warten, bis Amira wieder gegangen war. Dann schlich sie in den dritten Stock, schlich in meine Wohnung und stahl den Lederkoffer, während ich schlief.

Nach allem, was Wolf Kathi angetan hatte, war ihr Vorhaben, sich gegen ihn zu wenden, mehr als gerechtfertigt. Wobei sie sich nicht unbedingt an ihm rächen wollte, sondern an ihrer eigenen Naivität. Gibt es etwas Schmerzhafteres als die Enttäuschung über das eigene Selbst?

Wolf hatte alle Menschen in seiner Umgebung betrogen, selbst seine Mutter. Er hätte niemals zugelassen, dass Isolde Migrantinnen in der Familienvilla wohnen ließ, wenn er daraus nicht einen Nutzen hätte schlagen können. Er war vollkommen überrascht, als er feststellte, dass die Frau, der er den Dolch hatte stehlen lassen, ebenfalls nun bei seiner Mutter lebte. Ihre Anwesenheit machte ihn nervös, sie barg die Gefahr, dass mit ihr die Geschichte um den *Dolch der Liebe* ans Licht kommen könnte. Er war außer sich, als Kathi ihm erzählt hatte, sie habe Amira, die Frau mit dem Kästchen, bei

Isolde gesehen, und war noch am selben Tag zu seiner Mutter gegangen und hatte Amira aufgefordert, das Haus und die Stadt umgehend zu verlassen.

Vielleicht hätte Kathi damals zu Amira gehen und ihr gestehen sollen, was in Wahrheit mit dem kleinen Kästchen passiert war. Aber es war das erste Mal in ihrem Leben, dass sie sah, was Liebe bedeutete, während sie selbst so etwas wie Wehklagen in sich spürte. Als Kathi Amira mich nach Hause begleiten sah, wusste sie, dass sie mich für immer verloren hatte, und dass sie nicht in der Lage sein würde, sich mit der Frau zu konfrontieren, die ich auch heute noch so sehr liebe: meine Amira.

Es ist wahr, Kathis Zögern war stärker als ihr Mut. Manchmal überlegte sie, ob sie uns aufsuchen sollte, um Amira ihr kleines Kästchen zurückzugeben und mir den kleinen eleganten dunkelbraunen Lederkoffer. Es machte Kathi sehr zu schaffen, dass sie hinter beiden Diebstählen stand. Und für wen hatte sie das getan? Für Wolf, einen Lügner und Betrüger. Wieso hatte sie sich erneut so erpressen lassen? Sie wusste, wo Wolf seine Vermögenswerte und Antiquitäten aufbewahrte, also musste er dort auch das kleine Ebenholzkästchen und den dunkelbraunen Lederkoffer versteckt halten. Sie haderte mit sich. Sollte sie die Sachen von dort holen und zurückgeben und es darauf ankommen lassen, was dann geschehen würde?

Je mehr sie darüber nachdachte, desto größer wurde ihre Angst vor seiner Reaktion. Sie kannte Wolf, sie wusste, wozu er fähig war, und wie gut er seine Bösartigkeit hinter einem charmanten Lächeln verbergen konnte. Sie überredete sich selbst, noch ein wenig abzuwarten. Er hatte sie in der Hand, solange ihr Name mit seinen illegalen Geschäften in Verbindung gebracht werden konnte. Dann wieder dachte sie daran, einfach wegzulaufen, die Stadt zu verlassen und in einem anderen Land neu anzufangen. Was hielt sie in Solingen?

Der Streik der Prostituierten war der Auslöser, der Kathi aus ihrem paralysierten Dasein mit einer Heftigkeit herauskatapultierte, mit der sie in all den Jahre nicht mehr gerechnet hatte. Anstatt Wolf darauf anzusprechen, fuhr sie in die Schwertnerstraße und betrat das Bordell über den Hintereingang. Sie wusste in diesem Moment noch nicht, was sie dort wirklich sollte. Sie wollte schlicht sehen, was dort vor sich ging und welche Pläne die Frauen hatten.

Als sie im Bordell eintraf, fand sie Dalal Firas und einige andere Frauen vor, die gerade berieten, wie sie weitermachen wollten. Kathi hatte Dalal ein paar Mal bei Isolde im Haus gesehen. Von mir wusste sie, dass Dalal jene Frau war, wegen der ich meinen Job verloren hatte, und als sie Dalal jetzt sah, wusste Kathi plötzlich genau, was sie tun würde. Sie war mit einem Mal entschlossen, das umzusetzen, was sie sich schon so oft ausgemalt und sich doch in letzter Konsequenz nicht zugetraut hatte: »Jetzt werde ich dich erledigen, Wolf Schleiff, ein für alle Mal!«, sagte sie zu sich selbst und spürte eine ganz neue Kraft in sich aufsteigen.

## 6

»Würdest du mich begleiten?«, fragte Kathi Dalal. »Ich möchte dir etwas anvertrauen.«

Dalal nickte langsam. Sie wusste nicht so recht, was sie davon halten sollte, dass die Frau ihres Chefs im *Fliegenden Tattoo* aufgetaucht war.

Auch Dalal hatte Kathi öfters bei Isolde gesehen, und dort sogar einmal einen heftigen Streit zwischen ihr und Wolf miterlebt. »Diese Diebstähle«, hatte Kathi ihm ins Gesicht geschrien, »das ist einfach zu viel!« Sie hatte damals nicht verstanden, was die Frau ihres Ausbeuters mit diesen Diebstählen gemeint hatte, aber sie hatte erkannt, dass Kathi nicht auf der Seite ihres Ehemanns stand. Und Dalal war nicht die Einzige, die das wusste, alle Frauen, die Wolf für sich anschaffen ließ, wussten es.

Selbstverständlich gab es viele Gerüchte über das ungleiche Paar. Es wurde behauptet, Wolf habe Kathi verlassen, weil sie ihm in zehn Jahren Ehe kein Kind hatte schenken können. Es wurde genauso behauptet, sie habe ihn verlassen, weil er der Grund für die kinderlose Ehe war. Es hieß auch, sie sei die erste Prostituierte gewesen, die für ihn anschaffen gegangen sei, und dass sie erst nach ihrer Heirat damit aufgehört hätte. Man munkelte, Kathi sei aus einer wohlhabenden Familie und habe ihm all diese Häuser und Wohnungen gekauft, die ihm als Bordelle dienten. Dann wiederum kursierte das Gerücht, sie sei es, die die jungen Frauen in das Geschäft der Prostitution einführte und ihnen alles beibrachte. Man erzählte sich, dass sie zahllose Geliebte habe, die sie je nach Wetter und Stimmung wechselte. Angeblich habe Kathi auch in Pornofilmen mitgewirkt, mindestens in zweihundert Filmen, auch noch nach ihrer Heirat. Manche wollten sogar wissen, dass sie vor Wolf mit einem reichen, alten Knacker verheiratet gewesen sei, dessen Essen sie vergiftet habe, um an sein Vermögen zu kommen. Es wurde sehr viel getratscht über dieses Ehepaar Schleiff, und wenn Gerüchte sich einmal verbreiten, ist es nicht mehr nötig, sie auf ihren Wahrheitsgehalt hin zu überprüfen oder sie zu leugnen. Das Gerücht ist eine willkommene Nahrung für uns Menschen und die beste Waffe im Kampf gegen Verdruss und Langeweile.

Entscheidend an diesem Tag im *Fliegenden Tattoo* war, dass Dalal jegliche Bedenken über Kathis Motivation über Bord warf und zur Überraschung der anderen Frauen darin einwilligte, sie zu begleiten. Dalal war nicht umsonst ihre Sprecherin. Sie war sehr überzeugend, wenn sie einmal einen Entschluss gefasst hatte.

Kathi parkte ihr Auto vor dem Gebäude, in dem sich ihre Wohnung befand. »Ich hol nur schnell ein paar Sachen. Keine Sorge, bin gleich zurück.« Mit einem Blick beruhigte sie Dalal.

Kathi öffnet die Haustür und stieg eilig die Treppe hinauf. Sie wusste, Wolf konnte nicht hier sein, weil er seit zwei Tagen in

Untersuchungshaft saß. Dennoch hatte sie das Gefühl, er beobachte jeden ihrer Schritte.

Sie sperrte die Wohnungstür auf und trat in den Flur. Sie hielt einen Moment inne, lauschte auf ein Geräusch, ein verdächtiges Knistern. Dann entspannte sie sich, lief in ihr Schlafzimmer, raffte ein paar Kleidungsstücke zusammen und warf sie aufs Bett. Gerade als sie ihre Reisetasche vom Schrank herunterholen wollte, traf sie seine sanfte, verheißungsvolle Stimme im Rücken.

»Reisepläne? Wohin soll's denn diesmal gehen?«

Später, als Kathi mit uns im Salon von Elizabeths Haus saß und sich vom Schrecken der Geschehnisse erholte, erzählte sie uns, dass sie in jenem Moment, als Wolf in ihrem Schlafzimmer vor ihr stand, endlich begriff, dass dieser Mann viel mehr als nur zwei Gesichter hatte. Denn hinter seinem bösen Gesicht, das alle Frauen kennenlernten, sobald er sein charmantes Lächeln fallen ließ, verbargen sich noch zig böse Fratzen, von denen eine gefährlicher war als die andere.

Es war diese Erkenntnis und das Wissen, dass Wolf sie niemals in Frieden ziehen lassen würde, die Kathi in diesem Moment dazu befähigten, ihm endlich alles, was sich in den vergangenen Jahren in ihr aufgestaut hatte, entgegenzuschleudern: »Was ich in zehn Jahren für dich getan hab und von dir ertragen hab müssen, ist mehr als genug, Wolf. Es reicht!«

Sie beschrieb ihm jeden Moment, in dem sie bereut hatte, ihn geliebt und ihm vertraut zu haben, sie listete ihm das Leid auf, das er ihr und anderen Frauen zugefügt hatte, und nannte das Unrecht beim Namen, das er seiner Mutter und seiner Großmutter tagtäglich zufügte, indem er sich als der gebärdete, der er in Wirklichkeit war: »Ein widerlicher Frauenverächter, dem jegliche Männlichkeit fehlt!« Er sah sie aus feurigen Augen an. Sie hörte nicht auf zu sagen, was sie zu sagen hatte: »Du machst uns alle hier kaputt, und warum? Weil du selbst innerlich total kaputt bist! Zerfressen von

Angst und Neid und Minderwertigkeit! Aber wozu das alles? Wozu? Wozu, frage ich dich! Wo-zu!! Weil du den Ruf deiner verdammten Familie bewahren willst! Doch ich sage dir eins: Wenn jemand Schande über diese Familie bringt, dann du! Ja, du! Wolf Schleiff der Böse, wie sie dich hier heimlich alle nennen!« Sie trat nah an ihn heran: »Du wirst deine Schulden bezahlen. Jedem und jeder gegenüber, und wir sind Hunderte! Und was die Sachen betrifft, die ich für dich gestohlen habe, ich werde sie ihren Besitzern zurückgeben. Und jetzt geh mir aus dem Weg. Ich habe Wichtigeres zu tun als dir Moral beizubringen!«

Vielleicht dachte Wolf in dem Moment noch, dass Kathi mal wieder übertreibe oder einfach übergeschnappt sei. Es war schließlich nicht das erste Mal, dass sie wütend auf ihn war und ihm mit irgendetwas drohte. Oder vielleicht wollte er – aus Eitelkeit und Selbstüberschätzung – immer noch nicht glauben, dass Kathi dieses Mal entschlossen war, umzusetzen, was sie ihm gerade verkündet hatte. Vermutlich blieb er aber nur deshalb so ruhig, weil er gerade erst aus dem Polizeigewahrsam entlassen worden war und sich denken konnte, dass in nächster Zeit jede Menge Ermittlungen gegen ihn beginnen sollten. Seine guten Beziehungen würden ihm vielleicht einmal mehr helfen, aber er durfte jetzt nichts tun, was die Polizei auf ihn aufmerksam machte.

Erst als die Wohnungstür hinter Kathi ins Schloss gefallen war und sie auf seinen bellenden Ruf, hier zu bleiben, nicht reagiert hatte, kam ihm der Gedanke, dass er am besten zu Elizabeths Haus fahren sollte, um zu prüfen, ob sie wirklich auf ihre Worte Taten folgen lassen würde. Er kannte Kathis Irrationalität. Befanden sich das kleine Kästchen und der elegante dunkelbraune Koffer tatsächlich in ihrem Besitz? Hatte sie die Sachen heimlich aus seinem Lager geholt? Wollte sie diese Dinge Elizabeth zurückgeben?

Kathi und Dalal fuhren zu einem der Kotten an der Landstraße nach Köln. Sie brauchten etwa eine halbe Stunde, bis sie neben dem

Gebäude anhielten. Auf dem Weg sprachen die beiden Frauen kein einziges Wort miteinander. Kathi stieg aus und verschwand im Gebäude. Dalal stieg ebenfalls aus. Unschlüssig, ob es nicht doch ein Fehler gewesen war, die Frau ihres Chefs zu begleiten, beschloss sie, ihr nicht in den Kotten zu folgen, sondern beim Auto zu warten.

Als Kathi ein paar Minuten später zurückkehrte, trug sie eine große blaue Ikea-Tüte über die Schulter gehängt und führte den kleinen, eleganten dunkelbraunen Koffer von Elizabeth mit sich. Sie stellte die Ikea-Tüte vor Dalal auf den Boden.

»Souvenirs für euch«, sagte sie mit einem seltsamen Lächeln. »Aus Wolfs geheimer Schatzkammer.«

Dalal warf einen Blick in die Tüte und konnte Silberbestecke, Ziergegenstände, Kerzenleuchter und ein paar Schmuckstücke in einem Samtsäckchen ausmachen. Alles echte Antiquitäten, erklärte Kathi. Dalal sollte alles auf dem Flohmarkt verkaufen und den Erlös mit den Frauen teilen, die durch Wolf zu Schaden gekommen waren. Sie schickte sie direkt zu Hans dem Roten, Dalal sollte auf dem Flohmarkt nach ihm fragen, nach ihm oder nach der Chinesischen Backe. Kathi wusste, dass man sich auf die beiden verlassen konnte.

Was den kleinen, eleganten dunkelbraunen Lederkoffer betraf, so war die Sache etwas komplizierter. Dalal sollte ihn zu mir bringen. »Sag Nuri, es tue mir leid. Ich wünsche ihm und Amira viel Glück.«

Dann griff sie unter ihren Mantel und holte das kleine Kästchen mit der Abbildung des Okapi hervor. »Und das«, fügte sie mit tränenerstickter Stimme hinzu, »das gib bitte deiner Freundin Amira.«

Kathi brachte Dalal zum Flohmarkt und fuhr dann mit ihrem Auto zurück nach Hause. Sie ahnte nicht, dass Wolf inzwischen noch einmal in ihrer Wohnung gewesen war. Sie dachte nur darüber nach, ob sie alles richtig gemacht hatte, und wie Wolf wohl reagieren würde, wenn er davon erfuhr. Sie war froh, ihn nicht wieder in der Wohnung vorzufinden und beschloss, zu duschen und sich kurz auszuruhen, bevor sie endgültig verschwinden wollte. Sie holte eine Falsche Prosecco aus dem Kühlschrank und goss sich ein Glas ein. Damit setzte sie sich aufs Sofa und hing ihren Gedanken nach.

Sie musste eingeschlafen sein, denn als sie die Augen wieder aufschlug, hatte der Abend sein dunkles Licht über den Himmel der Stadt ausgebreitet. Sie stand auf, schlüpfte zur Feier ihrer Entscheidung in ein schickes Kleid und holte eine große Reisetasche. Sie packte einen Teil ihrer Kleidung, ein paar schlichte Schmuckstücke, Schuhe, Kosmetik, nur einfache Dinge, und ein paar Bücher in die Tasche und machte sich fertig.

Es war ungefähr acht Uhr abends, als sie ihre Wohnung abschloss und den Schlüssel in den Briefkasten warf. Bevor sie der Stadt endgültig den Rücken kehren sollte, wollte sie doch noch einmal zu Elizabeth fahren, um sich von ihr zu verabschieden. Sie wusste, dass Elizabeth aus dem Krankenhaus entlassen worden war, nachdem sich ihr Zustand verbessert hatte. Dass Wolf dort auf sie wartete, ahnte sie nicht. Woher auch?

Wolf war, nachdem er in seinem Lager überprüft hatte, ob genau die Dinge fehlten, von denen er vermutete, dass sie fehlen würden, noch einmal zu Kathi gefahren, um zu prüfen, ob der Koffer und das Kästchen nicht bei ihr waren. Er durchsuchte die Wohnung leise, fand aber nichts. Er musste in seiner ansteigenden Nervosität irrigerweise geschlussfolgert haben, dass Kathi sich tatsächlich zu Elizabeth aufgemacht hatte, um ihr die beiden Objekte auszuhändigen. Also fuhr er zu Elizabeths Haus, parkte, etwas abseits, seinen Wagen, und legte sich auf die Lauer. Lange Zeit geschah nichts. Er entschloss, zurück zu seinem Wagen zu gehen, als er Kathi in ihrem BMW kommen sah. Wider ging er auf Lauer, im Glauben, Kathi würde mit sich führen, was er so heftig vermisste.

Als Kathi geparkt hatte und ein paar Meter in Richtung von Elizabeths Haus gegangen war, hörte sie Schritte hinter sich, blickte sich um und als sie ihn sah, war es zu spät. Das Raubtier blockierte ihr den Weg zurück zum Auto, sie hatte keine Wahl, sie musste schneller sein und weiter vorwärts flüchten, um nicht von seinen Krallen niedergerissen zu werden. Sie rannte los und sprang über die Mauer des kleinen Gartens, der das Haus umgab, lief durch den Garten auf den Balkon zu, aber er folgte ihr, geschmeidig, entschlossen, er sprang mühelos über die Mauer, rannte hinter ihr her, wobei sie nicht wusste, ob er wegen seiner Wut keuchte oder ob er betrunken war. Erst auf der Terrasse erwischte er sie, er packte sie am Arm und riss sie zu sich herum. Das war der Moment, als wir drinnen eine Stimme, Kathis Stimme, »Vorsicht!« rufen hörten. Es gelang Kathi sich loszureißen, die Tür der Terrasse flog krachend auf, und sie rannte geradewegs zu uns in den Salon. Doch das Monster war hinter ihr her, es brach die Tür auf, die wir zu schließen versuchten, und griff Kathi erneut an. Sie schaffte es noch einmal, sich von ihm loszureißen und rannte zum Sofa, auf dem Elizabeth saß, völlig schockiert, während Wolf eine kleine Pistole aus der Tasche zog, mit der er zweifelsohne auf Kathi schießen wollte. Doch er erstarrte plötzlich, als er die Frau erblickte, zu der er Kathi geschickt hatte, damit diese ihr das kleine Kästchen stahl, die nämliche Frau, die er aus der Villa seiner Mutter vertrieben und der er befohlen hatte, Solingen, Nordrhein-Westfalen und Deutschland sofort zu verlassen. Und als ob er nichts begriff, verharrte er in seiner Erstarrung, während eben diese Frau, die kurz zuvor noch neben seiner Großmutter auf dem Sofa gesessen hatte, umarmt von ihr, den Kopf zärtlich an ihre Schulter gelehnt, während eben diese Frau, mit der er nicht gerechnet hatte, sich jetzt langsam, sehr langsam auf ihn zubewegte, und ihn, die Hände im Rücken, auf dem Gesicht ein merkwürdiges Lächeln, mit feurigem Blick fixierte, bevor sie urplötzlich und mit einer einzigen, blitzartigen Bewegung den Dolch hochriss und in ihn niederfahren ließ.

Keiner von uns, und am wenigsten Wolf der Blonde, hätte sich vorstellen können, dass sich der Lebenszyklus drehen würde und er wie sein Großvater, hier im Salon der alten Dame, im selben Haus, an gleicher Stelle blutend zu Boden gehen sollte. Sein Großvater war durch Elizabeths Hände gefallen, der Enkel durch Amiras, und es geschah mit derselben Waffe, jener alten, kostbaren Waffe, die man den *Dolch der Liebe* nennt.

ABRUNDUNG

# Eine Gerichtsverhandlung oder: Alles ist wahr

Der Vorsitzende Richter: Herr Mohsen, dem Gericht sind Ihre ausführlichen Einlassungen zu den Hintergründen der Tat bekannt. Was uns heute und hier interessiert: Warum haben Sie darauf bestanden, Ihre Aussagen auf Deutsch zu machen?

– Nennen Sie mich bitte Nuri.

Der Vorsitzende Richter: Herr Mohsen, würden Sie uns bitte kurz erklären, woher diese Beharrlichkeit kommt. Warum haben Sie Ihre Aussagen nicht in Ihrer Muttersprache gemacht? Das wäre doch wesentlich leichter für Sie gewesen. Die Beistellung eines Dolmetschers bei der Vernehmung ist Ihr gesetzlich verankertes Recht.

– Ich weiß. Vielen Dank, Euer Ehren, dass Sie mir die Gelegenheit geben, diese wichtige Angelegenheit zu erklären, denn bei der Sprache, bei jeder Sprache, geht es letztendlich nicht nur um Grammatik, Deklination und Wörter. Das gilt besonders für die deutsche Sprache, die so inniglich mit der Philosophie verbunden ist. Ich zögerte keinen Moment, als die Polizei mich zur Befragung mitnahm. Ich musste meine Aussage auf Deutsch machen, denn der Ort, an dem die Ereignisse stattgefunden haben, ist ein deutscher Ort. Wir alle kennen die Auswirkungen des Ortes auf uns Menschen und auf unsere Denkweise, und meine Aussage bezieht sich nicht nur auf die Menschen hier, ich meine die deutschen Beteiligten, sondern es geht auch um uns, um Amira und mich, die wir uns auf deutschem Boden bewegen. Ich lebe, wohne und arbeite seit mehr als zwei Jahrzehnten hier, und Amira ist seit ihrer Kindheit auf eine Weise mit Solingen verbunden, als könnte sich nur hier in Deutschland das Schicksal vollenden, das all die Jahre auf sie gewartet hat. Bei Dalal Firas und Saman dem Amerikaner ist die Sache folgende: Für Dalal habe ich von vornherein die Verantwortung übernommen, ihre Aussagen zu übersetzen, auch wenn dies nicht wörtlich geschah, sondern auf der Grundlage meines Verständnisses dessen, was sie sagen wollte, und wie sie es selbst in ihrer Muttersprache nicht hatte ausdrücken können. Ich denke, Euer Ehren, Sie wissen, was mir deswegen passiert ist, dass ich entlassen wurde, weil ich Dalal Firas' Satz so übersetzte, wie sie ihn sagen wollte, und nicht so, wie der Beauftragte der Flüchtlingsbehörde es hören wollte. Ich denke nicht, dass sich die Sache bei Saman dem Amerikaner, oder Ali Schish, wie ihn seine Landsleute nennen, groß unterscheidet. Er ist ein bemitleidenswerter Mann und hat viele Komplexe. Seine Mutter ist mit einem Amerikaner abgehauen und hat ihn als Kind allein zurückgelassen, dann folgte die Flucht seiner Frau zu ihrem Geliebten und weitere Probleme – all das hat ihn unfähig gemacht, ein einziges ehrliches Wort in seiner Muttersprache zu artikulieren. Er ist ein Mann, der immer Hilfe braucht, egal, in welcher Sprache diese Hilfe zu ihm kommt.

Dies im Allgemeinen. In Bezug auf das Protokoll meiner Aussage und die schriftlichen Korrekturen, die ich vornehmen musste, bevor ich das Protokoll guten Gewissens unterzeichnen konnte, verstehe ich nicht, warum die Polizei und jetzt auch Sie, Euer Ehren, vergessen, dass ich seit vielen Jahren deutscher Staatsbürger bin, mehr als zwölf Jahre schon, glaube ich. Erfordert die Befragung eines Zeugen oder die Vernehmung eines Beschuldigten bei einem

Deutschen einen Übersetzer? Sie sehen, ich kenne den Unterschied. Außerdem habe ich Deutsch in Rekordzeit gelernt, und das liegt an meiner Zuneigung zu dieser Sprache. Ich denke, diese Aussage reicht, um die Angelegenheit zu klären.

Der Vorsitzende Richter: Das Gericht hat nachgefragt, ohne eine Absicht hinter Ihrer Entscheidung zu vermuten oder Ihre Fähigkeit in Frage zu stellen. Wir müssen nur sichergehen, dass Ihre Aussagen zum Tathergang vollständig und die Einzelheiten korrekt sind.

– Euer Ehren, mir ist bewusst, wie kompliziert die Sachlage in diesem Fall ist. Aber der Umgang mit komplizierten Vorgängen ist mir keineswegs fremd. Schon bei meiner Arbeit im Bereich Export-Import musste ich zahllose Formulare für diese oder jene Behörde ausfüllen und während meiner Arbeit als Übersetzer immer wieder schriftliche Berichte an das Amt für Migration formulieren. In diesem Fall habe ich mich trotz der Großzügigkeit der Justizbehörde, die mir die Möglichkeit einräumte, die Geschichte und alles, was im Zusammenhang mit dem *Dolch der Liebe* geschah, in meiner Muttersprache widerzugeben, dazu entschlossen, dieses Abenteuer in meiner zweiten Sprache zu erzählen. Außerdem sagte ich mir, wenn ich meine Aussage vor den Ermittlern auf Deutsch präsentiere, komme ich der Wahrheit näher. Ungereimtheiten bei den langen Befragungen entstanden höchstens, weil mich die Polizei zunächst als Zeuge vorlud. Die Polizei selbst hat mich übrigens nie gefragt, ob ich einen Dolmetscher möchte oder nicht. Niemand hat mich gefragt, ob ich meine Aussage in meiner Muttersprache machen möchte oder nicht. Man hat mich behandelt, als wäre ich eine deutsche Person, der Herr Hauptkommissar hat mich mit deutschen Fragen gelöchert und einige Beamte haben mich sogar angeschrien. Auf Deutsch natürlich.

Der Vorsitzende Richter: Wollen Sie jetzt Beschwerde einlegen?

– Nein.

Der Vorsitzende Richter: Gut. Als ich Sie im Namen des Gerichts nach der Wahl Ihrer Sprache befragte, habe ich das getan, weil ich wünsche, dass das Leben Sie belohnen möge, aus einem einfachen Grund: Sie stehen gern auf der Seite der Schwachen.

– Ich verstehe nicht.

Der Vorsitzende Richter: Ich habe Sie in den Zeugenstand gerufen, weil wir Zweifel an Ihren Ausführungen haben. Es könnte sein, dass jemand Ihnen die Chronik der Ereignisse diktiert und sie mit Ihnen eingeübt hat, damit Sie bei Ihrer Aussage keine Fehler machen. Dadurch decken Sie Ihre Mittäter und entlasten sie von den Beschuldigungen. Ist es nicht so, dass Ihre Aussagen verfälscht und auswendig gelernt sind?

– Da liegen Sie falsch, Euer Ehren, wenn ich mir die Bemerkung erlauben darf. Wenn mir jemand geholfen haben könnte, meine Aussagen in schönem Deutsch zu formulieren, dann kämen doch nur Armin, Kathi oder Frau Schleiff in Frage. Armin ist, wie Sie wissen, immer noch in einem Mailänder Gefängnis inhaftiert, und Frau Nagel habe ich seit unserer Trennung nur zweimal gesehen, und zwar lange bevor diese Geschichte mit dem *Dolch der Liebe* angefangen hat und schließlich am Abend des Geschehens, das hier untersucht wird. Und Frau Schleiff? Ich glaube nicht, dass das Hohe Gericht eine ehrenwerte alte Dame verdächtigen wird …

Der Vorsitzende Richter: Die Zweifel an Ihren Aussagen, die sich uns beim Lesen der Anklageschrift aufgedrängt haben, kommen nicht von ungefähr. Zwischen der Tat und Ihrer ersten Festnahme liegt eine ganze Woche. In dieser Zeit hatten Sie ausreichend Gelegenheit, sich mit Ihren Freunden abzusprechen. Herr Hans Wiesinger und Frau Margita Meukel haben Sie mehrfach in Ihrer Wohnung besucht. Haben Sie drei bei diesen Gelegenheiten Ihre Aussagen abgestimmt?

– Entschuldigen Sie, Euer Ehren. Wer ist die Frau? Ich kenne keine Margita Meukel. Oder will das angesehene Gericht hier selbst Unklarheiten verursachen?

Der Vorsitzende Richter: Ich warne Sie, machen Sie sich nicht über dieses Gericht lustig.

– Das würde mir nie in den Sinn kommen.

Der Vorsitzende Richter: Wir haben uns gefragt, woher Sie die Energie nehmen, um diese Ereignisse bis ins kleinste Detail zu erzählen. Kommt es daher, dass Sie die Dinge berichten, wie sie wirklich passiert sind, und wir wissen, dass solche Geschehnisse sich oft nicht ohne Paradoxe oder schwarzen Humor abspielen? Oder wollten Sie die Abläufe in einer Ihnen fremden Sprache darstellen, weil Ihnen das ermöglicht, die Fakten zu verdrehen und lächerlich zu machen? Wollen Sie mir ernsthaft weismachen, dass Sie nicht wissen, wer Frau Meukel ist? Genügte es Ihnen nicht, uns eine erfundene Biographie und diesen seltsamen Namen – Chinesische Backe – aufzutischen?

– Euer Ehren, ich schwöre, dass ich bis gerade eben keinen anderen Namen von der Chinesischen Backe kannte! Und erlauben Sie mir bitte, sie weiter bei diesem Namen zu nennen, denn was den Namen Margita Meukel betrifft, so übertrifft er bei weitem die Seltsamkeit, die Sie meiner Beschreibung der Ereignisse um den *Dolch der Liebe* unterstellen. Aber egal wie sie heißt, ihre Persönlichkeit bleibt für mich die, die ich kenne. Doch eines hat mir das angesehene Gericht noch nicht erklärt: Warum dieser Zweifel, ob die Person, die die Ereignisse geschildert und aufgeschrieben hat, jemand anderer sein könnte als ich? Will das Gericht andeuten, es wäre das Ehepaar Dörte Fuß und Kalle Gurke, das mir die Einzelheiten der Handlung zugeflüstert hat? Oder dieser geheimnisvolle Mann, der oft spät nachts zum Imbiss kommt, eine Flasche Bier trinkt, mit niemandem spricht und die ganze Zeit über durch die Fensterscheibe auf der Straße starrt? Oder behaupten Sie, es wäre Isolde Schleiff gewesen, obwohl ich sie noch nie getroffen habe?

Der Vorsitzende Richter: Wir wissen, dass Sie Frau Isolde Schleiff, die Mutter des Opfers, nie getroffen haben. Und die beiden Inhaber des Imbisses waren nicht ausreichend in die Vorgänge involviert. Was die Person im Imbiss betrifft, so handelte es sich um Frank Schade, einen Ermittler der Zollbehörde, der die Straßenhändler und die Verkäufer von gefälschten Waren und Spirituosen observierte.

– Aha, Frank Schade. Wie schade, dass ich diesen Herrn nicht persönlich kennengelernt habe. Vielleicht hätte er mich überzeugen können, diesen scheußlichen Orban Cognac nicht mehr zu trinken. Aber die Frage beschäftigt mich weiterhin: Woher dieser Verdacht, dass jemand anderer als ich den Inhalt dieser Geschichte formuliert haben könnte?

Der Vorsitzende Richter: Das ist sehr einfach. Weil Ihre Darstellung der Ereignisse, insbesondere in Bezug auf das Zusammentreffen mit dem Opfer im Haus von Elizabeth Schleiff nicht mit den Aussagen der anderen am Tathergang Beteiligten übereinstimmt.

Erstens: Katharina Schleiff hat ausgesagt, dass ihr Mann den Dolch in der Hand hielt und damit seine Großmutter bedrohte. Sie wollte ihm die Waffe abnehmen, dabei kam es zu einer Kampfhandlung, bei der er tödlich verletzt wurde. Frau Elizabeth Schleiff hingegen hat ausgesagt, dass ihr Enkel mit dem Dolch auf Frau Bedran und Frau Firas losgegangen sei, die er aufgrund seines rassistisch geprägten Weltbildes hasste und für seine Anklage wegen gewerbsmäßigem Betrug, Ausbeutung und Freiheitsberaubung verantwortlich machte. Sie habe sich ihm in den Weg gestellt, ihm den Dolch entrissen und die Frauen verteidigt. Dabei sei es zu den tödlichen Stichen gekommen. Der Staatsanwalt bezweifelt diesen Tathergang, da die alte Dame dafür wohl kaum genug Kraft gehabt haben wird. Er nimmt an, dass ihre Behauptung nur dem Zweck dient, die Enkelin des Mannes, den sie geliebt hatte, in Schutz zu nehmen.

Was Frau Firas betrifft, so ist das Gericht der Meinung, dass hinter ihrer Aussage, in der sie selbst die Verantwortung für das Verbrechen übernimmt, keine Wahrheit, sondern ein anderes Motiv steckt. Sie dachte, auf diese Weise könne sie ihre Abschiebung außer Kraft setzen oder zumindest verschieben und in Deutschland bleiben. Sie weiß nicht, wie absurd das ist. Ihre Abschiebung wurde vor anderthalb Jahren per Gerichtsbeschluss angeordnet, und sie wird durchgeführt werden.

Zweitens: Die Tiefe der Stiche im Körper des Opfers zeugt von großer Kraft und ihre Anzahl und Position von blinder Wut. Und damit kommen wir zu Ihnen, Herr Mohsen. Sie waren zum Zeitpunkt der Tat der einzige Mann im Raum und nach Einschätzung des Gerichtsmediziners der Einzige, der die Kraft gehabt hätte, Wolf Schleiff die Waffe abzunehmen und ihm diese Wunden zuzufügen. Auf der Tatwaffe befinden sich die Fingerabdrücke von allen an der Tat beteiligten Frauen, aber kein einziger Fingerabdruck von Ihnen. Wir müssen also annehmen, dass Sie den Dolch nach der Tat gründlich abgewischt haben, bevor die Frauen ihre Fingerabdrücke darauf hinterließen, um den tatsächlichen Tathergang zu verschleiern und Sie zu schützen.

Frau Katharina Schleiff hatte zwar ein Motiv, nicht nur wegen der zahlreichen Konflikte mit ihrem Mann, trotzdem betrachten wir ihr Geständnis als befremdlich, denn selbst wenn wir berücksichtigen, dass sie ihren Mann von Frau Elizabeth Schleiff ablenken wollte, so ist es doch nur schwer vorstellbar, dass sie dasselbe für Frau Bedran oder Frau Dalal getan hätte. Aber für Sie, Herr Mohsen, ihren früheren Liebhaber, hätte sie es getan.

Der Staatsanwalt: Der Angeklagte lebt auf einem anderen Stern. Er ist fast wahnsinnig vor Liebe und Leidenschaft für Amira Bedran, und als ihm klar wurde, dass Wolf Schleiff sie zur Prostitution zwingen wollte, ist er ausgerastet und hat ihn ermordet. Frau Bedran behauptet, sie kann sich an nichts erinnern, was damals in dem Haus vorgefallen ist. Aber ich sage, dass sie schweigt, um sich selbst oder ihren Liebhaber nicht zu belasten.

– Euer Ehren, bitte! Lassen Sie es nicht zu, dass der Herr Staatsanwalt den Ereignissen noch eine weitere Spekulation hinzufügt, wie er es seit Beginn der Verhandlung tut.

Der Vorsitzende Richter: Aber war es nicht so? Sie waren es doch, der Wolf Schleiff niedergestochen hat und kein anderer. Wollen Sie das nicht endlich zugeben?

– Euer Ehren, ich bin von Anfang an Ihrer Aufforderung gefolgt, die Wahrheit zu sagen und nichts als die Wahrheit, und darum werde ich nochmals erzählen, wie die Tat wirklich abgelaufen ist.

Es war so:

In dem Moment, als Wolf Schleiff eine kleine Pistole aus der Tasche zog, er wollte zweifelsohne auf Kathi schießen, ahnte er nichts von der auf ihn zukommenden Überraschung. Vielleicht war es diese Überraschung, die ihn wie versteinert dastehen ließ, als hätte er sich tausend Dinge vorstellen können, nur nicht, dass die Frau, die er geheiratet hatte, diese eingeschüchterte Frau, die all die Ungerechtigkeiten und Kränkungen ertrug, die er ihr zugefügt hatte, dass diese Frau, die sich über Jahre hinweg seinen Launen unterwarf, seinen Lügen, seiner Gier und seinem Rassismus, dass diese Frau nun urplötzlich den Mut aufbringen sollte, in die Rolle des Tigers zu schlüpfen, ja, dass diese Frau, mit der er nicht gerechnet hatte und die er nun voller Niedertracht, Ekel und Widerwillen anblicken konnte, dass diese Frau, Katharina Nagel, plötzlich Amira den Dolch aus der Hand reißen, blitzartig auf Wolf zustürzen und ihn mit dem Dolch niederstechen sollte.

Und es war so:

In dem Moment, als Wolf Schleiff eine kleine Pistole aus der Tasche zog, er wollte zweifelsohne auf Kathi schießen, ahnte er nichts von der auf ihn zukommenden Überraschung. Vielleicht war es diese Überraschung, die ihn wie versteinert dastehen ließ, als hätte er sich tausend Dinge vorstellen können, nur nicht, dass Dalal Firas, die er zig Male aus der Villa seiner Mutter hatte vertreiben wollen, bevor er schließlich erfuhr, dass ihr die Abschiebung drohte und er sie damit unter Druck setzen konnte, dass diese Frau, die er dazu gezwungen hatte, in seinem Bordell zu arbeiten, obwohl sie nicht das Alter hatte, das er bevorzugte, sie war Mitte dreißig und keine zwanzig mehr, dass diese Frau, die es gewagte hatte, die anderen Frauen zum Protest anzustacheln und ihn in der Öffentlichkeit bloßzustellen, dass diese Frau, die jetzt im Haus seiner Großmutter ganz in deren Nähe saß, plötzlich Amira den Dolch aus der Hand reißen, blitzartig auf Wolf zustürzen und ihn mit dem Dolch niederstechen sollte.

Und es war auch so:

In dem Moment, als Wolf Schleiff eine kleine Pistole aus der Tasche zog, er wollte zweifelsohne auf Kathi schießen, ahnte er nichts von der auf ihn zukommenden Überraschung. Vielleicht war es diese Überraschung, die ihn wie versteinert dastehen ließ, als hätte er sich tausend Dinge vorstellen können, nur nicht, dass die Frau, die er verachtete wie keine andere, seit sein Großvater ihm von ihrem Verrat an ihm und der Familie Schleiff erzählt hatte, dass diese Frau, die ihren Arm zärtlich um Amira gelegt und sie an sich gedrückt hatte, dass diese Frau, die er für eine alte, kranke und schwache Frau hielt, über achtzig Jahre alt, dass diese Frau, seine Großmutter, plötzlich aufspringen würde, als wäre sie fünfundzwanzig, und Amira den Dolch aus der Hand reißen, blitzartig auf Wolf zustürzen und ihn mit dem Dolch niederstechen sollte.

Ich überlasse es Ihnen, Hohes Gericht, einer dieser Versionen oder allen dreien Glauben zu schenken. Alles ist wahr und hat sich so zugetragen, wie ich es erzählt habe. Der Herr Staatsanwalt ist überzeugt, dass nur ich der Täter gewesen sein kann, weil ich alles tun würde, um meine gerade gefundene Liebe oder meine frühere

Freundin zu schützen. Wie auch immer. Ich glaube nicht, dass Sie Ihr Urteil, das Sie längst über mich gefällt haben, korrigieren werden, obwohl ich ganz offen mit Ihnen war, denn ich weiß, dass heute der letzte Verhandlungstag ist.

Nur eine Bitte habe ich noch, Euer Ehren, bevor Sie sich zur Beratung zurückziehen. Ich möchte Ihnen eine Tatsache in Erinnerung rufen: Keiner von uns allen konnte ahnen, dass sich die Geschichte eines Tages auf die gleiche Art und Weise wiederholen würde, und dass Wolf Schleiff im selben Haus, an derselben Stelle, blutüberströmt auf dem Boden liegen würde, niedergestochen wie sein Großvater, mit genau derselben Waffe. Mit einer Waffe, die man vor mehr als dreihundert Jahren den Dolch der Liebe genannt hat.

Alles ist wahr. Und dennoch wollen es manche nicht wahrhaben, Sie eingeschlossen, Eure Ehren. Aber glauben Sie mir, Nuri Mohsen, anders konnte es nicht laufen. Das müssen Sie zumindest wissen, bevor Sie sich zurückziehen und das Urteil über mich fällen. Ich kann mir schon jetzt vorstellen, was auf mich zukommt und was aus mir werden wird. Sei es, dass ich zu Gefängnis verurteilt werde (wovon ich ausgehe), sei es, dass ich für unschuldig erklärt werde (woran ich sehr stark zweifele), eines aber ist mir in der Zeit seit dem Geschehen klar geworden: Weder Sie, Euer Ehren, noch ich, weder sämtliche Gerichte der Welt noch alle Kriminalermittler und noch weniger die Protagonisten der Handlung konnten den Verlauf dessen, was passiert ist, ändern. Auch, weil es Figuren gibt, die sich auf ihre eigene Weise berufen fühlen, ihre Rollen gemäß der Geschichte zu erfüllen, und so folgen sie, mehr oder weniger bewusst, aber stets zielgenau ihrem inneren Ruf.

So ist es nun mal: Es gibt Geschichten, die sind anders, sie nehmen ihren Lauf, souverän, allein, und enden genau dort, wo sie enden wollen. Wir denken, wir lenken sie, aber nein, sie nehmen im Gegenteil uns an der Hand, begleiten uns Tag und Nacht, folgen uns, egal, wohin wir gehen und in welche Richtung wir uns wenden. So war es mit dieser Geschichte.

Die Jahre sind verstrichen. Die Geschichten sind veraltet, verwelkt, verdorrt, mit Ausnahme einer Geschichte. Es ist die Geschichte vom Dolch der Liebe, oder, anders ausgedrückt und beim Namen genannt, die Geschichte von Okapi, mon Amour.

# ABSPANN

Inzwischen haben meine Schwester und Armin nach ihrer Freilassung aus dem Gefängnis in Mailand geheiratet, sind aber nicht nach Deutschland zurückgekehrt. Sie leben in Rom und haben zwei Kinder, einen Jungen und ein Mädchen, der Junge heißt Nuri, das Mädchen Amira.

Kathi lebt seit fünf Jahren in Glückstadt. Sie ist mit einem Chinesen verheiratet und hat eine Tochter, sie heißt Elizabeth.

Hans der Rote und die Chinesische Backe haben gemeinsam ein Büro für private Ermittlungen in Düsseldorf eröffnet.

Dalal und Amira sind beide zweimal abgeschoben worden und zweimal erneut geflohen. Derzeit sind sie wieder in Deutschland.

Ich sitze noch im Knast. Wenn alles gut läuft und meinem Antrag auf vorzeitige Haftentlassung stattgegeben wird, komme ich sehr wahrscheinlich nächstes Jahr frei, dann könnten Amira und ich endlich zusammenleben, nicht unbedingt in Deutschland, das wird man verstehen.

Der Dolch der Liebe, der in einer Vitrine im Deutschen Klingenmuseum Solingen zur Schau gestellt wird, ist eine Kopie der echten Mordwaffe.

Der Dolch selbst ist nach der Tat verschwunden. Keiner – nicht einmal ich – weiß, wo er gelandet ist.